名著新译书系

WORLD CLASSIC MASTERPIECES SERIES

牛虻

[爱尔兰] 艾捷尔·丽莲·伏尼契/著

刘婷婷/译

时代文艺出版社

图书在版编目（CIP）数据

牛虻 / （爱尔兰）艾捷尔·丽莲·伏尼契著；刘婷婷译．—长春：时代文艺出版社，2016.5

ISBN 978-7-5387-4991-5

I. ①牛… II. ①艾… ②刘… III. ①长篇小说—爱尔兰—近代 IV. ①I562.44

中国版本图书馆CIP数据核字（2015）第277555号

出 品 人　陈　琛
产品总监　郭力家
选题策划　方　伟
责任编辑　付　娜
助理编辑　佟冰融
装帧设计　孙　利
排版制作　杨纪云

牛虻

[爱尔兰] 艾捷尔·丽莲·伏尼契 著　刘婷婷 译

出版发行 / 时代文艺出版社
地址 / 长春市泰来街1825号　时代文艺出版社　邮编 / 130011
总编办 / 0431-86012927　发行部 / 0431-86012957　北京开发部 / 010-63108163
网址 / www.shidaicn.com
印刷 / 三河市万龙印装有限公司
开本 / 710mm × 1000mm　1 / 16　字数 / 249千字　印张 / 18.25
版次 / 2016年5月第1版　印次 / 2016年5月第1次印刷　定价 / 36.00元

图书如有印装错误　请寄回印厂调换

目　录

第一卷

第二卷

第三卷

第 一 卷

第一章

傍晚，亚瑟正坐在比萨神学院的图书馆里翻阅一堆布道手稿。时值六月，天气炎热，为了通风凉爽，窗口都大敞着，百叶窗也半开着。神学院院长蒙太尼里神父停下笔来，用充满爱意的目光望着俯身文稿中满头黑发的亚瑟。

“没找到吗，亲爱的[①]？没关系，我再重写那一节吧。可能给撕掉了，还害你白忙活半天。”

蒙太尼里的声音低沉浑厚，富有磁性，十分迷人。他像一位天生的演说家，声音抑扬顿挫、收放自如。当他对亚瑟说话时，语调里总是透着浓浓的爱意。

“不，神父，我必须要找到它。我确定你把它放在这儿了，要是重写肯定也不会和原来的一模一样。”

蒙太尼里继续伏案工作。窗外，一只懒洋洋的金龟子嗡嗡地叫着。水果小贩也拖着长腔喊道：“草莓！草莓！”叫卖声在街道上回荡，悠长又悲伤。

“《治愈麻风病人》，找到了。”亚瑟踏着轻盈的脚步穿过房间朝神父走去，他的走路方式向来不招家族里那些有教养的亲属喜欢。他身材瘦

① 此处原文是意大利文“carino”。故事以意大利为背景，作者在叙事中偶尔夹杂一些意大利语，以烘托气氛。

削，不太像19世纪30年代出生在英国中产阶级家庭里的少年，倒更像是16世纪意大利肖像画里的人物。长长的眉毛、敏感的嘴唇、纤细的双手和轻盈的双脚，他的一切都是那么的精致俊美。他若安静地坐着，别人很可能误以为那是穿着男装的美丽少女。但他走起路来，动作却异常得敏捷，像一只驯服的、没有利爪的豹子。

“真的找到了吗？哦，亚瑟，没有你我该怎么办？我肯定老是丢三落四的。算了，今天就写到这儿吧。来，我们到园子里去吧，我来帮你看看功课上有什么不懂的地方。”

他们来到修道院的园子里，这里幽静雅致、绿树成荫。神学院的这些建筑曾是一所多明我会[①]修道院，两百年前，这块方方正正的园子被装饰地整整齐齐。笔直的黄杨树之间长着一丛丛矮小别致的迷迭香和薰衣草。如今，那些曾经细心呵护它们的白袍修士们早已长眠地下并被人们遗忘，然而幽香的药草仍在迷人的仲夏夜晚绽放花朵，尽管已经没有人去采集花朵入药了。石板路的缝隙里长满了野荷兰芹和耧斗菜，园子中间的那口井也被一些蕨类植物和纵横交错的景天草所湮没。玫瑰肆意地生长，蔓延过园中小径；硕大的红罂粟花点缀在黄杨树间；高高的毛地黄俯首于杂草之上；疏于打理的老葡萄藤早已不结果实，从那棵被人遗忘的枸杞树上垂下来，慢慢地摇晃着繁茂的枝条，顽固而忧伤。

园子的一角有一棵高大的木兰树，枝繁叶茂、华盖荫荫，每到夏天，乳白色的花朵争先恐后地怒放着。蒙太尼里坐在树旁粗糙的木凳上，亚瑟在一旁请教他在读书中遇到的问题。亚瑟在大学里主修哲学，尽管蒙太尼里从来没有在神学院里学习过，但对亚瑟来说，他仍像一部百科全书一样，无所不知、无所不晓。

“要是没什么事的话，”这一段解释清楚后亚瑟这样说道，“我就走了。”

“我今天的工作也就到此为止吧，你要是有时间，我希望你再多待一

---

① 多明我会（Dominican）：又称布道兄弟会，是天主教托钵修会的主要派别之一，会士均披黑色斗篷，因此被称为“黑衣修士”。

会儿。”

“当然可以！”亚瑟靠在树干上，抬头透过昏暗的树枝望着静谧的夜空，初露的星星在夜空中微弱地闪烁着。黑色的睫毛下是多么梦幻神秘的双眸，这对深蓝色的眼睛遗传自他那来自康沃尔郡[①]的母亲。看到这里，蒙太尼里赶紧转过头。

“你看起来很累啊，亲爱的。”蒙太尼里说道。

“没办法啊。”亚瑟的声音里带着一丝疲惫，神父立刻就注意到了。

“你不用这么急着去上大学，前一段时间你整天照顾你的母亲，晚上又熬夜，已经累坏了。你最好能好好休息一段时间，然后再离开里窝那[②]。”

“哦，神父，那样又能有什么用呢？母亲去世后，那个令我悲伤的房子我一刻都待不下去。茱莉亚会把我逼疯的！”

茱莉亚从不待见亚瑟，她是他同父异母的长兄的妻子。

“不是说叫你待在家里休息，”蒙太尼里温和地说着，“我知道那样对你没什么好处，我是说让你接受你那位英国医生朋友的邀请，在他家休息一个月，然后再去上学，这样你的身体状况会更好。”

“不，神父，我不想住在那儿。华伦一家人都很友善，但是他们不了解我。我能看得出来，他们都很同情我，于是跟我谈论关于母亲的事情，试图安慰我。当然琼玛不会，在我很小的时候，她就知道有些话是不该说的，但是其他人会。除此之外——”

“还有什么原因，我的孩子？”

亚瑟心烦意乱地从一根低垂的毛地黄枝条上捋下几朵花，在手里搓捻。

沉默了一会儿，他说道：“待在这个镇子上，我快受不了了！

“在我小的时候，母亲曾带我到镇上的店铺买玩具。她病重之前，我经常带她来岸边散步。不论我走到哪里，看到什么，都能想起母亲。每一位卖花女看到我都会向我走来，手捧鲜花——好像我现在还需要买花似

---

① 康沃尔郡位于英格兰西南部，居民以凯尔特人为主，他们多为蓝眼睛、黑头发。
② 位于意大利中部西海岸的港口城市。

的！还有教堂墓地——我都要躲着走。这里的一切都叫我伤心——"

他突然停下来，坐在那里继续搓捻毛地黄花瓣。沉默许久，他抬起头，很疑惑神父怎么不说话了。天色渐渐暗了下来，更显得木兰树下幽暗朦胧。虽然光线极其微弱，但是蒙太尼里苍白的脸庞依然清晰可辨。他垂着头，右手紧紧地抓着凳子边缘。亚瑟赶忙转过头，感到既敬畏，又吃惊，仿佛是他误入圣地一般。

他心里想："上帝啊！在他身旁我是多么渺小自私啊！即便是他自己遭遇这样的不幸，应该也不会觉得更悲伤吧。"

蒙太尼里随即抬起头，看了看四周。

"既然这样，无论如何我也不会强迫你回到那里了，"他用最轻柔爱怜的语气说道，"但是，你必须答应我暑假的时候一定要好好休息，你最好离开里窝那去度假，我不能眼看着你的身体垮下去。"

"神父，神学院放假的时候你打算去哪儿啊？"

"像往常那样，我会带着学生们到山里去，照顾他们安顿下来。不过八月中旬的时候，副院长会休完假回来，我就换个环境，去一趟阿尔卑斯山。你愿意和我一起去吗？我可以带你远足，在山里漫步，你肯定也会对阿尔卑斯山的苔藓和地衣感兴趣。不过，与我单独旅行，你应该会觉得枯燥吧？"

"神父！"亚瑟拍起手来，茱莉亚曾称他拍手的动作为"高调的外国派头"，他继续说道，"能和您一起去，叫我做什么我都愿意。只是——我不确定——"他突然停下来。

"你担心伯顿先生不允许你去是吗？"

"他当然不想让我去，但是他也不好干涉我，毕竟我现在已经十八岁了，有权做自己想做的事情了。况且他也只是我同父异母的哥哥，我不觉得自己应该对他唯命是从。他向来对母亲不好。"

"但是如果他真的反对，我劝你还是不要和他顶撞，不然你在家里的处境会更艰难——"

"再难也难不到哪里去！"亚瑟激动地打断了他，"他们一直都讨厌我，以后也会是这样，所以我做什么事情都于事无补。况且，我是和您——我的忏悔神父[①]一道去，詹姆斯有什么好反对的？”

“你可别忘了，他是个新教徒。不过，你最好给他写封信，我们等等看他的意见。你可不要太着急了，我的孩子，别人恨你还是爱你都不要紧，重要的是你自己的所作所为。”

这些责备的话说得很轻柔，亚瑟也不会觉得脸红，只是叹了口气，说道：“是的，我知道，只是做起来很难——”

蒙太尼里突然打断他，并岔开话题：“真遗憾你周二晚上没能来找我，阿雷佐教区的主教会过来，我本打算让你见见他呢。”

“我早已答应了一位同学去他的寓所参加一个会议，要不然，他们肯定要等我的。”

“什么样的会议？”

听到这个问题，亚瑟觉得有些尴尬。他结结巴巴地紧张地回答道：“那……那不是……不是一次普……普通例会，有一位来自热那亚的同学，他给我们做了一次讲话——有……有点儿像演讲。”

“关于什么的演讲？”

亚瑟犹豫地问：“神父，你不会问我他的名字吧，因为我答应——”

“我不会打听这些的，如果你已经承诺保密，你当然不应该告诉我，但是我觉得我现在应该是值得你信任的。”

“神父，我当然信任你。他讲了……我们和我们对人民应尽的责任……以及对我们自己应尽的责任，还讲了我们应当做些什么去帮助——”

“帮助谁？”

“农民……和——”

“和谁？”

“意大利。”

沉默良久。

---

① 教徒无论犯什么罪，都可以向神父说明，表示忏悔，神父便念“赦罪经”作为回应，教规禁止神父向他人泄露教徒所忏悔的内容。

蒙太尼里转向他，严肃地问："亚瑟，告诉我，你从什么时候开始思考这件事情的？"

"自从……去年冬天。"

"在你母亲去世之前就开始思考了吗？她知道吗？"

"不……不，那时候我还没把这事放心上。"

"那你现在……放心上了？"

亚瑟又从毛地黄枝上捋下一捧花。

"是这样的，神父，"亚瑟开始解释，眼睛盯着地面，"你还记得吧，去年秋天我准备入学考试的时候，认识了不少同学。他们中的一些开始向我讲……讲这些事情，还借书给我看。不过，我当时没放在心上，我整天想着快点儿回家去照顾母亲。你知道的，她在那座可怕的房子里很孤独，光茱莉亚那张嘴就够让她受不了的了。然后到了冬天，她病情加重了，我完全忘了那些同学和他们借给我的书，之后我就没再去过比萨了。如果当时我把这件事放心上了，我肯定会跟母亲提起的，但是当时我压根儿没想起过这些事。再然后，我发现母亲已经快不行了，你知道的，在母亲最后的日子里，我几乎是日日夜夜守护着她，晚上经常熬夜。白天琼玛·华伦会过来帮忙，好让我稍作休息。漫漫长夜，我无事可做，才又开始想起那些同学说的话和他们借给我的书，我经常想，他们说的有没有道理，想我们的主会怎么看这件事情。"

"你问过主吗？"蒙太尼里的声音已经开始不平静了。

"神父，我经常问。有时候我会向他祈祷请示我下一步该怎么办，或者请求赐我同母亲一道离去。但是我没有得到任何回答。"

"可是你对我只字未提，亚瑟，我希望你是一直信任我的。"

"神父，我信任你，你是知道的！但是总有些事你不能向别人谈起。好像……好像没有人可以帮助我了，即使是你或者母亲都不能。我必须直接从上帝那儿得到启示，你知道的，这关乎我的生命和灵魂。"

蒙太尼里转过头望向幽暗朦胧的木兰枝叶，昏暗的暮光打在他的身上，仿佛灰色的鬼影潜伏在黑色的树荫中。

“后来呢？”他缓慢地问道。

“后来……母亲就去世了，你知道的，母亲临终前的三个晚上，我都一直陪着她……”

他说不下去了，停顿了片刻，但是蒙太尼里一动也不动。

亚瑟用很低的声音继续解释道：“下葬的前两天，我什么都不想。葬礼之后，我大病一场，你记得吧，我连忏悔都来不了。”

“是的，我记得。”

“深夜我来到母亲的房间，房间里空荡荡的，只有一个巨大的十字架还躺在壁龛中。我当时想，或许上帝会帮助我。于是我跪下来，等待上帝的启示，等了整整一夜。第二天早上，我终于醒悟过来……神父，我无能为力，我真的没法跟你描述，我没法告诉你我看到了什么，我自己都没搞清楚怎么回事。但是我确信上帝已经回答我了，我不敢违背上帝的旨意。”

他们在黑暗中沉默了片刻，然后蒙太尼里转身将手搭在亚瑟的肩膀上，说道：

“我的孩子，如果我告诉你上帝并没有跟你的灵魂交流，他应该是不允许的。但是你也要想想这件事情发生时你的精神状况，不要把你极度的悲伤和重病时的幻觉当作上帝神圣庄严的感召。如果上帝的确是通过死亡的阴影来回答你，你也要确保自己没有曲解他的旨意。你心里想做的究竟是什么？”

亚瑟站起身，像是诵读教义书似的缓慢答道：

“献身于意大利，将她从所有的奴役与苦难中拯救出来，立志驱逐奥地利，努力让意大利成为一个只有耶稣基督而没有国王的自由共和国。”

“亚瑟，你想过没有，你都在说些什么！你连个意大利人都不是。”

“不是又怎样？我就是我，我已经得到上帝的启示，我已属于这项事业。”

又是一段时间的沉默。

蒙太尼里缓慢地打破沉默：“刚刚你说到，基督说——”

“基督说：‘为我献身的人都将获得新生。’”亚瑟打断他的话。

蒙太尼里将一只手臂搭在树枝上，另一只手捂着眼睛，半晌又开口道：

“来，我的孩子，坐下来吧。”

亚瑟坐下来，神父紧紧地抓住他的双手。

“今天晚上我不想再跟你继续讨论下去了，”他说，“这对我来说太突然了，我从没想过这件事，我需要时间再考虑考虑，然后再跟你就这个问题好好讨论讨论。但是，现在我希望你记住一件事——如果你因此事而惹祸上身，如果你……死了，我的心会碎的。”

“神父……”

“不，让我把话说完。我曾经跟你说过，这个世界上，除了你，我一无所有。我觉得你没有完全理解我的意思，对一个年轻人来说，要完全理解也很难。我在你这个年龄的时候，估计也不能理解。亚瑟，你知道吗？你就像我的……我的亲生儿子一样，你是我眼中的光明、心中的希望。只要你不误入歧途，只要你活好这一生，让我去死我都心甘情愿。然而我也无能为力。我不可能请求你对我许下任何承诺，我只能请求你记住这件事，并小心行事。在你做一个重要决定的时候，一定要三思，即使不是为了你母亲的在天之灵，也要为我想一想。”

“我会的，神父。那么，为我祈祷吧，为意大利祈祷吧。”

亚瑟默默地跪下来，蒙太尼里把手轻轻地放在他的头上。过了一会儿，亚瑟起身吻了下神父的手，然后穿过沾满露水的草地，轻轻地离开这里，只剩蒙太尼里一人独自坐在木兰树下，仰望夜空。

“上帝的惩罚已降临于我，”他想，“如同降临于大卫①一样。我玷污了上帝的神殿和圣体，上帝曾一度耐心对我，而现如今我的惩罚也终于到了。‘你在暗中行这事，我却要在以色列众人面前、日光之下报应你。你所得的孩子必定要死。’②”

---

① 大卫：以色列王。据《圣经·旧约·撒母耳记下》记载，以色列王大卫曾害死自己的部下乌利亚，并霸占其妻，生一子，因而受到上帝的惩罚——其子在重病七日之后死去。

② 引自《圣经·旧约·撒母耳记下》第十二章。

第二章

詹姆斯·伯顿先生对他那同父异母的弟弟打算与蒙太尼里一起“漫游瑞士”一事一点儿也不乐意，然而这是一次有益无害的采集植物标本的旅行，并且是和德高望重的神学教授一起，詹姆斯如果公然阻止，未免显得过于专横。毕竟对亚瑟来说，蛮横阻止是毫无理由的。如果亚瑟被阻止了，他肯定会被归因于宗教或种族偏见。然而伯顿家族向来开明、宽容，这是让他们引以为傲的。早在一百多年前，伯顿家就分别在伦敦和里窝那两处开办伯顿父子轮船公司，从那时起，整个伯顿家族一直都是虔诚的新教徒和保守党党员。然而，开明宽容的他们却认为英国绅士应当是公正的，所以即便是对那些天主教徒，也不应打击排斥。于是，这个家族的鳏居落寞的老主人便娶了他家小孩子的家庭教师——一个漂亮的天主教徒为妻。老主人的长子詹姆斯和次子托马斯面对这么一位和他们年龄相差无几的继母，难免反感憎恶，但是依然克制自己的情绪，把这一切都归于天意。老主人去世之后，长子的婚姻给原来就很难处理的家庭关系雪上加霜。但是继母格拉迪斯在世的时候，两位同父异母的长兄也都尽心尽责地保护她，免受刁钻刻薄的茱莉亚的伤害，并且按照他们的方式对待亚瑟。他们从不装作喜欢这个少年的样子，也不缺他零花钱，也从不限制他的自由。

在回信中，亚瑟收到一张足以供他花销的支票，信中詹姆斯允许他假期的自由，不过语气有些冷漠。亚瑟花费了一半零用钱去购买植物学书籍和采集标本的夹子，然后就和神父一道出发，开始了他们的第一次阿尔卑斯山漫游。

蒙太尼里看起来神采奕奕的，亚瑟好久没见他这么高兴过了。上次在园子里交谈，蒙太尼里第一次感到震惊，不过现在已经慢慢地恢复平静，可以坦然面对此事了。亚瑟少不更事，即使有什么决定也不会是不可挽回的，只要花时间细细劝说，动之以情、晓之以理，肯定能把他从歧途上拉回来，况且他还没走多远呢。

他们本打算在日内瓦待上几天，但是一看到闪闪发光的街道和满是拥挤的人群的游玩场所，亚瑟就皱起眉头。蒙太尼里在一旁饶有兴趣地看着他。

“不喜欢吗，亲爱的？”

“我也说不清楚，反正与我想象的不一样。这里的湖水的确很美，群山的样子我也喜欢。”站在卢梭岛上，他指着萨沃伊小镇那边连绵起伏的轮廓继续说道：“但是这个小镇看起来很严谨整齐，有些……新教派头，自命不凡的样子。是的，我不喜欢这里，这里让我想起茱莉亚。”

蒙太尼里笑着说：“我可怜的孩子，那多可惜呀！我们出来就是为了开心，既然这样，就不必在此地久留了。我们今天在湖上划划船，然后明天早上就进山，你看怎么样？”

“可是，神父，你不是想在这儿待一段时间的吗？”

“我亲爱的孩子，这些地方我都去过十几次了，我度假就是为了让你开心开心，你想去哪儿啊？”

“如果对你来说都一样，我想沿着河逆流而上，到它的发源地去看看。”

“罗纳河？”

“不，是阿尔沃河，这条河很湍急。”

“那我们就去夏蒙尼。”

整个下午，他们划着小船荡漾在碧波之上，湖水虽美不胜收，然而亚瑟却更欣赏浑浊的阿尔沃河。亚瑟是在地中海旁边长大的，从小到大看惯了蔚蓝色的水波，所以奔腾湍急的流水和一泻千里的冰河更吸引他，更让他感到快乐。他感慨道："真是川流不息呀！"

第二天一大早，他们便出发前往夏蒙尼。行走在土地肥沃的乡村田野里，亚瑟感到神清气爽。但是当他们走到克鲁斯镇附近蜿蜒曲折的道路上时，他看到四周被参差不齐的山冈所包围，他立即变得严肃又沉默。他们从圣马丁一路漫游徒步上山，夜晚就借宿路旁的牧人小屋或者小山村，休息好了再出发，一切都是随心所欲的。亚瑟的心情对环境的变化特别敏感，当他们在路上第一次遇见一处瀑布的时候，他立刻变得欣喜若狂，模样十分可爱。但是当他们快到达白雪皑皑的山顶时，他又从兴奋的状态中走出来，变得心旷神怡、如痴如醉，蒙太尼里从未见他这样过。亚瑟与大山之间仿佛有一种神秘的关系，他能好几个小时一动不动地躺在黑暗、神秘、松涛滚滚的树林里，顺着笔直高耸的树干仰望外面阳光灿烂的世界，雪山闪闪发亮，断崖渺无人烟。蒙太尼里看在心里，羡慕的同时又有一丝伤感之情。

有一天，他们下了山路，在戴萨斯河瀑布附近的一个宁静的小村庄休息。亚瑟舒服地躺在青苔上，睁大眼睛看着一望无际的蓝天，一动不动，足足有一个小时了。一旁的蒙太尼里看到这一幕，不禁抬起头说道："亲爱的，你能给我分享一下你看到了什么吗？"此时，晴空万里，西沉的太阳已经落在松林覆盖的岩顶，阿尔卑斯山的晚霞即将映红勃朗山大大小小的山峰。亚瑟抬起头，眼神中充满了无限的惊奇与神秘。

"神父，我看到无边无际的蓝色苍穹里有一个雄伟的白色生命，这个生命年复一年地等待神灵的到来。我是透过一层玻璃看到的，有点儿朦胧不清。"

蒙太尼里叹了口气。

"我曾经也看到过这样的景象。"

"那你现在看不到了吗？"

"看不到了，之后再也看不到了。景象永远在那里，我知道它一直都在，只不过我失去了发现它的眼睛。我看到的是其他东西。"

“那你看到的是什么东西？”

“我吗，亲爱的？我看到的是蔚蓝的天空和雪白的山脉，这些就是我抬头望向高处所能看到的，但是如果低头看下面的话，就大不相同了。”

他指向下面的山谷，亚瑟跪下来，低头看下面的悬崖。时值黄昏，暮色渐渐凝重，高大的松树站在狭窄的河流两旁，像哨兵一样保卫着河水。夕阳像一个火红的煤球，躲在犬牙交错的山峰后面，所有的生命和光明都失去了自然的本色。突然，好像有一股黑暗可怕的东西冲下山谷，沉闷阴森，暗藏杀机。寂寥的西山那边，垂直的悬崖绝壁就像潜伏的恶魔的牙齿一般，企图捕获猎物然后把战利品叼到深谷之中。那里漆黑一片，只传来森林的阵阵哀鸣声。松树像一排排刀锋，幽幽地呼唤：“快过来吧！”黑暗中，激流也奔腾咆哮，怀着满腔绝望，拍打着如牢笼一般的石壁。

“神父！这看起来像是地狱。”亚瑟站起身颤抖地从悬崖边缩回去。

“不，我的孩子，”蒙太尼里温和地答道，“这只不过像人类的灵魂。”

“在黑暗中，在死亡的阴影下的人类的灵魂？”

“你每天在大街上遇到的人的灵魂。”

亚瑟不寒而栗，朝那阴影看了过去，一团淡淡的迷雾在松树上方缠绕不散，和着山中急流绝望的痛楚，魔鬼般凶残无情。

“看！”亚瑟突然说道，“走在黑暗中的人们看到了一束光芒。”

东边雪山的顶峰被夕阳的余晖映得通红，接着红光便慢慢消失了。蒙太尼里转身拍了拍亚瑟的肩膀。

“走吧，亲爱的，所有的光都没有了，我们再待下去的话，等会儿回去会迷路的。”

“像一具尸体一样。”亚瑟转过头不再看暮光中面孔狰狞的雪山顶峰。

他们小心翼翼地下山，穿过漆黑的树林，回牧人小屋休息。

亚瑟在餐桌前等着神父一起共进晚餐，当蒙太尼里进来的时候，他发现这个少年似乎已经从刚刚沉闷阴暗的气氛中走了出来，完全换了一副模样。

“哦，神父，快来看呀，这条小狗好滑稽，它能踮起后腿跳舞呢。”

亚瑟沉浸在小狗带来的快乐当中，专心致志的神态就像刚刚他沉湎于落日余晖中那样。小屋的女主人系着白色的围裙，面色红润，两臂强壮，双手叉腰站在一旁，笑着看亚瑟逗狗。“一个人能这么开心专注地逗狗，肯定是个无忧无虑的少年，”她用方言继续跟女儿说道，“多么英俊的少年啊！”

亚瑟像一名女学生一样，红起了脸。那女人看亚瑟听得懂方言，又一副不好意思的样子，便笑着走开了。晚饭的时候，亚瑟只谈论了远足、爬山和采集植物标本的计划。很明显，刚刚那些梦境般的遐想既没有影响他的心情，也没有影响他的胃口。

第二天早上蒙太尼里醒来的时候，亚瑟已经不知去向了。天亮之前，亚瑟就出发上山放牧，“帮助主人加斯帕德放羊去了”。

早餐才上桌，只见亚瑟一路飞奔回家，帽子也没戴，手里捧回一大束野花，肩膀上扛着一个三岁左右的农家女孩儿。

蒙太尼里抬起头，笑了笑。这里的亚瑟与在比萨或者里窝那的那个沉默寡言、严肃不苟的亚瑟判若两人。

“你这个毛头小子跑哪儿去了？没吃早饭就漫山遍野地乱跑啊？”

“啊，神父，太好玩儿了！日出的时候，群山看起来美极了，露水还没退尽呢！看！”

他伸出自己的靴子，湿漉漉、泥糊糊的。

“我们带了一些面包和奶酪，在山上牧场那儿喝了些羊奶，哇，味道好极了！不过我现在又饿了，这个小家伙也要吃点儿东西了。安妮特，来吃点儿蜂蜜吧？”

他抱着小孩儿坐下来，放在自己的腿上，又帮她把花整理好。

“不，不！”蒙太尼里打断了他，“你别感冒了，快去把湿的衣服、鞋子换掉。快过来，安妮特。亚瑟，这个小孩儿你是从哪儿带来的？”

“在村头，她爸爸就是我们昨天遇到的社区补鞋匠。看她的眼睛多漂亮啊！她口袋里还有一只小乌龟，她给它取名‘卡罗琳’。”

当亚瑟换好湿袜子回来吃早饭的时候，他看到小孩儿坐在神父腿上，向他喋喋不休地讲自己的乌龟，她把乌龟倒着个儿放在自己胖乎乎的小手里，好让身旁的这位先生能更好地看清楚卡罗琳乱动的腿。

“看，先生！”她一本正经地操着让人半懂非懂的方言，“快看卡罗琳的靴子！”

蒙太尼里坐着与小女孩儿玩耍，时不时抚摸她的头发，夸夸她的宝贝乌龟，还给她讲非常棒的故事。女主人进屋收拾餐桌时，看到安妮特乱翻这位教士装束、严肃正经的绅士的口袋，不禁觉得惊讶。

“上帝教会了小孩子辨识好人，”她说，“安妮特向来害怕陌生人，看，跟这位牧师一起，她一点儿都不害羞呢。多好呀！安妮特，快跪下来，趁这位先生还没走，求他赐福于你吧，这会给你带来好运的。”

大约一个小时之后，他们一起在阳光普照的牧场上散步时，亚瑟问道：“神父，我还不知道你这么会哄小孩子玩儿呢，那个小女孩儿眼睛一直看着你，跟你玩儿得好投入。你知道吗，我觉得……”

“觉得什么？”

“我只是想说……我觉得教会不允许牧师结婚是件令人遗憾的事情，反正我不能理解这其中的原因。你看，培养孩子其实是一件极其严肃的事情，让小孩子从出生就身处良好的环境中是非常有好处的，所以，我认为一个人的职业越神圣，他的生活就会越纯洁，就更适合做父亲。神父，我敢肯定，如果你当初没有立过誓言，如果你结婚了，你的孩子肯定非常——”

“嘘！”

这轻轻一声“嘘”来得那么突然，它打断了亚瑟，使随后的沉默显得格外深沉。

看到神父忧郁的表情，亚瑟不免觉得难过，于是解释道：“神父，你觉得我刚刚有说错什么吗？当然，我那样想肯定有不对的地方，但是我所说的完全都是发自内心的感受。”

蒙太尼里温和地回答道：“或许，你没有意识到你刚刚所说的话的真正含义，几年后你就懂了。现在我们最好谈谈其他事情吧。”

在这个理想的假期中，他们一向相处得轻松融洽，这次谈话是他们第一次出现不愉快。

离开夏蒙尼后，他们路经第纳瓦尔山到达马蒂尼，由于天气过于炎热，他们便在镇上找了家旅馆休息。晚饭后他们坐在旅馆阳台上乘凉，那里不仅阴凉，还能一览群山的全景。亚瑟拿出他的植物标本盒，用意大利语和神父一起认真地讨论起植物。

还有两个英国艺术家也坐在阳台上，一个在画画，另一个坐在旁边有一茬没一茬地闲聊，他可能没有想到这两位操意大利语的人懂得英语。

“别画什么风景了，威利，”他说，“就画那个英俊的意大利少年吧，他对几片羊齿叶子都能这么着迷。看他眉毛的轮廓多么迷人呀！你只需要把他手里的放大镜换成一个十字架，再把上衣和裤子换成罗马式的宽袍，一副早期基督教徒的肖像画就完成了，绝对惟妙惟肖！”

“去你的早期基督教徒！晚饭的时候我坐在那个少年旁边，别说他对那些不起眼儿的小种子着迷了，他对烤鸡一样着迷。他的确生得漂亮，橄榄色的肤色也很有魅力，但是他还没有他父亲一半上相呢。”

“他的……什么？”

“他的父亲，就坐在你对面，难道你没注意到？多么庄严圣洁的一张脸啊。”

“怎么可能？笨蛋，你这个卫理公会派[①]教徒真是脑筋死板！难道你没看出来他是一个天主教的教士吗？”

“天主教教士？啊，天呀，真的是啊！哦，我忘了，他们要立不结婚的誓言的。好吧，那我们就守点儿规矩，假设那个少年是他的侄儿吧。”

“真是愚笨！”亚瑟轻声说道。他抬起头看着神父，眼睛一眨一眨的，“不过，他们可能也是觉得我长得像你吧，我真的希望我就是你的侄儿——神父，你怎么了，脸色怎么这么苍白？”

---

① 卫理公会派（Methodist）：亦称循道宗或卫斯理宗，是新教派别之一，18世纪由英国人约翰·卫斯理创立。教派主张圣洁生活和改善社会，注重在群众中进行传教活动。

蒙太尼里慢慢地站起身子，一只手扶着额头，好像快要昏倒一样，他有气无力地说："可能我早上在太阳底下晒得时间太长了，我进屋躺下休息休息。没事的，亲爱的，估计只是中暑而已。"

亚瑟和蒙太尼里在卢塞恩湖待了差不多两周，就经过圣戈特哈德山口返回意大利。很幸运这次出行天气一直都很好，好几次远足都很愉快。然而，最初的那种喜悦已经荡然无存了。一个令人不安的念头一直萦绕在蒙太尼里脑海中，他一直记得要跟亚瑟"就这个问题好好讨论讨论"，这个假期本是一个好机会。在阿尔沃河山谷的时候，蒙太尼里刻意避免了一切与那次他们在木兰树下谈话相关的话引子，因为他觉得，这个话题必将引起痛苦，如果在亚瑟刚刚看到阿尔卑斯山美景的时候跟他讨论这个事，对这个天性浪漫的亚瑟来说，太残忍了。到了马蒂尼之后，每天早上蒙太尼里都告诉自己："我今天一定要说。"然后每天晚上再告诉自己："还是明天再说吧。"现在假期已经快结束了，他还重复着告诉自己："明天，明天。"他觉得他和亚瑟之间有一层隐形微妙、难以名状的薄纱，以前从未有过，因此他现在不知道如何开口，直到假期的最后一个晚上，他突然意识到，不能再拖下去了，如果还要说的话，现在非说不可了。他们最后一晚借宿在卢加诺，准备第二天早上返回比萨。他至少要看看他的心肝宝贝究竟陷进意大利政治的致命旋涡里有多深。

"雨停了，亲爱的，"日落之后他提议道，"这是我们在这儿的最后一晚了，来，我们出去走走，聊聊天吧。"

他们沿着湖边散步，来到一处幽静的地方，在一个矮矮的石墙上坐下。他们身后是一簇簇玫瑰丛，挂满了红色的蔷薇果。偶尔有一两串迟开的乳白色花朵还高高地挂在枝头，被雨滴压弯了头，随清风忧伤地摆动着。碧绿的湖面上，有一叶扁舟，挂着白色的风帆，在微湿的晚风中摇晃。它看起来轻盈娇弱，犹如湖面上一簇簇银白色的蒲公英。萨尔瓦多山上一家牧人家的窗户敞开着，宛若一只金黄色的眼睛。玫瑰花在九月的悠悠白云下低着头，做着美梦。湖水温柔地拍打着岸边，像是在跟岸边的鹅卵石诉说着什么。

蒙太尼里首先说道："这么长时间都没机会跟你好好静下来聊聊，假期结束你就要回去上学，忙于学习会友了，我也要回去工作了，今年冬天可能会很忙。我想清楚地知道我们两个人之间的关系会怎么发展下去，如果你觉得——"他停顿了一小会儿，接着缓慢地说道，"如果你觉得你还能像以前那样信任我，关于那天我们在神学院花园里谈论的事情，我希望你能更详细地告诉我，你参与到什么程度了。"

亚瑟安静地望着湖水，一言不发。

蒙太尼里继续说道："如果你愿意告诉我，我想知道，你是不是已经宣誓过，或者参加过类似的仪式？"

"亲爱的神父，没什么好说的，我没有立过什么誓言，我只受约于我自己的责任和义务。

"我不明白……"

"宣誓能有什么用呢？宣誓并不能约束人。如果你打心底里认同一项事业，你会自觉约束自己；如果你根本不认同，什么都不会约束你。"

"那么你的意思就是，你已经下定决心，没有改变的余地了吗？亚瑟，你想过自己都在说些什么吗？"

亚瑟转过身，笃定地看着蒙太尼里的眼睛。

"神父，你总是问我能不能信任你？那么，你能信任我吗？当然，如果有必要的话，一些事我肯定不会向你隐瞒，但是讨论这些事情是无济于事的。那晚你跟我说的话，我都会铭记在心，永不忘记。但是我必须走自己的路，追随我心中的那束光。"

蒙太尼里从玫瑰丛中摘下一朵花，把花瓣一片片撕下来，撒到水面上。

"是的，亲爱的，你说得对。我们以后再也不谈论这件事情了，说多了也没有什么用处——走吧，走吧，我们回去吧。"

第三章

秋天和冬天一眨眼就过去了，亚瑟忙于功课，很少有闲下来的时候。每一周他都挤出一点儿时间，去看看蒙太尼里，哪怕就几分钟。时不时地，他会带着一些难懂的书籍去请教神父，不过每次都只讨论学习上的问题。尽管没有刻意去观察，但是蒙太尼里明显感觉到他和亚瑟之间有一层无形的屏障，所以他一举一动都很谨慎，免得亚瑟看出来他在努力维护以前那种亲密的关系。亚瑟的来访曾给他带来快乐，可是现在更多的是沮丧，所以他经常努力掩饰，尽量装作一副轻松愉快的样子，好像什么事情都没有发生过一样。而亚瑟呢，他注意到神父行为举止上的微妙变化，只是他不明白是怎么回事。他隐隐约约地觉得这可能与“新思想”那个讨厌的问题有关，所以尽管他满脑子里装的都是“新思想”，在神父面前，他却只字不提。然而，他比以往任何时候都更深切地爱着蒙太尼里。他曾试图通过研究大量的神学理论和宗教仪式来排遣他内心的空虚，但是当他一接触青年意大利党[①]，这种不满足感、空虚感就烟消云散了。之前由于照顾病人和孤独的缘故，亚瑟经常陷入忧伤的状态当中，现如今这种情绪都已经烟消云散了。先前亚瑟会用祈祷的方式排遣内心的疑惑，如今他觉得自己头脑清楚、思路清晰，先前的疑惑都已经随风而去。随着新的热情的

① 青年意大利党（Young Italy）：1831 年由烧炭党人马志尼在法国马赛成立的秘密组织，其宗旨是驱逐奥地利统治者，在共和的基础上建立统一的意大利。

觉醒，他感到一个更清晰、更朝气蓬勃的宗教理想（因为在他看来，这次学生运动更像是宗教属性的，而非政治属性的）已趋于完整，它会给这个世界带来和平，给人类带来福音。有了这般庄严而又神圣的境界，亚瑟觉得整个世界都充满了希望，就算是从前他最厌恶的人，他也能找到令他喜欢的新品质。而现在在他的心目中，蒙太尼里——这位亚瑟敬仰了五年的理想英雄，又多了一道光环，就像这种新信仰的潜在先知。他怀着满腔热血认真地倾听神父的布道，试图从中找到基督教教义和共和理想相通的地方。此外，他还钻研福音书①，发现基督教在根源上就具有一定的民主倾向，并为这一发现感到既欣喜又欣慰。

一月的一天，亚瑟去神学院还书，听说院长不在，于是就径直走进蒙太尼里的私人书房，把书放在书架上。正准备离开的时候，他突然发现书桌上的一本书，标题十分引人注目，是但丁的《帝制论》②。于是他开始翻读，一下子就被书中的思想吸引了，甚至开门声和关门声都没听到。直到蒙太尼里站在他身后说话，他才醒悟过来。

神父看了看书的标题，说道："没想到今天你会来，我正要派人问你你今晚能不能来一趟呢。"

"是什么重要的事情吗？我今晚有约，不过我可以不去，如果……"

"不用，明天来也行。我已应召要去罗马，周二就出发了，所以想见见你。"

"去罗马？要待很久吗？"

"信上说，待到'复活节之后'，信是从梵蒂冈③寄过来的。一接到消息，我就想告诉你了，不过那时候在忙神学院的事情，还要为新院长做一

---

① 福音书（the Gospels）：指《圣经新约》中的四卷福音书，即《马太福音》、《马可福音》、《路加福音》和《约翰福音》。

②《帝制论》(De Monarchia)：意大利诗人但丁用拉丁文撰写的政治论文，该书主张建立一个不是由教皇而是由世俗权力领导的、强大而统一的意大利，主张教政分离。该书在19世纪被罗马教皇列为禁书。

③ 梵蒂冈城国（拉丁语，Status Civitatis Vaticanae；意大利语，Stato della Città del Vaticano）：简称梵蒂冈或梵蒂冈城，是一个独立的主权国家，由于四面都与意大利接壤，故称"国中国"。为天主教最高权力机构圣座所在地，也是教宗驻地所在。

些安排，就没及时通知你。”

“可是，神父，你不会对神学院就不管了吧？”

“这是迫不得已的事情，不过我应该会回比萨的，至少回来待一段时间。”

“那你为什么要放弃神学院呢？”

“这件事情还没有正式宣布呢，不过我已经被任命为主教。”

“神父！教区在哪儿？”

“我也不知道，我就是为这个问题才要去罗马的，可能是去亚平宁山区当主教，或者还留在这儿当副主教。”

“新院长已经选定了吗？”

“卡尔迪神父被任命为新院长，他明天就抵达这里。”

“你不觉得这件事发生得很突然吗？”

“是的，但是——有时候梵蒂冈那边做决定不会事先透露，最后一刻直接下命令。”

“你认识新院长吗？”

“私底下没有来往，但是大家对他的评价很高，写信的贝洛尼大主教夸他是一位学识渊博的人。”

“神学院会非常想念你的。”

“神学院想不想我我不确定，不过我知道你肯定会想我的，亲爱的，或许和我一样想你。”

“我肯定会的，不过神父你升职了，我也很高兴。”

“真的吗？我不知道自己该不该高兴。”他在桌边坐下，一脸疲倦，神情根本不像一个即将晋升的人。

过了一会儿，他问道：“亚瑟，你今天晚上不能来了，那你下午有事吗？如果没有事能不能先别走陪陪我，我觉得今天有些不舒服。在我走之前，我想尽可能地多见见你。”

“行，我可以多待一会儿，我六点赴约。”

“是你们的会议吗？”

亚瑟点点头，蒙太尼里立马转变了话题。

“我想跟你聊聊你的事情，我离开的时候，你需要一位新的忏悔神父。”

“那等你回来的时候，我还可以向你忏悔，可以吗？”

“我亲爱的孩子，你怎么会这么问呢，当然可以。我只是说我离开的这三四个月，你可以找圣凯特琳娜教堂的神父去做忏悔。”

“好的。”

他们讨论了一下其他事情，没过多久，亚瑟就站起身了。

“我必须走了，神父，学生们都在等我呢。”

蒙太尼里的脸上又出现疲惫的表情。

“要走了吗？你差不多把我的坏心情都赶走了，那再见了。”

“再见，我明天肯定会来的。”

“卡尔迪神父明晚会在这里，所以尽量早点儿来，这样我可以有时间跟你单独聊聊。亚瑟，我亲爱的孩子，我不在的时候你一定要谨慎行事，切忌鲁莽决定，至少也要等我回来。你不知道离开你我有多担心啊！”

“请神父不用担心，现在一切都很平静，那样的事情还早着呢。”

“再见。”蒙太尼里向亚瑟告别，然后就坐下来写东西了。

亚瑟刚走进大学生们举行集会的房间，第一眼就看到他的老朋友——华伦医生的女儿。她坐在一个窗边的角落，正聚精会神地听着一位组织发起者讲话，她脸上写满了认真与专心。这位发起者是一个来自伦巴第的小伙子，身材高大，穿着衣衫褴褛的。才几个月没见，她变化很大，已经长成了一位成年女士。不过她后面还是梳着浓密的黑辫子，一副学生装扮。她穿着黑色的衣服，因为集会的房间里有些冷，就披了条黑色的围巾在头上。她的胸前插着一片柏树叶，这是青年意大利党的标志。这位发起者正满腔同情地向她描述卡拉布里亚地区农民的凄惨生活，她坐着安静地听着，一只手托着下巴，眼睛盯着地面。在亚瑟眼里，她就像一位忧郁的自由女神，为失去的共和国默哀。（不过要是茱莉亚看到了，估计会说这是个长得太老的姑娘，气色欠佳，脸色发黄，鼻子难看，衣服破旧，又不合身。）

这时候，那位发起者被叫到房间的另一头，亚瑟赶忙走向她，喊道："你也在这儿呀，琼！"她在受洗礼时取了个"琼妮弗"的名字，后来小孩子都喊成了"琼"，她的意大利同学都叫她"琼玛"。

她抬起头，大吃一惊。

"啊，亚瑟！我不知道你也……属于这儿。"

"我也不知道你也在这儿啊。琼，你是从什么时候——"

"不是的！"她立马打断他，"我不是这儿的成员，只是帮过一两回忙。是这样的，我认识了比尼，你知道卡洛·比尼吧？"

"当然知道了。"比尼是里窝那支部的组织者，所有的青年意大利党员都认识他。

"认识之后，他开始跟我讲这些事情，于是我请他带我来参加一次学生集会。前几天他写信到佛罗伦萨——我去佛罗伦萨过圣诞节了，你知道吗？"

"我很少跟家人通信，已经很少能听到家乡的消息了。"

"哦，这样啊，我去住在莱特家了（莱特是琼玛的老同学，后来搬到佛罗伦萨了）。然后比尼给我写信，告诉我在回家的路上，在比萨停留一下，来参加集会。啊，会议就要开始了。"

这次演讲是关于理想共和国的，还讲了年轻人为达到这一目标应当担起的责任。演讲者对这个话题的理解多多少少有些模糊，但是亚瑟依然听得认认真真，崇敬之情如同火焰一样在内心燃烧。在这个时期，他的头脑并不具备批判精神，当他接触到一个道德理想概念时，他会囫囵吞枣地全盘接受，不会停下来认真思考一下这个概念是否是可以消化的。演讲之后是一个维持了很长时间的讨论，讨论结束后，同学们就解散了。这时亚瑟走向仍坐在角落里的琼玛。

"我和你一道走吧，琼，你今晚住在哪儿啊？"

"住玛丽埃塔家里。"

"是你爸爸的老管家吗？"

“是的，离这儿还有一段距离。”

他们一起走了一会儿，两个人都没有讲话。然后亚瑟突然问道：

“你现在十七岁了，对吧？”

“去年十月份的时候我就十七岁了。”

“我一直觉得你和其他女孩子不一样，其他女孩儿长大了就整天想着舞会之类的事情，亲爱的琼，我经常会想你会不会成为我们中的一员呢。”

“我也常常这么想。”

“你说你帮过比尼的忙，我不知道你还认识比尼呢。”

“不是帮比尼的忙，是另外一个人。”

“谁啊？”

“今晚和我讲话的那个人——波拉。”

“你和他很熟吗？”亚瑟有一点点嫉妒的样子。一提到波拉，亚瑟就有些心烦意乱，他俩都曾申请过某项任务的负责人这个工作，最后青年意大利党委员会认为亚瑟太年轻，经验不足，就把任务交给了波拉。

“我和他很熟，我特别喜欢他，他一直住在里窝那。”

“我知道，他去年十一月份就在那儿了——”

“是因为轮船的事情。亚瑟，你不觉得，那项工作在你们家比在我们家更安全吗？你们家富裕，又是做航运业务的，没有人会怀疑像你们家那样的家庭，并且，码头上的人你都认得——”

“嘘！小声点儿，亲爱的！所以从马赛运来的书都藏在你家了？”

“只藏了一天。哦，或许我不该跟你讲。”

“为什么啊？我也在这个团体里面啊。亲爱的琼玛，如果你……如果你和神父能一起加入我们，再没有什么事比这更让我开心的了。”

“你的神父！他肯定——”

“不，他跟我想得不一样。但是我有时候会幻想……希望着……我也不知道……”

“但是，亚瑟！他是个教士啊。”

“那又怎样？我们这个团体里就有教士啊，其中还有两位在报上发表过文章呢。所以为什么教士就不能参加了？他们的使命就是引领这个世界达到更高的理想和目标，这不正是我们这个团体想要做的吗？在我看来，这不单单是个政治问题，更是宗教问题、道德问题。如果我们每个人都是自由而富有责任感的，那么没有人能够奴役他们。”

琼玛皱了皱眉头，说道：“亚瑟，在我看来，你的逻辑有些混乱。教士宣传的是宗教信条，我没看出来这与驱逐奥地利有什么关系。”

“教士是宣传基督教教义的老师，而最伟大的革命家正是耶稣基督。”

“你知道吗？有一天我在跟父亲一起讨论教士，他说——”

“琼玛，你父亲是个新教徒。”

停顿了一会儿之后，琼玛转过身直直地看着他。

“好吧，我们最好不谈论这个话题了，一谈到新教徒，你就会略带偏见。”

“我不是有偏见，反而我觉得是新教徒一谈到教士就有偏见。”

“或许吧。算了，不说了，我们经常因这个话题起争执，再讨论一次也没多大意义。今天晚上的演讲，你觉得怎么样啊？”

“我非常喜欢，尤其是最后一部分。他强烈地主张用行动去实现共和国的理想，而非空谈，这一点我特别认同，就像耶稣基督说过‘天堂的国度就在你心里’。”

“整个演讲我都喜欢，唯独不喜欢那个部分。他总是滔滔不绝地讲一些美好的事情，让我们去思考、去感受、去实现，但是他对如何付诸实践却只字未提。”

“当关键时刻来临的时候，我们要干的事情有很多。但是我们一定要有耐心，伟大的变革不是一朝一夕就能完成的。”

“一项任务需要的时间越长，就更需要争分夺秒。你经常讲到配拥有自由，你认识的人中还有谁比你的母亲更配拥有自由？她难道不是你见过的最完美、纯洁、如天使般的女人吗？然而她的善良与美德又有什么用呢？她当了一辈子奴隶——被你的哥哥詹姆斯和他的妻子欺凌侮辱。如果她不那么心软，不那么忍耐，他们绝对不敢那样对待她，她的处境会好得多。目前的意大利的处境就是这样的，我们现在需要的不是忍耐，而是有一个勇者挺身而出，保卫自己——”

“亲爱的琼，如果愤怒和激情能拯救意大利，那她早就获得自由了。意大利需要的不是憎恨，而是爱。”

他刚说出“爱”字，脸就突然红了，不过红晕很快就退去了。琼玛并没有注意到他脸色的变化，她一直皱着眉头，紧绷着嘴巴，盯着前方。

停顿了一会儿之后，她问道：“你觉得我是错的吗，亚瑟？不过，我的确是对的，总有一天你会明白的。到她家了，想进来坐坐吗？”

“不了，已经很晚了，晚安，亲爱的！”

亚瑟站在门口的台阶上，双手紧紧地握住她的手。

“为了上帝和人民……”

琼玛缓慢庄严地说出了口号的后半句：

“矢志不渝。”

然后她抽出自己的手，跑进屋里，关上门。亚瑟弯下身子，捡起了从她胸前落下来的那根柏树枝。

第四章

亚瑟回到自己的住处，觉得自己好像长出了一对翅膀一样，心情无比愉悦，那种快乐非常纯粹，不掺杂任何其他成分。在晚上的集会上，已有种种迹象表明，武装起义的号角就要吹响。而现在，他心爱的琼玛又与自己并肩作战，都步入了保卫祖国的行列。他们能一起工作，甚至为即将到来的共和国一起光荣牺牲。他们的希望之花即将开放，到时候神父也会一睹他的风采，并相信他所说的有关信仰的一切。

然而，第二天早上，他醒来时头脑比较清醒，他突然意识到琼玛要回里窝那，神父也要去罗马了。一月、二月、三月——离复活节还有三个月呢！而且，如果琼玛在家被父亲的“新教”思想洗脑了该怎么办（在亚瑟看来，“新教徒”这个词汇相当于“伪君子”）——不，琼玛和其他里窝那的英国女孩子不一样，她从不跟人打情骂俏，从不搔首弄姿，也不去勾引游客和秃头的轮船老板。她是与众不同的。但是她肯定过得凄惨，她年轻却没有多少朋友，与那些麻木不仁的庸俗的人在一起显得那么的格格不入。如果母亲现在还活着就好了——

晚上，亚瑟去了趟神学院，看到蒙太尼里正在招待新院长，却满脸疲倦乏累、毫无生气。往常神父一看到亚瑟就有好心情，可这次反而更显得闷闷不乐。

他语气硬邦邦地介绍亚瑟：“这就是我跟你提到过的那个学生，如果您能允许他继续使用图书馆，我将不胜感激。”

卡尔迪神父是一位和蔼慈祥的老教士，他听到后立刻向亚瑟谈论起萨宾查大学，他谈吐从容自如，故事信手拈来，看得出来很了解大学生活。接着，他们又很自然而然地谈论到时下最热门的话题——大学教育的规章制度。新院长大力批判那些大学当局采取的毫无意义且束缚学生的清规戒律，这一点让亚瑟感到格外惊喜。

新院长继续说道："在教导年轻人方面，我有丰富的经验。我一贯奉行这样的宗旨——没有充分正当的理由，坚决不阻止学生的行为。只要你给予他们适当的关怀，并尊重他们的人格，他们便不会惹是生非。当然，如果你总是把缰绳勒得紧紧地，再温顺的马儿也会踢人的。"

亚瑟大吃一惊，睁大双眼，他没有想到新院长竟会为学生辩解。蒙太尼里在一旁不参与讨论，很显然，他对这个话题不感兴趣。他脸上写满了不可言喻的绝望与疲惫，卡尔迪神父看到后，便停住了。

"神父，我是不是让您过于劳累了？您一定要原谅我说话这么滔滔不绝，我对这个话题太感兴趣了，有时候一说起来就容易忽略别人的感受。"

"完全没有，相反，我非常感兴趣。"蒙太尼里平时很少客套应酬，所以这话说得有些口是心非，所以亚瑟听到这句话的语调感到很不舒服。

当卡尔迪神父回到自己的房间后，蒙太尼里依然是一脸疲倦和烦躁，他转向亚瑟缓慢地对他说：

"亚瑟，我亲爱的孩子，我有话要对你说。"

亚瑟焦急地看着神父疲倦的脸庞，心里想，肯定不是什么好消息。沉默许久，蒙太尼里突然问：

"你觉得新院长怎么样？"

问题太出乎人意料了，以至于一时间亚瑟不知如何回答。

"我……我挺喜欢他的，我觉得……至少——啊，不，我也不确定。很难说，毕竟才见过一次面。"

蒙太尼里坐着，手不停地敲打着椅子的扶手。这是他的老习惯，他一焦虑疑惑的时候就会这么做。

他接着换了个话题："关于这次罗马之行，如果你觉得有任何……就是说，亚瑟，如果你想让我留下来，我立马写信说我不能去了。”

“但是，神父，梵蒂冈那边……”

“梵蒂冈那边可以再安排其他人，我到时候会写道歉信的。”

“但是，为什么要这么做啊？我不明白。”

蒙太尼里用一只手拂了下前额。

“我很担心你。我现在思绪很混乱，总是想东想西的——况且，我也没有必要离开——”

“可是，主教的职位——”

“哦，亚瑟！主教的职位对我来说能有好处，可是如果我当了主教却失去了——”

他突然停下来，亚瑟从未见神父这样过，也有些心烦意乱。

他说：“我不明白，神父，如果你能更……更明确地解释一下，你到底是怎么想的啊？”

“我没想什么，只是觉得最近总是被一种不祥的恐惧感纠缠着。快告诉我，你最近是不是有什么特别的危险？”

亚瑟心里想，他肯定已经听到一些风声了。青年意大利党的一些起义计划已有种种谣传，但是他自己肯定不能泄露秘密，所以他只是轻描淡写地回答道：“我能有什么特别的危险？”

“不要问我，回答我！”蒙太尼里的声音很急切，甚至有些严厉，“你现在有危险吗？我不想打听你的秘密，我只要你回答我你到底有没有危险？”

“神父，我们的命运都在上帝的手中，意外随时都会发生。但是等你回来的时候，我肯定是平平安安的。”

“等我回来的时候——听着，亲爱的，我去不去罗马，我要交给你做决定。你不需要给我任何理由，只要你说‘留下来’，我就会放弃这次出行。不会有任何人受到伤害，并且，有我在你身边，我会觉得你更安全一些。”

亚瑟心里想，依神父的性格，不该会有如此奇怪诡异的想法啊。亚瑟严肃地望着神父，说道：

“你当然要去罗马了。神父，你肯定是身体不舒服，这几天好好休息一下，改善一下失眠和头疼。”

“那好吧，”神父打断了他，好像不想再问下去了，“我明天一早就乘车出发。”

亚瑟看着他，一脸疑惑。

“你是不是有话要和我说？”

“没有，没有，没什么可说的了——没什么大不了的事。”蒙太尼里的脸上露出了惊慌，整张面孔都笼罩在恐惧之中。

蒙太尼里离开后，没过多久，亚瑟来神学院图书馆借书，恰好在楼梯上碰到卡尔迪神父。

新院长大声喊道：“啊，伯顿先生！我正想找你呢，快请进，来帮我解决这个难题吧。”

他打开书房的门，亚瑟跟在后面进了房间，莫名地感到一丝怨恨——这个让他感到亲切的书房曾是蒙太尼里神父的个人专属私密空间，如今却被一个陌生人侵占了。

院长说：“我是个很糟糕的书虫，我来到这里之后的第一件事就是想了解一下这个图书馆。这个图书馆看起来很有趣，但是我没搞明白这些书目是怎么分类的。”

“目前图书编目系统还未完善，而且最近又添加了许多好书。”

“能占用你半个小时的时间跟我讲讲这里的图书编排方式吗？”

他们走进图书馆，亚瑟向新院长详细地介绍了图书分类情况。当亚瑟起身拿着帽子准备离开的时候，院长却笑着拦住了他。

“不，不！我不能让你就这样匆匆忙忙地走掉。今天才星期六，时间还多着呢，功课可以留到下星期一嘛。既然都让你留到这么晚了，就吃了晚饭再走吧。我一个人也有些孤单，要是你留下来做个伴儿，我会很高兴的。”

他的态度开朗怡人，亚瑟立刻感到没了拘束。他们闲聊了一会儿，院长问亚瑟认识蒙太尼里多长时间了。

“七年左右吧，大概是我十二岁的时候，他从中国回来。”

“啊，是的！他就是在中国做传教士的时候名声大振的。他回国之后，你就一直当他的学生了吗？”

“一年后，他成了我的忏悔神父，那时候他才开始教我。我读了萨宾查大学之后，他仍然在学业上帮助我，我通常都是向他请教我感兴趣的、想学习但学校课程里却没有的知识，他一直都对我很好——你无法想象有多好。”

“我当然相信，他是一位有着高尚品格和善良的心肠的人，所有认识他的人都敬仰他。我认识一些跟他一道去中国的传教士，他们都说再高尚的词汇都无法赞扬他在困难面前显示出的精力和勇气，以及他的虔诚与奉献。你在少年时代能得到这样一位伟人的帮助和指引，真是幸运啊。我听他说你已经失去双亲。”

“是的，我父亲在我小时候就过世了，我母亲一年前去世的。”

“有兄弟姐妹吗？”

“没有，不过有两个同父异母的哥哥，我很小的时候他们就经商了。”

“那你童年时期肯定很孤独，或许正是因为这个，你更珍惜蒙太尼里神父的慈爱。顺便问一下，他离开的这段时间，你选好忏悔神父了吗？”

“如果圣凯特琳娜教堂忏悔的人不是太多，我就在那儿找位神父。”

“你愿意向我忏悔吗？”

亚瑟诧异地睁大眼睛，说道：“尊敬的神父，我当然……当然愿意，深感荣幸之至，只是——”

“只是神学院的院长一般不接受世俗之人的忏悔，是吗？的确是这样的，不过我知道蒙太尼里神父特别喜欢你，我觉得他离开后肯定对你很是惦念，如果是我离开我最喜爱的学生，我也会这样的。并且，如果他知道他的同事在给你做精神引导，他肯定会觉得高兴的。说实话，我的孩子，我很欣赏你，也很喜欢你，所以当然乐意给你我所能给予的帮助。”

“是的，的确如您所说，我也感激您对我的帮助和引导。”

“那你下个月就来找我忏悔吧，好，就这么说定了。我的孩子，只要你晚上有时间，随时都可以来找我。”

快到复活节的时候，罗马那边正式宣布了蒙太尼里的供职地点，蒙太尼里将担任伊特鲁里亚亚平宁山区的布里希盖拉教区的主教。蒙太尼里从罗马写信给亚瑟，信中说：“每到假期的时候，你一定要来找我，我也会经常去比萨的，所以我希望能够经常见到你，虽然不太可能经常看到，但总要尽量多见面。”他的语气平静中带有愉悦，显然，他离开时候的沮丧心情早已烟消云散了。

亚瑟受华伦医生的邀请去他家度过复活节了，和华伦医生还有他的孩子们一起过节总比回那个可怕的家强多了，现如今茱莉亚几乎成了一家之主了。信中还附有一个琼玛写的简短的字条，她的字迹幼稚且不工整，她请求亚瑟如果能来就一定要来，“因为想和你商讨一些事情”。更让亚瑟感到鼓舞人心的是学校里学生之间悄悄传递的消息——复活节之后，将有重大行动，每个人都要有所准备。

这些都让亚瑟陷入狂喜期待的状态当中，他理所当然地觉得，同学们之间流传的各种小道消息并非空穴来风，很有可能会在近两个月内就发生。

他打算在耶稣受难周①的周四回家，在那儿度过假期的头几天。这样拜访华伦一家的欢乐气氛和见到琼玛的喜悦心情就不会影响他参加庄严的宗教默念仪式，默念仪式是教会要求所有的教徒在这个季节都要参加的。他回信给琼玛，答应她复活节的周一肯定去她家。周三的这个晚上，他怀着平静的心情走进自己的卧室。

他在十字架前跪下，卡尔迪神父已经答应他在第二天早上接受他的忏悔，这是复活节圣餐前的最后一次忏悔，他要准备好做漫长而又虔诚的

---

① 耶稣受难周（Passion Week）：即纪念耶稣受难的一周。基督教规定每年复活节前一周为受难周，这一个周的礼拜五是耶稣受难日，即耶稣被钉在十字架上的日子。

祷告。他双膝跪地，双手合十，低下头回顾在过去的一个月中所犯下的种种过失。他回想起自己曾经焦躁、粗心大意和草率，这些都在他洁白的心灵上留下微不足道的瑕疵。除此之外，他再也想不到还有什么罪过了。过去的这个月，他过得太开心了，以至于没有犯下什么错误。于是他在自己的胸前划个十字，起身准备就寝。

当他解开衬衣的时候，一张纸条从里面轻轻飘了出来，落在地上。这是琼玛的字条，他把它塞在脖子里一整天了。他捡起这张小纸条，轻轻地打开它，亲吻那可爱的字迹。然后他又打算把纸条折起来，隐隐约约地觉得自己这样做未免显得太傻了。正当他要把纸条折起来的时候，他突然在纸条背面注意到先前没有读到的一句附注："一定要来，并且尽早过来，因为我想让你见见波拉。这几天他一直住在这儿，我们每天都在一起看书。"

看到这里，一股热血涌上亚瑟的前额。

总是波拉这波拉那的！他又去里窝那干吗？还有，为什么琼玛想和他一起看书？他凭着私运图书就把琼玛给迷住了？一月份那次集会的时候就看出来了，他肯定爱着琼玛，才会那么起劲儿地宣传。而现在，他跟她又走那么近——每天都和她一起看书。

亚瑟突然把信扔到一边，再一次跪在十字架前。他一遍一遍地质问着自己——就准备带着这样的灵魂去请求基督的赦免吗？就打算带着这样的心情去参加复活节圣餐礼吗？就这样的灵魂还试图跟随上帝和整个世界一同获得安宁吗？这个灵魂竟充斥着嫉妒、怀疑、自私、狭隘和仇恨——并且是对自己的同志的仇恨！他双手捂着自己的脸，感到无比的羞愧和痛苦。五分钟之前，他还想着牺牲和受难，而现在，他为自己有这么卑鄙的想法感到自责！

周四的早上，他来到神学院的教堂，发现只有卡尔迪神父一个人在。亚瑟诵读完忏悔祷文后，立即就把昨晚自己犯下的错误说了出来。

"我的神父，我有罪，我心存嫉妒和愤怒，还对一个无辜的人有不好的想法，这个人从未做过对不起我的事情。"

卡尔迪神父很清楚亚瑟是属于哪一类忏悔者，并熟知该怎么处理。他只是轻柔地说："我的孩子，你没有把具体情况全部告诉我。"

"神父，这个我用不符合基督教教义思想对待的那个人，其实正是我应该爱戴和敬重的人。"

"与你有血缘关系吗？"

"没有，但是有更近的关系。"

"我的孩子，什么更近的关系？"

"一种同志关系。"

"什么事情上的同志关系？"

"一项伟大而又崇高的事业。"

停顿片刻。

"那你对这位同志的愤怒和嫉妒是不是因为他在工作上比你做得更成功？"

"我……是的，有一部分原因是吧。我嫉妒他的经验，以及他的能力。然后……我还觉得……我担心……他会夺走我所……爱的那位姑娘的芳心。"

"那你爱的这位姑娘是我们圣教教徒的女儿吗？"

"不是的，她是新教徒。"

"是异教分子？"

亚瑟握紧双手，内心万分沉重，他重复道："是的，是异教分子。我们从小一起长大，我们的母亲是朋友，我……嫉妒他，因为我感觉到他也爱她，因为……因为……"

停顿片刻之后，卡尔迪神父打破沉默，他缓慢却严肃地说："我的孩子，你还是没有告诉我全部实情，你心里不止有这些。"

"神父，我……"亚瑟吞吞吐吐地说着，又停了下来。

神父安静地等着。

"我嫉妒他是因为我们的团体——青年意大利党——我属于的这个团体——"

“哦？”

“把一项我曾经想接受的任务委托给他了，我以为本来是应该交给我的，因为我觉得我特别适合这项任务。”

“什么任务？”

“运进书籍——政治书籍，由轮船运过来，然后……在城里找一个地方隐藏……”

“你的党把这项任务交给你的对手了？”

“交给波拉了，所以我嫉妒他。”

“那你嫉妒他有没有他那方面的原因呢？他是不是执行任务中有过疏忽？”

“不，神父，他执行任务不仅勇敢，而且忠心耿耿，甘于奉献。他是一位真正的爱国者，值得我去爱戴、尊重。”

卡尔迪神父陷入了沉思。

“我的孩子，如果你的心中有一束新的光芒，如果你的心中有了一个新的梦想——即一项拯救你的同胞的伟大事业，如果你的心中有一个新的希望——盼望着减轻那些疲惫受压迫人民的重担，那你就要小心翼翼地对待上帝赐予你的最宝贵的恩惠。所有美好的事物都是上帝赐予的，上帝所赐予的便是新生。如果你已经找到牺牲奉献的道路，如果你已经找到通向和平的道路，如果你已经与可爱的同志们一起肩并肩为解放苦难和哀愁中的人民而奋斗，那你就要确保自己的灵魂不受嫉妒和私情的羁绊，确保自己的心灵是一个圣火永不熄灭的祭坛。记住，这是一项崇高神圣的事业，忠于该事业的心灵一定要是纯净无私的。这项事业如同教士的事业一样，投身于它不是因为对某个女子的爱恋，也不是因为一段转瞬即逝的私情，而是为了上帝和人民，矢志不渝[①]。”

“啊！”亚瑟大吃一惊，他紧握着自己的双手，听到这句口号时，泪水差点儿夺眶而出，“神父，您给了我们教会的批准，上帝与我们

① “为了上帝和人民，矢志不渝”是青年意大利党的口号。

同在……”

神父庄严地回答道：“我的孩子，当那些金钱兑换者把上帝的神庙变成了贼窝，上帝便把他们赶出神庙，因为上帝的神庙应当是祈祷的圣堂。”

沉默许久，亚瑟战战兢兢地低声说道：

“当他们被驱逐走了之后，意大利就是上帝的神庙了。”

他停住口，听到轻柔的回答：

“主说：‘大地和大地上的全部财富都是属于我的。’”

第五章

那天下午，亚瑟想多在外走走，于是就把行李交给了一位同学，自己徒步回到里窝那。

那天天气潮湿，多云，不过并不冷。一望无际的田间风景在他看来好像比平时更加美丽。脚下的草地，湿湿软软的；路边的野花，在春风中眨着羞涩又好奇的双眼；一片狭小的树林旁有一丛刺槐，一只小鸟儿正在那里筑巢，看到他路过了，大吃一惊，扑打着褐色的翅膀飞走了。这一切都叫亚瑟感到赏心悦目。

他试图调节情绪，好以虔诚的心态去迎接耶稣受难日。可是他现在满脑子都是蒙太尼里和琼玛，根本无法集中注意力，最后索性放弃，任思绪天马行空地驰骋。他幻想着即将到来的起义是多么的光辉荣耀，甚至还给自己崇拜的两位人物分配了在起义中的角色。神父是领袖，是使徒，是先知。在他神圣的威慑之下，黑暗势力将会逃之夭夭；在他的领导下，捍卫自由的年轻人从新的视角重新学习旧的教义和旧的真理，从而领悟出全新的非同凡响的意义。

那琼玛呢？琼玛也会冲锋在前。她尽显巾帼女英雄本色，是最完美的战友，是诗人歌颂的少女，纯洁又无所畏惧。她将和他肩并肩地站在一起，浴血奋战，同呼吸，共命运。他们或许会一同牺牲自己的生命，在胜利的那一刻——毫无疑问，肯定会取得胜利的。他对她的爱恋，他会只字不提，免得在她平静的水面上激起波澜，他只想永远保持着那份纯洁的革命友谊。对他来说，她是圣洁的——是祭坛上纯洁无瑕的贡品；是无私的——为了人民的解放燃烧自己。她爱的只有上帝和意大利，他怎敢闯进如此纯净的心灵呢？

上帝和意大利……想到这儿的时候，他已经不知不觉走到了宫殿大街，来到自己的家门前。这里的一切还是老样子，依然是那样的庞大阴森，他感到自己仿佛从云雾中摔下来一样。茱莉亚的管家也还是老样子，穿着一身干干净净的衣服，在楼梯上看到亚瑟，也没露出欣喜的面容，像往常一样平静有礼。

“晚上好，吉本斯，我的哥哥们在家吗？”

“少爷，托马斯先生在家，伯顿太太也在家，他们现在在客厅。”

亚瑟怀着压抑的心情走进去，多么了无生机的房子呀！生命的洪流好像绕它而去，总是让它留在高水位上。房子里的一切几乎都没有变化——人、家庭肖像、笨重的家具和丑陋的器皿都没有变化，连那庸俗不堪的排场都没有变。所有死气沉沉的东西都和原来如出一辙，甚至连青铜花瓶里的鲜花都像上色的金属花一样，即便是在这春风盎然的日子里，也完全没有青春的活力。茱莉亚身着就餐装束，坐在客厅里等待客人。客厅已经成为她生活的中心，她经常坐在那里，盘着淡黄色的发髻，膝上伏着一条小狗，笑容僵硬，她的坐姿像极了书里描绘的时装图样。

“你好，亚瑟。”她硬邦邦地问候了一下，伸出手去让亚瑟握了握手指尖，就赶紧缩回去抚摸膝上小狗柔软的皮毛，似乎对她而言，抚摸那里要舒服许多，“我希望你身体健康，学业有成。”

亚瑟临时想了几句客套话，咕哝完就不知道说什么了，然后陷入尴尬的沉默当中。随后詹姆斯大摇大摆地走了进来，一道进来的还有一位举止严谨、上了年纪的轮船公司经理，然而他们的到来也没有缓解尴尬的氛围。然后吉本斯宣布晚饭准备完毕时，亚瑟才站起身，如释重负。

“我不吃晚饭了，茱莉亚，不好意思，我先回我自己的房间了。”

“我的弟弟，你做斋戒有点儿过头了，”托马斯继续说，“你这样下去会把自己搞生病的。”

“哦，不会的！晚安。”

在走廊上，亚瑟碰到一个女仆，便吩咐她在第二天早上六点的时候敲他的房门。

“小少爷要去教堂吗？”

“是的，晚安，特里萨。”

他走进自己的房间，这里本来是她母亲的房间。在母亲久病之时，窗子对面的壁龛已被改造成祈祷坛，坛子的正中间放着一个巨大的带着黑色底座的十字架，前面挂着一盏罗马小灯。这是母亲去世的房间，她的遗像挂在床边的墙上。桌子上还摆着她曾用过的瓷钵，里面插着一大束她生前最爱的紫罗兰花。她去世一年了，她的意大利仆人们仍然没有忘记她。

他从行李箱中拿出一个包装精细的相框，这是蒙太尼里的蜡笔肖像画，是几天前他寄过来的。正当他拆开相框包装的时候，茱莉亚的童仆端着一个餐盘进来了。餐盘上是老厨师精心准备的精致点心，在那个尖酸刻薄的新女主人到来之前，这位意大利厨师就侍奉过格拉迪斯，她想她亲爱的小少爷吃一点儿东西应该也不算违反教堂的规矩。亚瑟只吃了一片面包，童仆把餐盘端出去的时候意味深长地笑了笑。童仆是吉本斯的侄子，刚从英国过来没多久，他早已在用人室里加入了新教徒的阵营。

亚瑟走进壁龛，跪在十字架前，试图静下心来，调节情绪，准备做祷告、默念，但是他发现这一次很难集中精力。正如托马斯说的那样，他执行四旬斋[①]过于严格了。此刻他像喝了烈酒一样，头脑发昏，全身打着寒战，眼前的十字架像是在云雾里游荡。于是他开始祷告，一遍又一遍地背诵经文，长时间的机械重复最终让他战胜天马行空的想象，使自己集中思考赎罪的意义。最后，身体上的疲惫不堪战胜了神经的躁动，他不再受那些扰乱人心的思绪干扰，便躺下来，平静安宁地睡着了。

他正酣睡在床，突然一阵刺耳急促的敲门声把他吵醒。“啊！肯定是

① 四旬斋：是指教徒模拟当年耶稣在旷野禁食，自耶稣复活节前六个半星期开始禁食四十天，四旬斋又称大斋戒。

特里萨！”他一边想，一遍懒洋洋地翻了翻身。敲门声又响起来，他猛地吓了一跳，清醒过来。

“少爷！少爷！”是一个男人的声音，用意大利语叫喊着，“我的天呀，你快起来呀！”

亚瑟跳下床。

“是谁？什么事？”

“是我，吉安·巴蒂斯塔。快起床呀，我的小少爷哟！”

亚瑟赶紧穿上衣服，打开门，只见车夫满脸苍白、惊慌失措，这让亚瑟更加困惑。这时，走廊里传来一阵咚咚的脚步声以及金属的碰撞声，他立刻明白了是怎么一回事。

“是来抓我的？”亚瑟冷静地问道。

“是呀！哦，少爷，快点儿！你有什么要藏起来的？我可以把它——”

“我没有什么要藏起来的，我的哥哥们知道吗？”

这时，第一个身穿制服的人已经走到走廊拐角处了。

“把老爷叫起来了，全家都吵醒了。天啊！怎么这么不幸，怎么这么不幸呀！今天还是礼拜五——耶稣受难日呢！老天爷，发发慈悲吧！”

吉安·巴蒂斯塔说着说着，眼泪就哗地流了下来。亚瑟向前走了几步，等候着宪兵的到来。他们带着金属链子，一路走过来，发出哐当的声响。后面跟着一群用人，由于在急忙之中换上衣服，个个都衣衫不整，瑟瑟发抖。士兵们把亚瑟包围起来的时候，男女主人才在用人队伍的后面出现。男主人穿着睡袍、拖鞋，女主人穿着长长的睡衣，头发上夹着卷发纸。

“肯定又有一场洪水要降临了，这两两结伴的人都在走向方舟！这不，后面又跟着一对奇怪的野兽！”

当亚瑟看到这对奇怪的面孔，不禁想起诺亚方舟的故事。他真想开怀大笑，可是眼下这个场合似乎并不适合大笑——是时候考虑考虑更重要的事情了。“再见吧，圣母玛利亚，天国的女王！”他轻声念了这句祷语，并转过头，免得茱莉亚头上那滑稽的卷发纸又引他发笑。

伯顿先生走到宪兵队长面前，问道："麻烦你解释一下，为何如此粗暴地擅自闯入私宅？我警告你，除非你能跟我一个满意的解释，否则我一定要向英国大使提出控诉。"

军官拿出一份逮捕证明递给詹姆斯，语气生硬地回答："我想，这个就足以解释了吧，就算到了英国大使馆那儿，他们也会无话可说的。"逮捕证上写着：亚瑟·伯顿，哲学系等信息。军官又冷冰冰地加上一句："如果你需要进一步解释，你最好去亲自问问警察局局长。"

茱莉亚从丈夫手中夺过逮捕证，看了一眼，然后就气冲冲地瞪着亚瑟，一副时髦女人的派头，盛气凌人。

"败坏家族名声的原来是你呀！"她尖声喊道，"这下可好了，城里的乌合之众都会来看我们的笑话，对我们说三道四、指手画脚的！你不是虔诚吗？怎么还要坐牢啊？"

"太太，你不应该对一个犯人用外语讲话。"军官试图打断她的话，不过茱莉亚一直滔滔不绝地吼着英语，也没有人能听得到他的劝告。

"我们早就料到了这一天！又是搞斋戒，又是做祷告，又是默念诵读的，我看是打着幌子净做些见不得人的事吧！我看，你那些把戏就到此为止吧！"

茱莉亚尖锐刺耳的声音听得亚瑟牙根发痒、怒不可遏，他突然想起华伦医生的一个比喻。他说茱莉亚的尖酸，就像是一盘厨师一不小心把醋瓶子全打翻在里面的沙拉。

亚瑟说："这话你就不用说了，你不用担心我会给你带来什么不愉快的事，大家都明白这事与你没什么关系。军官，你是不是想搜查搜查？来吧，我没什么好藏的。"

于是宪兵们开始搜查房间，他们有的读信件，有的查阅他的大学论文，还有的翻箱倒柜地找着什么，亚瑟只好坐在床沿等着，他心里有着说不上来的激动，脸色泛红，却一点儿也不绝望痛苦。搜查并没有让他不安，因为平时凡是有可能会牵连到他人的来往信件，他都会烧掉。所以宪兵们忙活了大半天，最后也只是发现一些带有革命精神和神秘主义双重色彩的诗稿，以及两三份《青年意大利》报纸。茱莉亚在托马斯的再三坚持和要求下，只好回去睡觉了，詹姆斯也乖乖地跟着她回房去了。她从亚瑟身边走过的时候，故意摆出一副鄙夷的样子。

托马斯一直在房间里踱来踱去，尽量装出冷静的样子，等他们都离开房间了，他走向军官，请求同犯人说几句话。军官点头后，他便径直走到亚瑟面前，低沉沙哑地说：

“我觉得，这是一件非常尴尬可怕的事情，我对此感到非常焦急。”

亚瑟抬起头，脸色平静得就像夏日的清晨，他说：“你向来对我很好，没什么好焦急的，没什么大事。”

“是这样的，亚瑟！”托马斯使劲捋了捋胡子，有点儿不好意思地问，“是……是不是钱的问题？如果是，我可以——”

“什么？钱？当然不是！怎么会跟钱有关系——”

“那就是与无聊的政治有关？估计是，你不要担心，也不要把茱莉亚的话往心里去，她说话一向难听。如果你需要帮助——需要钱，或者需要任何东西——跟我说，好吗？”

亚瑟一声没吭，他伸出手，托马斯和他握手之后也离开了，装作一副漠不关心、若无其事的样子，表情更显呆板。

这时，宪兵们已经完成搜查工作，领头的军官要求亚瑟穿上外衣。亚瑟立即穿上衣服，转身就走，正要出门时，忽然有点儿犹豫。当着这么多宪兵的面离开母亲的祈祷室，似乎又有些不妥。

他问：“你们离开房间一小会儿可以吗？你看，我现在这个情况肯定没法逃走，我也不会偷偷藏什么东西的。”

“很抱歉，留犯人一个人单独行动是不允许的。”

“好吧，不过也没关系。”

他走进祈祷室，在十字架前面跪下来，吻了吻十字架的底座和蒙难耶稣的双脚，轻声地说道：“主啊，请让我至死不渝吧！”

他起身的时候，军官正站在桌旁，认真地看着蒙太尼里的画像，他问道：“这是你的亲戚吗？”

“不是的，他是我的忏悔神父，现在是布里希盖拉教区的新任主教。”

家里的意大利仆人都在楼梯上焦急地等着亚瑟，心中充满忧伤，因为他们都深深地爱着亚瑟和他的母亲，他们都簇拥上去深情地亲吻亚瑟的双手和衣服。吉安·巴蒂斯塔站在一旁，眼泪顺着他灰色的胡须一直往下淌。伯顿家族反而没有一个人为他送行，家中这般冷漠的亲情关系反而衬托出仆人们的和善亲切。亚瑟同仆人们伸出来的双手依依握别之时，几乎感动地落泪。

“再见，吉安·巴蒂斯塔，替我吻吻你的孩子。再见，特里萨，为我祈祷。上帝保佑我们！再见，再见了！”

他匆忙下楼，到门口后乘着马车渐渐远去，留下一群仆人站在台阶，男仆们默默无言，女仆们哽咽啜泣，望着他们渐行渐远。

第六章

亚瑟被关进监狱——前身是位于港口的那个中古时代的巨大堡垒。他发现监狱生活尚可忍受，虽然牢房里潮湿阴暗，令人感到很不舒服，不过他是在博拉大街上的老宅子里长大的，浑浊的空气、老鼠以及难闻的气味对他来说早不是什么新鲜事了。牢房里的食物不仅不好吃，分量也很少。不过没过多久詹姆斯就获得许可，从家里面给亚瑟带一些生活必需品过去。他被安排在单人间牢房里面，尽管守卫对他的监视并没有他想象中的那么严格，但他还是无从得知自己被捕的原因。然而，他最初被捕时平静的心态从未改变过。守卫不允许他看书，于是他就整天做祷告、虔诚默念，心平气和地等待事情的进展。

有一天，一个士兵打开他的牢门，对他喊："这边走！"亚瑟问了两三个问题，这个士兵只是回答"不准说话"，亚瑟便不再问了，任凭命运的安排，跟着士兵穿过一座座院落、一条条走廊、一道道楼梯，一路上霉味重重，最终来到一个宽敞明亮的房间。房间里，有一张铺着绿呢子布的长桌，上面零零散散地堆满了公文，桌边坐着三个穿军装的人，散漫地闲聊着。亚瑟一走进房间，他们便立即摆出一副严肃正经的样子。其中年纪最长的、留着灰色的胡须那个身着上校制服，看起来牛气哄哄的，他指了指长桌另一端的一把椅子，示意亚瑟坐下来，开始预审。

亚瑟做好充分的心理准备，以为这些人会威胁、凌辱、咒骂自己，便决心一定要维护自己的尊严，并耐心地同他们周旋。盘问开始了，却发现并不是他想象的那个样子，虽然减轻了不少压力，却也略感失望。虽然上校看起来严厉冷漠，打着官腔，但说起话来非常有礼貌。他首先问了下姓名、年龄、国籍、社会地位等，有专人记录亚瑟的回答，亚瑟开始觉得无聊厌烦，直到上校问道：

“那么，伯顿先生，你对青年意大利党了解多少？”

“我知道青年意大利党是一个社会团体，它在马赛办了一种报纸，该报纸在意大利境内发行，旨在引领人民起义，把奥地利军队从意大利驱逐出去。”

“那你应该读过这个报纸吧？”

“是的，我对这个报纸感兴趣。”

“当你读这种报纸的时候，你知不知道这是一种违法行为？”

“当然知道。”

“从你房间里搜到的几份报纸，你是从哪儿弄到的？”

“我不能告诉你。”

“伯顿先生，在这里你是不能说‘我不能告诉你’这种话的，你有义务回答我的问题。”

“如果你反对我说‘不能告诉你’，那我就只好说‘我不愿意’。”

“如果你再使用类似的措辞，你会后悔的。”上校警告他，亚瑟没有作声，于是他继续说道：

“我可以很明确地告诉你，已有证据表明你与青年意大利党的关系不仅仅停留在单纯地阅读禁报，而是有更加密切的关系。如果你坦白承认，那么我们会酌情进行处理。早晚会真相大白的，无论你怎么掩饰或者否认都是徒劳无功的。”

“我没有说要掩饰啊，你到底想知道什么？”

“首先，你作为一个外国人，是怎么跟这种事情掺和在一起的？”

“我经常思考报纸上讨论的内容，并且阅读相关书籍，然后得出自己的结论。”

“谁劝你参加该组织的？”

“没有人，我是自愿加入的。”

“你这是在搪塞我，”上校严厉地说道，很显然，他已经开始不耐烦了，“没有人能自己加入一个社团，你把想加入社团的意向告诉谁了？”

一阵沉默。

“请你回答我好吗？”

“若你问这类问题，我选择沉默。”

亚瑟声音很低闷，他越发感到恼怒不安。此时，他已经意识到在里窝那和比萨已经有很多人被逮捕了，虽然不知道这场灾难的严重程度，但是他已经开始担心琼玛和其他朋友的安全了。军官们伪装出来的礼貌、令人厌倦的回旋和搪塞、唇枪舌剑的阴险，这一切都叫亚瑟既担心又厌烦。门外士兵踱来踱去，沉重的脚步声在亚瑟听来越发刺耳，让他更加心烦意乱。

“哦，顺便问一下，你最后一次见到乔瓦尼·波拉是什么时候？是不是正好在你离开比萨没多久？”一番周旋之后，上校继续问道。

“我不认识那个人。”

“什么？乔瓦尼·波拉？你肯定认识他——一个高个子的年轻人，脸总是刮得干干净净的。你怎么可能不认识他呢？他就是你的同学啊。”

“大学里有很多学生我都不认识。”

“但是你肯定知道波拉！看，这是他的手迹，他跟你很熟嘛。”

上校漫不经心地递给他一份文件，抬头写着“招供直白”，下面署名“乔瓦尼·波拉”。亚瑟扫了一眼，看到了自己的名字也在上面，他吃惊地抬起头，问道：“要我看一下吗？”

“是的，与你有关，你不妨看一下。”

在他看文件的时候，军官们都安静地坐在那里看着他。很明显，波拉也被捕了。文件记载的是一长串问题的供词，供词的开头部分是例行的文字，然后简要记录了波拉与这个社会团体的关系，他曾在里窝那传播的禁书，还有学生集会。然后是这样一句话：“参与我们的还有一个年轻的英国人，他的名字叫亚瑟·伯顿，他来自一个经营轮船公司的富裕家庭。”

亚瑟的脸涨得通红，波拉背叛了他！波拉——这个扛起发起者这一神圣大旗的人，这个改变琼玛信仰并且爱上她的人，竟然背叛了大家！他放下纸，盯着地板一言不发。

“我希望这个小文件能恢复你的记忆。”上校佯装礼貌地暗示着。

亚瑟摇摇头，用平淡却坚硬的语气答道：“我不认识这个人，肯定搞错了。”

“搞错了？简直是一派胡言！拜托了，伯顿先生，骑士精神和堂吉诃德式的侠义精神好是好，不过也不能过于行侠仗义了，这是你们年轻人一开始最容易犯的错误。想一想，你这样为了一个出卖你的人而伤害自己，甚至还毁了自己的前程，你能得到什么好处呢？你看看你自己，他出卖你的时候也没显得多有情义。”

上校的声音中夹杂着一点儿冷嘲热讽，亚瑟猛地一抬头，突然醒悟过来，他喊道：

“撒谎！你在撒谎！从你的表情中我就能看出来，你这个卑鄙小人——你一定是想陷害某个犯人，或者设计这个圈套引我上钩。你伪造文件，谎话连篇，你这个混蛋——”

“住口！”上校愤怒地吼道，他身旁的两个人也都站起来。他转头向一个人说道：“托马西上尉，请把守卫叫过来，把这个年轻人放到惩戒牢房里关几天，我看他需要我们好好地教训一番，才能恢复理智。”

惩戒牢房是一个地下洞穴，阴暗潮湿，肮脏不堪。在这里待着，亚瑟不仅没有“恢复理智”，反而更加怒不可遏。亚瑟是在富裕的家庭里长大的，所以他很讲究个人清洁卫生。上校把亚瑟放在这里，真是最令他满意的惩罚了。惩戒牢房里的墙壁滑腻腻的，到处都有毒虫爬来爬去，手一碰到就一阵恶心；地上到处都堆满了垃圾，因为潮湿都长了恶臭熏天的菌子。除此之外，还有污水和烂木板都散发出难以忍受的臭味。亚瑟一被推进来，背后的门就锁上了。他伸出手，小心翼翼地向前走了三步，手一碰到那滑滑的墙壁，就恶心战栗。他在黑暗中摸索着，想找个稍微不那么脏的地方坐下来。

他在未知的黑暗和沉默中度过了漫漫长日，黑夜也相差无几。由于完全与外界隔绝，他渐渐地失去了时间的概念。第二天早上，钥匙在锁里面转动的声音惊醒了老鼠，它们吓得吱吱叫，从亚瑟身上逃到牢房里面，亚瑟也突然惊醒，心怦怦地跳着，耳朵里也轰轰作响，仿佛他已经几个月没有见到光，没有听到声音了。

门开了，一束微弱的灯光照进牢房，然而在亚瑟看来，却像是一波刺眼的光流浩浩荡荡而来。守卫长走了进来，带来一片面包和一杯水。亚瑟向前走一步，他好像很确信这个人是放他出去的。还没等他讲话，守卫长把面包和水递到他的手里，一言未发便转身走掉，牢门随即又被锁上了。

亚瑟气得直跺脚，他长这么大第一次大动肝火。然而随着时间的流逝，他对时间和地点的概念越来越弱了。黑暗似乎是无边无际、无始无终的。对他来说，生命似乎已经停止。第三天晚上，门又开了，守卫长和一个士兵站在门口。他抬起头看了看，感到头晕目眩，便用手挡住眼睛。眼睛长时间处在黑暗之中，已经不适应光线了。他已经不知道自己待在这坟墓般的牢房里有多久了。

“这边请。”守卫长冷冰冰地对他说道。亚瑟机械地站起身，朝前走，像一个醉汉一样东倒西歪的。通往庭院的台阶又窄又陡，他晃着身子艰难地走着，守卫长想扶一把也被他气愤地拒绝了。踏上最上面的那级台阶的时候，他突然感到一阵眩晕，要不是守卫长一把抓住他的肩膀，肯定向后摔倒了。

“好了，现在就好了。大多数人从里面出来了都是这样的。”

又一捧水泼到了亚瑟的脸上，亚瑟挣扎着拼命呼吸，眼前的黑暗慢慢地一片片地消失。他突然完全清醒过来，看到守卫长在扶着自己，立马把他推到一边，自己沿着过道往前走，又稳稳当当地上楼梯。他们在一扇门前停留了片刻，不一会儿，门开了。他还没有意识到自己被带到哪里，便发现他已经处身于灯火通明的审问室。他疑惑地看着桌子、桌子上的文件以及桌旁坐在老位置上的军官。

“啊，伯顿先生来了，”上校说，“我希望这一次我们能更愉快地聊天。你觉得黑漆漆的牢房怎么样啊？没有你哥哥的客厅豪华吧，啊？”

亚瑟抬了抬眼睛看看上校的笑容，他气得咬牙切齿，恨不得跳上去咬几口。或许上校看出了亚瑟的愤怒，便立即换了一种语气讲话：

“坐下来，伯顿先生，喝点儿水，你有点儿兴奋了。”

亚瑟把士兵递过来的水推到一边，双臂撑在桌子上，一只手托着额头，试图集中精神思考。上校坐在那里饶有兴趣地望着亚瑟，老练的他早已发现亚瑟颤抖的双手和嘴唇，他的头发还没有干，目光呆滞涣散，上校一眼就看出来他早已体力不支、精神错乱了。

几分钟后，上校又说道：“那么，伯顿先生，我们就接着上次的谈话继续往下聊。鉴于上一次我们之间有一点儿不愉快，这次我想先事先声明，我只想宽容地对待你，并没有其他企图。如果你理智、合理地表现，我向你保证我们不会采用粗暴的手段对待你的。”

“你想让我干什么？”

亚瑟说话的声音异常坚硬沉闷，与他天生的腔调大相径庭。

“我只想要你真诚、直接地告诉我们，你对这个团体以及其成员的了解情况。首先，你认识波拉多久了？”

“我从来没有见过这个人，关于他，我什么都不知道。”

“真的吗？那我们现在再回到那个话题，你认识一个叫卡洛·比尼的年轻人吗？”

“从来没听说过。”

“那就奇怪了，那你认识弗朗西斯科·内里吗？”

“从未听说过？”

“可是，这儿有一封你亲自写给他的信，看！”

亚瑟满不在乎地瞥了一眼信件，然后就放到一边。

“这封信你可认出来了？”

“没有。”

“你否认这是你的亲笔信？”

“我不否认，只是我一点儿都不记得了。”

“或许你记得这一封？”

士兵把第二封信交给他，他看到这是他秋季写给一位同学的信。

“记不得了。”

“连收信人你也不记得了？”

“不记得。”

“你的记忆力差的有点儿离谱吧。”

“我是有这个毛病，我自己也一直很苦恼。”

“的确！不过有一天我听一位大学教授说你没什么毛病，并且很聪明。”

“你可能是根据政治密探的标准来定义‘聪明’的，大学教授所指的‘聪明’是另一码事。”

亚瑟的声音中充满了愤怒，他因饥饿早已体力不支，又因严重缺乏新鲜空气和睡眠，他身上的每一根骨头都在隐隐作痛，像是散了架一样。上校的声音在他早已愤怒的神经上火上浇油，他气得牙根直痒，咬得咯咯作响，像是石笔在石板上摩擦的声音一样。

上校向后靠到椅子上，用严肃的口吻说：“伯顿先生，你又忘记自己的处境了，我再次警告你，你这种态度对你没有任何好处。惩戒牢房的滋味你也尝过了，至少目前不想再进去了吧。我就直接跟你说吧，如果你软的不吃，我只好跟你来硬的。你注意了，我这里掌握了证据——确凿的证据，这些年轻人从事非法活动，把违禁的书报送到港口，而你和他们有所来往。现在，我们并不想对你施加压力，你就快点儿告诉我们这件事情的来龙去脉吧。”

亚瑟把头垂得更低，他感到体内有一股怒火如野兽般骚动。他从不畏惧外界的威胁，然而却惊恐地发现自己越来越不能控制自己。他生平第一次开始意识到，即便是在一位风度翩翩的绅士或者虔诚的基督教徒的和善外表下，都藏匿着一股潜在的未被激活的力量。这一刻，这种感觉越发强烈。

“我在等着你的回复呢。”上校说。

“我没什么好回复的。”

“你确定拒绝回答？”

“我什么都不会告诉你的。”

“那我只好再把你送回惩戒牢房，直到你想说了，再放你出来。如果你惹出什么麻烦，就给你戴上手铐脚镣。”

亚瑟抬起头，浑身上下都在颤抖，他缓慢地说：“任你处置。不过你这样对待一个无辜的英国公民，英国大使是不会袖手旁观的。”

最后，亚瑟被关进他原来的那间单人牢房，他一下子扑倒在床上，一觉睡到第二天早上。他没有戴手铐脚镣，也再也没有被关进漆黑的惩戒牢房，然而他和上校之间的仇恨随着每次审问逐渐增加。亚瑟在牢房里祈求上帝的恩典与帮助，试图克服自己的负面情绪与易怒的脾气，或是熬到大半夜冥想基督的忍耐与宽恕，以此来感化自己，然而这一切都是无济于事的。只要一被带进那个狭长的房间，坐在铺着绿呢桌布的桌子旁，看到上校那可恶的胡子，亚瑟就无法控制自己的情绪，变得愤恨悲慨，用刻薄轻蔑的言辞回答他的问题。虽然他在牢狱里待的时间不到一个月，但是他与上校之间的敌意却与日俱增，已经发展到一见面就勃然大怒的地步。

这种小冲突已经开始严重影响他的神经。他知道自己受到了严密监视，并且听到监狱里流传的可怕的谣言——军官暗地里给犯人服用颠茄制剂，好让他们精神错乱，然后把他们的呓语记录下来。亚瑟的神经开始越来越紧张，他害怕睡觉和吃饭。如果夜里有老鼠从他身上爬过，他会被惊醒，吓得一身冷汗，浑身发抖，觉得有人躲在他的房间里，监视他是否在睡着的时候说梦话。很显然，宪兵正在设置陷阱，引诱他把波拉招供出来。因此，他十分担心自己有任何疏忽，万一一不小心说错话，就会掉进陷阱里面。他的神经越是绷得紧，就越是有失言的可能。无论是白天还是黑夜，波拉的名字总在他的耳畔响起，甚至在他做祷告的时候，有时候念到的不是玛利亚的名字，竟是波拉的名字。但是最糟糕的是，随着时间的流逝，他的宗教信仰就像外面的世界一样，都离他越来越远。他怀着狂热的执拗紧紧抓住他最后的落脚点，每天都花好几个小时做祷告、默念。但是他的思绪经常不自觉地跑到波拉那儿，做的祷告也越来越机械。

唯一让他感到欣慰的是监狱的守卫长，他是一位小个子的老年人，身材略胖，秃顶。亚瑟最开始接触他的时候，他总是努力装出一副严肃的样子。渐渐地，他胖乎乎的脸上开始显露和善的笑容，笑起来还有酒窝，他有时会不顾自己的身份，为各个牢房里的犯人传递消息。

在五月中旬的一个下午，守卫长走进亚瑟的牢房，一脸阴郁，亚瑟吃惊地问道：

"怎么了，恩里科？你今天究竟怎么了？"

"没什么。"恩里科不耐烦地回答，径直走到亚瑟床边扯掉亚瑟的毯子。

"你碰我的东西干什么？我要搬到另外一间牢房吗？"

"不是的，你被释放了。"

"什么？释放？今天吗？全部释放吗，恩里科？"

亚瑟兴奋地抓住老人的胳膊，可是老人却一把将他甩开。

"恩里科！你怎么了？你为什么不回答我啊？是把我们所有人都释放了吗？"

恩里科只是轻蔑地哼了一声。

"你啊！"亚瑟再次抓住守卫长的胳膊，大笑着说，"你跟我生气没有用，我又不会生气，我想知道其他人的情况。"

"哪些人？"恩里科突然放下他正在折叠的衬衣，抱怨地说，"你不是指波拉吧？"

"当然是波拉和其他人，恩里科，你今天怎么了？"

"波拉好像一时还释放不了，可怜的孩子，有个同志出卖了他。哼！"恩里科用鄙视的语气回答，又拿起衬衣继续叠。

"出卖了他？一个同志？哦，太可怕了！"亚瑟吓得睁大了眼睛，恩里科连忙转过身。

"你还用的着这么惊讶？不就是你吗。"

"我？老兄，你疯了吗？怎么会是我呢？"

“昨天审问的时候他们告诉他的，我也希望不是你，因为我一直把你当作一名体面讲义气的年轻人。这边走！”恩里科出了牢门，走到走廊上，亚瑟跟随在后面，心里的疑惑突然冰释了。

“他们跟波拉说我出卖了他？他们肯定是这么说的！他们还告诉我波拉出卖了我呢，不过，波拉应该不至于那么愚蠢地相信他们的话吧。”

“那么这是真的还是假的？”恩里科在楼梯口停下来，直直地盯着亚瑟。亚瑟耸了耸肩膀说：“当然是假的。”

“我的孩子，听到你这么说我太高兴了，我会告诉他你说的话的。他们当时是这么跟波拉说的，他说你是出于嫉妒才告发波拉的，因为你俩都爱上了同一位姑娘。”

“说谎！”亚瑟重复地说着，呼吸急促，声音很小。他突然觉得恐惧，全身像是瘫痪了一般，“同一位姑娘——嫉妒！”他们怎么知道的！他们怎么知道的？

“等一下，我的孩子，”恩里科在去审问室的路上停下来，轻柔地说，“我相信你，但是你要告诉我一件事。我知道你是一个天主教教徒，那你在忏悔的时候有没有说过什么——”

“说谎！”这一次，亚瑟的声音哽咽，几乎快要哭喊出来。

恩里科耸了耸肩膀，继续向前走。“你自己最清楚了，但是你不是唯一被这种方法骗到的傻子。现在比萨城正闹得满城风雨，你的朋友们发现一个教士是间谍，他们已经印了传单传播此消息。”

他打开审问室的门，看到亚瑟目光呆滞，一动不动地站着，便轻轻地把他推进房间里面。

“下午好，伯顿先生，”上校向他问好，微笑着露出一排牙齿，“非常高兴地祝贺你，佛罗伦萨方面下达了命令，你被释放了。请你在这里签个字吧。”

亚瑟走过去，沉闷地问：“我想知道，是谁出卖了我。”

上校扬起眉毛，微微一笑。

“你猜不出来吗？好好想想。”

亚瑟摇着头，上校摊开手，表示诧异。

“猜不出来吗？真的猜不出来？怎么会呢，就是你自己啊，伯顿先生。其他人怎么会知道你自己的个人感情问题呢。”

亚瑟默默地转过身，缓慢地抬起眼，墙上挂着一个巨大的木制十字架，他看到耶稣的脸，却不再有诉求，只是感叹上帝的宽厚和耐心，就连对出卖神圣忏悔的教士都不予以惩罚。

上校温和地说：“把你的论文领回去，在这张收据单上签字吧，你不必在此地久留，我想你也肯定迫不及待地想回家吧。刚刚我被那个蠢小子波拉的事情搞得够呛，他肯定会被判重刑的。再见！”

亚瑟签了名，带走自己的东西，一声不响地走出去。他跟着恩里科走到大门口，连再见都没有说，就径直走到河边，摆渡到河对岸。下船之后，他走上台阶，来到大街上，只见一位身着布衣、头戴草帽的姑娘伸着双臂向他跑来。

“亚瑟！哦，太好了——真是太好了！”

他把双手缩回去，浑身打战。

“琼！琼！”最后他终于开口，声音听起来好像变了个人似的。

“我在这里等半个小时了，他们说你四点会出来。亚瑟，你为什么那样看着我？肯定是发生了什么！亚瑟，你到底怎么了？别走啊！”

亚瑟还没等她把话说完，就转身沿着街道缓慢地往前走，就像没有看到她一样，琼玛彻底被他的行为吓到了，便追过去一把抓住他的胳膊。

“亚瑟！”

他停下来用疑惑的眼神看着她，她挽起他的胳膊，两人都默不作声，又一起走了一段路。

过了一会儿，琼玛温柔地说：“听着，亲爱的，你千万不要把这件事情放心上，并因此而难过，我知道你肯定受了不少委屈，不过大家都理解你。”

“什么事情？”他有气无力地问。

“我是指波拉的信。”

一听到波拉的名字，亚瑟的表情就不自觉地痛苦起来。

琼玛继续说道："我以为你肯定没听说这件事，不过他们肯定告诉你了，波拉估计当时是气昏了头才想得出做那件事。"

"哪件事？"

"那么，你是不知道喽？他写了一封可怕的信，说你告发了偷运书籍的事情，他才被捕的。当然，这个说法很荒谬，每一个了解你的人都知道你肯定不会做出那样的事情的，只有那些不了解你的人才会相信的。我来这儿接你就是想告诉你，我们圈子里的人都不相信的。"

"琼玛，但是……这是真的！"

她慢慢放下亚瑟的胳膊，停下来，黑色的双眼睁得大大的，脸色苍白得犹如脖子上戴的丝巾。他们两人周围仿佛澎湃着一个巨大冰冷的沉默之流，把他们与这个世界隔开，远离街上的所有生活的迹象。

最后，他小声地说："是的，偷运书籍的事情——我的确说了，我说了他的名字——哦，天啊！天啊！我该怎么办？"

突然，他从恍惚的状态中恢复了正常，意识到琼玛就在身旁，正一脸惊恐地看着自己。哦，她肯定以为我是故意——

"琼玛，不是那样的！"他几近崩溃的叫喊着，走向琼玛，但是她失望地避开了他，哭喊道：

"不要碰我！"

亚瑟狠狠地抓住她的右手，解释道："看在上帝的分上，求你听我解释吧！这不是我的错，我——"

"放开我，不要碰我的手！放开我！"

她立刻抽出自己的手，反手打了他一记耳光。

一时间，亚瑟感到眼前一阵雾蒙蒙的，世界仿佛不存在了，只看到眼前的琼玛在用右手使劲揉擦裙子，脸色苍白而绝望。随后，迷雾散去，重见天日。而此时，他环顾四周，发现琼玛已经离他而去。

第七章

当亚瑟按响博拉大街大宅的门铃时，天早已黑了。他只记得自己在街上游荡了很久，但是去了哪里，为什么闲逛，逛了多久，他都不知道。茱莉亚的童仆打着哈欠开了门，他看到亚瑟疲惫憔悴、毫无表情的面容，意味深长地笑了笑。对他来说，年轻的主人从牢里放出来，像一个喝醉的衣衫褴褛的乞丐一样回家，简直是天大的笑话。亚瑟进门后就上楼了。到二楼的时候，他遇到正在下楼的吉本斯，依然是一副高傲严肃、不可一世的表情。亚瑟想说句“晚上好”就走掉的，但是吉本斯不是那么好打发的，他要是想多说几句，你是逃也逃不掉的。

“先生，主人们都出去了，”他一边说着，一边用挑剔的眼光打量着衣衫不整、蓬头垢面的亚瑟，“他们陪女主人一起去参加派对了，估计十二点才能回来吧。”

亚瑟看了看自己的手表，现在是九点钟。哦，太好了，他有足够的时间——

“先生，我的女主人想让我问问你需不需要晚饭，然后她叫我向你转达她希望你能等她回来，她今晚想跟你谈谈。”

“我不想吃晚饭，谢谢。你可以告诉她我还没睡觉。”

说完他就走了，来到自己的房间。自从自己被捕那天起，房间里的一切都没有改变。蒙太尼里的肖像还在他先前放的桌子上，十字架还是跟之前一样躺在神龛里。他在门口驻足片刻，听听房间里的动静，不过一切都很寂静，很明显，不会有人过来打扰他了。他轻轻地走进房间，锁上门。

终于结束了，不用再想什么，也不用再担心什么，只需要摆脱掉这个毫无用处却处处纠缠他的生的意识，其他就没什么了。然而，这貌似又是一件愚蠢而又盲目的事情。

他还没有下定决心去自杀，也没有想太多关于自杀的事情，似乎这是显而易见并且不可避免的。他甚至还没有想好用哪种方法结束自己的生命，最要紧的是快点儿与这些事情做个了结——快点儿结束掉，再彻底忘记。房间里没有什么武器，连个小刀都没有。不过那没有关系——一条毛巾就够了，或者把床单撕成条就可以了。

窗户上面正好有一个大钉子，有了这个就够了，不过这颗钉子必须足够坚固，才能承受住他的重量。他站在一把椅子上去感受一下钉子是否足够牢固，好像不太牢固，于是他跳下来，从抽屉里面找出一把铁锤去加固钉子。准备好了之后，他正要扯下床单的时候，突然想到还没有做祷告呢。当然，死之前肯定要做祷告的，每一个基督徒都要这样做，甚至还有一些专门供即将离去的灵魂使用的祷告词呢。

他走进神龛，在十字架前面跪下来。"全能而又慈悲的上帝啊——"他开始大声祷告，可刚说到这里便停下来。的确，对他来说，这个世界已经无比沉闷，以至于他都想不出该祈祷什么——或者诅咒什么。基督自己从来没有体会过这种烦恼，怎么会了解这种心情呢？和波拉一样，基督只是被出卖过，可是从来没有被人欺骗去出卖别人啊。

亚瑟站起身，习惯性地划个十字，便走到桌边。桌上有一封蒙太尼里写给他的信，信是用铅笔手写的：

我亲爱的孩子：

我被派去看望一位即将去世的人，所以没能在你释放的这天来接你，我感到十分内疚。今天很晚才能回来，明早来找我。草草不悉。

L. 蒙太尼里

他叹了口气，把信放下，神父肯定很难接受这件事情。

街上的人们在茶前饭后八卦地沸沸扬扬的，一切都像他活着的时候一样，没有丝毫变化。大街上的日常琐事不会因为一个人类灵魂的离开而有所改变，一切都与之前相差无几。水依然在喷泉里涌动，屋檐下的麻雀还是会叽叽喳喳地叫，昨日如此，明日仍如旧。但是对他来说，他却死了——一了百了的死了。

他坐在床边，双臂交叉靠着床头的栏杆，把前额放在上面稍作休息。时间还有很多。他的头有点儿疼——好像是正中间在疼。一切都是沉闷愚蠢的——百无聊赖是人生——

大门的门铃突然响了，把他吓得喘不过气来，双手捂住喉咙。他们现在回来了，他一直坐在那里胡思乱想的，把宝贵的独处时间都浪费掉了，现在他要必须面对他们，听他们讲话——全都是些冷嘲热讽的话。要是现在身边有一把刀就好了……

他绝望地在房间里四处寻找，小碗柜里面有母亲的针线篮子，里面肯定有剪刀，可以用来切断动脉。不行，要是时间来得及，还是用床单和铁钉更保险一些。

他把床单从床上扯下来，发疯似的开始撕布条。可是，耳畔却响起上楼梯的脚步声。不行，布条撕得太宽了，这样不行。对了，还得打个套索。脚步声越来越大，他的动作也越来越快。他感到自己的太阳穴在跳动，耳朵里也是轰轰作响。快点儿——再快一点儿！哦，上帝！再给我五分钟的时间吧！

敲门声响了。撕掉的布条从手中滑落下来，他一动不动地坐在那里，屏住呼吸。门把没有打开，茱莉亚大声嚷道：

“亚瑟！”

他气喘吁吁地站起身。

“亚瑟，快开门！我们等着呢。”

亚瑟赶紧拾起布条，扔到抽屉里面，然后匆忙地整理一下床铺。

“亚瑟！你睡着了吗？”詹姆斯一边问，一边不耐烦地摇晃着门把。

亚瑟环顾四周，看见房间都收拾妥当了之后，才去开门。

“亚瑟，我提前就吩咐过他们转达给你，叫你等我们回来的，你至少应该乖乖地等着我们，”茱莉亚一面气势汹汹地进门，一面嚷嚷着，“让我们在门口等了半个小时，你还一副理所当然的样子——”

“是四分钟，我亲爱的，”詹姆斯温和地纠正她，跟在茱莉亚粉色绸缎长裙的后面踏进房间，“亚瑟，我觉得这样会更……合适一些，如果——”

“你们有什么事？”亚瑟打断他。他站在门边，手紧紧按在门上，像一只落入陷阱的动物一样，偷偷地打量着他们。但是由于詹姆斯反应迟钝，茱莉亚又正在气头上，所以两人都没有注意到。

伯顿先生为太太搬来一把椅子，自己也坐下来，又小心翼翼地把新裤子的裤管卷到膝盖上，然后说道：“茱莉亚和我觉得有义务跟你讲一件严肃的事情——”

“今晚我不想听，我……我觉得不是很舒服，有点儿头疼，等等再说吧。”

亚瑟有点儿精神恍惚，声音很奇怪，说话也有点儿含糊不清、语无伦次的。詹姆斯诧异地问道：“你怎么了？”他突然想起来，监狱里面经常有各种传染病，而亚瑟刚刚回来，便急切地问：“你没有生病吧？你看起来像是发烧了一样。”

“一派胡言！”茱莉亚厉声叫道，“就让他装吧，明明是没脸见我们。亚瑟，你过来，坐下。”

亚瑟缓慢地走到床边坐下，疲惫地问：“然后呢？”

伯顿先生干咳几声，清了清嗓子，捋了捋本来就很整洁的胡须，又重复一遍刚刚的话，显然，这段话是事先准备好的。

“我觉得有义务跟你讲一件严肃的事情，尽管有点儿难以开口，最近你的行为有些反常，净是结交一些……一些不三不四的人，违法犯罪的啊，杀人放火的啊……还有一些臭名昭著的乌合之众。我相信，你还不至于那么堕落，只不过是一时脑子没想通——”

他停下来。

“然后呢？”亚瑟问。

“我现在也不想为难你，”詹姆斯看到亚瑟一副疲惫的样子，语气稍稍缓和一些，继续说道，“我选择去相信你是被那些不三不四的人带坏的，再加上你自己又年轻没有经验，又遗传了你母亲鲁莽冲动的性格——”

亚瑟缓缓地把视线转向母亲的肖像，又转回头，一言不发。

詹姆斯继续说：“但是像我们这样的大户人家，对外很有声望，肯定不能让一个玷污家族名声的人继续待下去，我相信这个道理你肯定能明白。”

“然后呢？”亚瑟又重复了一遍这句话。

“哼，”茱莉亚把手中的扇子“啪”的一声合上，然后放在腿上，接着厉声说道，“亚瑟，你除了说‘然后呢’还会说什么？”

亚瑟没有动弹，慢吞吞地说：“你们觉得怎么好就怎么办，去还是留，对我都没关系。”

“都没……关系？”詹姆斯重复着这句话，一脸错愕。他的太太则站起身，大笑起来。

“哦，都没关系，是吧？看吧，詹姆斯，别指望从他那儿得到什么感激了，早就跟你说过了，你好心好意地对待那个没良心的女人和他们的——”

“嘘！嘘！亲爱的，不要说了——”

“废话少说！詹姆斯，反正我是受够了！一个私生子竟然还想以家庭成员自居，是时候叫他认清自己母亲的真正面目了！我们凭什么要养这个天主教教士的私生子？在这儿——你看去吧！”

她从口袋中掏出一个揉成一团的纸团，隔着桌子朝亚瑟扔过去。他打开，是母亲的笔迹，下面署的日期是亚瑟出生前的四个月。信是一封忏悔信，写给父亲的，下面有两个人的签名。

亚瑟的眼睛顺着字迹缓慢下移，看到了母亲颤抖的签名，又看到旁边熟悉的刚劲有力的字样“洛伦佐·蒙太尼里”。他死死地盯着这封信，一时间说不出话来。然后他又把信折起来，放在桌上。詹姆斯站起身，拉着妻子的胳膊。

“好了，茱莉亚，就到这儿吧。时间不早了，你先下楼吧，我想跟亚瑟讲点儿小事，你不会感兴趣的。”

她抬头看看自己的丈夫，又看看亚瑟，亚瑟眼睛一直盯着地板，一言不发。

她小声说道：“真像个呆子。”

随后，她撩起裙子，走出房间。詹姆斯小心翼翼地关上门，又坐回刚刚桌边的椅子上。亚瑟还是和刚刚一样，一动不动地坐着，一言不发。

“亚瑟，”茱莉亚不在场，詹姆斯的语气温和多了，“非常抱歉，让茱莉亚给说出来了。她有点儿……有点儿情绪激动，女人嘛，你是知道的。你可能还不知道这件事情，不过这都是过去的事情了。看到你现在表现得这么镇定，我就放心了。我也不想太为难你。”

他停下来，想看看亚瑟听到这一番好言好语有什么反应，然而他还是一动不动。

沉默片刻，詹姆斯继续说道：“当然了，我亲爱的弟弟，这是个悲伤的故事，我们最好以后对此只字不提。当你的母亲向我的父亲坦白的时候，他也表现得很大度，没有提出离婚，只是要求那个引她误入歧途的男子立即从这个国家消失，随后他就去了中国，当了一名传教士，这你是知道的。随后他回国了，要是我，我肯定不允许他与你有任何交集。不过我的父亲最终还是同意让他教你，前提条件是他不与你母亲见面。讲句公道话，他俩都自始至终都遵守了诺言。这是一个令人伤心的事情，但是——”

亚瑟抬起头，脸色苍白呆滞，毫无表情，就像戴了一副涂了蜡的面具。

“你……你不觉得，这……这一切都很好……好笑吗？”亚瑟的声音很轻，却莫名其妙地结结巴巴的。

“好笑？”詹姆斯一把将椅子从桌边挪开，目不转睛地盯着亚瑟，吓得不知道怎么发火了，“好笑？亚瑟，你疯了吗？”

亚瑟突然仰起头，发出一阵狂笑。

“亚瑟！”船运老板厉声叫道，愤慨地站起身，“万万没有想到，你竟然如此轻浮。”

亚瑟没有回答，只发出一阵阵狂笑，笑声如此浮夸喧嚣，连詹姆斯都开始怀疑起来，是否并非只有轻浮而已。

“简直像个疯女人！”詹姆斯喃喃自语，他转身鄙夷地耸耸肩膀，然后烦躁地在房间里踱来踱去，“说真的，亚瑟，你还不如茱莉亚呢！不要笑了！我不可能听你笑一晚上。”

现在要求他不笑和要求耶稣受难像从底座上自己走下来一样难。无论詹姆斯怎么劝说或者训诫，都无济于事。亚瑟只是笑，笑，没完没了地笑。

“简直是太荒唐了！”詹姆斯最终愤怒地停下来，接着说道，“看样子你是今晚受到的刺激太多不能理智了吧，你这个样子根本没法跟你讲正经事。明早早饭后来找我，现在你最好快点儿睡觉吧，晚安。”

他走出房间，“砰”的一声关上门，一边下楼一边说：“估计楼下那位早该哭开了吧！”

亚瑟停止狂笑，抓起桌上的铁锤，向耶稣受难像十字架砸过去。

随着十字架撞碎的声音，亚瑟突然恢复了意识。他站在空空的底座前面，手里仍握着铁锤，脚边零零散散地撒满了十字架碎片。

他扔下铁锤。“真简单！我真是个傻瓜！”他一边自言自语地说着，一边转身。

他在桌边坐下来，双手撑着额头，大口大口地喘着粗气。过了一会儿，他起身走到盥洗池旁边，端起一壶冷水浇到自己的头和脸上。现在他清醒多了，就又坐回去思考。

正是因为这个世上有这么多愚昧盲目的人们和迟钝且毫无灵魂的众

神，他才会背负耻辱，身陷绝望之境。他之所以想用一根绳子结束自己的生命，是因为他遇到了一个无耻的教士。现在好了，他已经想通了，不止他一个教士是骗子。他只需要抖掉身上沾染的污浊之气，就可以开始新的生活。

码头上停泊着许多货船，对亚瑟来说，想偷渡出国就是小菜一碟。他可以去任何一个地方——加拿大、澳大利亚、好望角，去哪儿都行，去哪个国家都无所谓，只求越远越好。至于当地的生活，他可以试着去适应，如果适应不了，就去其他国家。

他打开钱包，里面只有三十三个波利[①]了。不过他的手表很值钱，应该能派上用场。不过没钱也不是问题——他总能撑过去的。但现在需要担心的是，一旦他走了，肯定有人会去寻找他，所有的人都会去寻找他的下落，他们肯定会去码头上找。不行，得想个办法，让他们顺着错的线索去找——制造死亡的假象。这样自己就自由了——自由了！一想到伯顿一家子都在寻找他的尸体，他忍不住轻声一笑。多么可笑荒唐啊！

于是，他拿出一张纸，把想到的几句话都写下来：

> 我相信你正如我相信上帝，上帝是泥土做出来的，我一锤就能把它砸碎。而你却用谎言欺骗了我。

他把纸折起来，写上收信人的姓名“蒙太尼里”，然后又拿出一张纸，写上“在达森纳港口找我的尸体”。写完之后就戴上帽子，准备出发。经过母亲遗像的时候，他望着照片笑了笑，又耸了耸肩。她，也是一样，曾经对他说过谎。

他轻轻地走过走廊，小心翼翼地打开门，走到大理石楼梯上。楼梯漆黑一片，回荡着脚步声的回音。他一步步地往下走，楼梯就像一个黑洞一样，向他张大洞口。

---

① 波利（paoli）：意大利当时流通的银币。

他穿过庭院，步子很轻，生怕吵醒了睡在一楼的吉安·巴蒂斯塔。院子后面木柴地窖那里有一扇朝河开的小窗户。他记得窗户的铁栏已经生锈了，有一侧也坏了，稍微一推窗子就能打开，窗子离地面不到四英尺，他可以从那儿爬出去。

走到那里的时候，他发现窗户的铁栏还挺牢固的，他的手擦破了，外套的袖子也划破了，不过这些都是微不足道的小事。他上下打量了一下街道，发现没有一个人，这边的河漆黑而沉静，还有一条污秽的壕沟躺在两堵笔直而泥滑的墙之间。外面的世界或许是一个阴郁的洞穴，但也绝不会比他即将要逃脱的地方更卑鄙龌龊了。对他来说，没有什么可后悔的，也没有什么是值得怀念的。这里就是一潭死水，臭气熏天，充斥着卑劣的谎言和欺骗。不过这些臭水沟还不至于把亚瑟击败。

他沿着河岸向前走，来到梅迪奇宫附近的小广场。琼玛就是在这儿开开心心地伸开双臂迎接他的。潮湿的石台阶从这儿开始通向河沟，河沟的那边，是阴森森的牢房。之前，他还没有留意过，没想到这儿是如此的丑陋肮脏。

走过一条狭窄的街道，他来到达森纳港口，他摘下自己的帽子丢进水里，好让他们在打捞自己尸体的时候找到。然后，他继续沿着岸边走，疑惑地思考着下一步该如何是好。他一定要想办法躲到一条船里面，不过这并不简单。他唯一的机会就是到那个古老的梅迪奇大堤，然后一直走到尽头。那里有个低档的酒馆，在那儿买通一个水手应该不是问题。

但是港口大门是关闭的，他怎么才能穿过去，并且躲避海关官员的检查呢？他没有护照，又是大晚上的，想买通这些人光凭自己那点儿钱，肯定是不够的。并且，他们有可能认出来他。

但是，当他走过塔斯加尼大公爵梅迪奇纪念碑下面的四个摩尔人铜像的时候，他看到港口对面一幢老宅子里闪出来一个人影，正往大桥那边移动。亚瑟立刻躲到铜像后面的阴影处，潜伏在黑暗当中，密切地窥视着四周的动静。

这是一个柔和温暖的春日夜晚，群星璀璨，似天悬星河。海水拍打着港口的石壁，在石阶旁泛起圈圈涟漪，像是低声笑语。近处的某个地方，一条铁链缓慢地晃动着，吱吱作响。昏暗中，一个庞大的起重机隐隐约约地耸立在那里，高昂而又凄凉。夜空繁星密布，珍珠色的云朵像是一个个被捕奴隶的形象，他们徒劳无功地挣扎着，与无情的命运斗争着。

这个人一边哼着英国小曲儿，一边沿着岸边摇摇晃晃地走过来，很明显是刚刚在小酒馆里喝得醉醺醺的水手。亚瑟见四周都没人，便等水手走近的时候，突然跳到路中间。水手一下子停了下来，也不哼小曲儿了，骂了一两句。

"我想和你聊聊，你能听懂我说话吗？"亚瑟用意大利语问。

这个人摇摇头，说："跟我讲这话没用。"然后又用蹩脚的法语说，"你想干吗？为什么不让我过路？"

"请到这边来，我们在暗处聊聊。"

"哼，你想得美！到暗处聊聊？你身上带刀子了吧！"

"别误会，兄弟，别误会！你没看出来我需要你的帮助吗？我会给你报酬的。"

"哦，帮什么忙啊？看你穿得倒是挺像样子的……"水手又改用英语讲话，跟着亚瑟走到暗处，靠在铜像底座的栅栏上。

接着他又用糟糕的法语问："好吧，你想让我帮你干什么？"

"我想离开这里……"

"啊！偷渡！你想让我把你藏起来？我猜你肯定是出事了吧？是不是捅了别人一刀啊？真是跟这些外国人一模一样！那你想去哪儿啊？肯定不是想去警察局！"

他一边朝亚瑟挤眉弄眼，一边醉醺醺地哈哈大笑着。

"你是哪艘船的？"

"卡洛塔号，从里窝那开往布宜诺斯艾利斯[①]的，从这儿运油过去，返程运皮革回来。"他朝堤岸的那一头指了指，说，"看，就在那儿，那个

---

① 布宜诺斯艾利斯（Buenos Ayres）：阿根廷首都。

老得不行的破船。”

“布宜诺斯艾利斯，太好了！让我上船吧，随便藏什么地方都行。”

“你能给多少钱？”

“不多，我身上只有三十三个波利了。”

“不行，低于五十个就不干，五十已经够便宜的了，更何况是你，穿得还这么时髦。”

“你这话什么意思？如果你喜欢我的衣服，我可以给你换，但是我只有这么多钱了。”

“你不是戴了一块手表吗？拿过来。”

亚瑟拿出来一块女式金表，这块手表做工精致，背面还刻有“G. B.”的字样，这曾经是他母亲的手表，不过这又能怎样呢？

“哇！”水手瞥了一眼，便尖叫着说，“肯定是偷的，让我看看！”

亚瑟把手缩回去，说道：“不行！你把我弄船上之后我再给你，否则就别想！”

“看你老实巴交的样子，其实还不傻啊！你肯定是第一次落难吧？”

“这是我自己的事。啊！巡逻的人来了。”

他们躲在铜像后面蹲下来，直到巡逻的人走了才站起身。之后，这个水手叫亚瑟跟着他往前走，他在前面醉醺醺地笑着走着，亚瑟在后面跟着，一语不发。

水手又把他带回梅迪奇宫附近的那个小广场，然后他们在一个暗处的角落里停下来，水手谨慎含糊地说：

“在这里等着，你再往前走，那些士兵就发现你了。”

“那你打算怎么办？”

“给你找几件衣服换上，肯定不能叫你穿着这个上船啊，你看你那袖子弄的，血迹斑斑的。”

亚瑟低头看看自己的袖子，是刚刚翻窗户的时候擦破的，手上流的血也滴到袖子上了。很显然这个水手把亚瑟当成杀人犯了，不过亚瑟也无所谓，随便别人怎么想。

过了一会儿，那个水手得意扬扬地回来了，胳膊下藏着一小包衣服。

水手轻声说："快点儿换上吧，我得快点儿回去了，那个犹太老头子跟我讨价还价半天。"

亚瑟正打算换衣服，可是一碰到那几件二手衣服，就因为觉得恶心本能地把手缩回去了。不过还好，这些衣服虽然粗糙陈旧，但是还是比较干净。亚瑟换上这身新衣服，走到亮处，水手上下打量了一下，醉醺醺中夹杂着一点儿严肃，然后郑重其事地点了点头。

"嗯，这样就行了，这边走，别出声。"亚瑟拿着自己的衣服，跟着他穿过一条条水沟和昏暗狭窄的巷子。这是中世纪遗留下来的贫民窟，里窝那人把这儿叫作"新威尼斯"。这里有一处阴森的古老宫殿，夹在两条污水沟中间，在破旧的房屋和污秽的庭院中显得孤独落寞。宫殿孤寂倔强地试图挽回昔日的光辉，虽然早已知道这一切注定是徒劳无功的。亚瑟知道，有的巷子是众多盗贼、歹徒和走私犯的聚集地，其他巷子是可怜的贫民区。

水手在一座小桥边停下来，四处望了一下，确保没人监视他俩之后，就往石阶下面走，来到一个狭窄的码头上。桥下是一艘脏兮兮的老船，水手命令亚瑟跳进去趴下来，然后自己坐下来，开始向港口划去。水手把一堆衣服扔到亚瑟身上作为掩饰，亚瑟躺在不仅潮湿而且漏水的船板上，透过衣服看岸边熟悉的街道和房屋。

不一会儿，小船划过了一座桥，驶近堡垒牢房的沟壕。河道两边，高墙耸立，牢房地基很宽，越往上越窄，直至顶部尖尖的塔楼。几个小时之前，亚瑟还觉得这个看起来很惊悚恐怖，不过现在——

他躺在船板上忍不住轻声笑起来。

水手赶紧轻声阻止道："别出声，快蒙住头，我们马上就要过海关了。"

亚瑟一把拉过衣服蒙住头，小船向前又行驶几码远，然后停在一排桅杆前面，桅杆是用铁链绑成一起的，横在河面，堵住海关和堡垒围墙的通道。一个睡眼惺忪的海关官员打着哈欠走出来，他提着灯笼，俯身朝下看。

“请出示护照。”

水手把自己的官方文件递过去，亚瑟藏在衣服下面，屏住呼吸，仔细听上面的动静。

官员嘟囔着说：“这么晚才回去，玩的太尽兴都忘了时间了吧！船里装的什么啊？”

“旧衣服，便宜买的。”水手拿起来一件背心让官员检查，那官员把灯放低了，弯下身看了几眼。

“好了，应该没什么问题，你过去吧。”

官员抬高交通阻拦放他们通行，小船缓慢地驶进漆黑起伏的海面。驶出一段距离之后，亚瑟坐起来，把盖在身上的衣服扔到旁边。

水手一直在一旁沉默地划着船，最后轻声说：“到这条船了，紧跟着我，别出声。”

这条船看似一个黑色的大怪兽，水手麻利地从一侧爬上去，骂骂咧咧地嫌亚瑟总是笨手笨脚的。其实亚瑟已经够敏捷的了，要是换作其他人，肯定更笨手笨脚的。安全上船之后，他们小心翼翼地爬过一堆绳索和机器，最后来到一个舱口，水手轻轻地把舱口打开。

水手小声对亚瑟说：“快下去，我过一会儿回来。”

船舱里不仅潮湿阴暗，而且污秽难忍。最开始，一闻到那些臭气熏天的生皮和油脂，亚瑟就本能地缩回去了。然后他想起来自己曾经待过的“惩戒牢房”，就耸耸肩，下去了。好像不论在哪里，生活都是一样的丑陋腐烂，害虫成灾，充满了无耻的谎言和暗算。然而，这就是生活，他必须得学着适应。

几分钟后，水手回来了，手里还拿着一些东西，因为光线昏暗，亚瑟看不清楚是什么。

“现在把手表和钱给我，快！”

亚瑟趁着昏暗的光线，留了一点儿钱在自己身上。

“你得给我找点儿吃的，我快饿昏了。”

“我带了这个，给你。”水手递给他一壶水、一些硬饼干和一块咸肉，又接着说，“记住了，明天早上海关官员过来检查的时候，你必须要藏在这个空桶里面，像一只耗子一样一动不动的。直到我们出海了，你才能出来活动，我到时候会过来告诉你的。你要是被船长看到了，就倒大霉了！差不多就这些了，喝的放好了吧？晚安！”

舱口关上了，亚瑟把这壶珍贵的水放好后，就爬到一个油桶上吃东西了。吃完东西后，他蜷缩在脏兮兮的地板上准备睡觉，这是他平生第一次没有做祷告就入睡了。老鼠在黑暗中跑来跑去，叫个不停，但是不管是它们可恶的吱吱声，还是船的摇摆晃动，抑或是油脂发出的令人作呕的气味，或者是晕船不适，这些都不能影响他的睡眠。他已经不在乎这些了，也不在乎那个他崇拜过的却被他亲手摔毁的偶像了，现在，他什么都不在乎了。

第二卷

十三年后……

第一章

在 1846 年 7 月的一个晚上，一群人聚在佛罗伦萨的法布利齐教授家中，一起商讨下一步的政治工作部署。

他们中的一些人属于马志尼①党，他们追求的唯一目标就是建立一个民主共和国和意大利联盟。另外一些人是君主立宪党人和形形色色的自由主义者。不过，他们在这一点上达成共识，那就是不同意塔斯加尼公国的出版检查制度。于是，一些在当时有影响力的教授便提议召开这次会议，希望至少在这个问题上，各党派代表能够心平气和地坐下来共同商讨，不至于还没讨论一个小时就吵起来了。

庇护九世②上位之后，便实施了大赦令，释放了教皇领地范围之内的政治犯。虽然刚刚实施两个礼拜，但是由之引起的自由主义热潮已经席卷整个意大利。这一惊人的举动甚至影响到了塔斯加尼公国政府。于是，法布利齐和一些其他在佛罗伦萨有影响力的公众人物都觉得，现在是争取改革出版法的好时机。

当戏剧家莱伽第一次被问到这个问题的时候，他曾这么说过："诚然，只有改革出版法，才有开办报纸的可能。但是我们有可能通过审查机构出

---

① 马志尼（Giuseppe Mazzini）：意大利革命家，民族解放运动领袖，是意大利建国三杰之一。同时他也是一名民主主义者，是青年意大利党的创建人。

② 庇护九世：原名裘范尼·马利亚·马斯塔伊 - 费雷提(Giovanni Maria Mastai-Ferretti)。出身于意大利贵族家庭，1819 年任神父，1823 年升任教廷驻智利公使秘书，1827 年担任教廷辖区斯波莱托总主教。是最后一任兼任世俗君主的教皇，同时也是至今在位最久的教皇。

版一些小册子，我们行动的越早，就越有可能看到出版法的改革。”

而现在呢，他正在法布利齐家的图书馆中向大家解释他自己的理论，并认为自由主义作家应贯彻实施此方针。

人群中一位头发花白的律师打断了他，他慢吞吞地说：“当然，从某种角度来说，现在是一个能带来重要改革的好时机，以后或许都不会有这么好的机会了。但是我不确定出版小册子能有什么作用。这种小册子最多只能让政府感到愤怒和惊吓，而不是支持我们。能得到政府的支持，这才是我们真正想要的。如果一旦政府把我们当作危险的煽动者，那我们能得到他们帮助的希望就几近破灭了。”

“那你觉得我们应该怎么做？”

“写请愿书。”

“写给大公爵看？”

“是的，请求更多的出版自由。”

这时，一位眼神犀利的人转过头，哈哈大笑起来，他坐在窗边，皮肤黝黑。

“请愿书肯定会有效果！我一直以为伦齐案[①]能够给所有人一个教训呢，没想到竟然还有人想到写请愿书的办法。”

“亲爱的先生，没能成功阻止伦齐引渡，我和你一样感到难过。不过，不是想伤害大家的感情，我真的觉得那件案子失败的主要原因是我们内部有些人操之过急。我当然不会急着——”

那个皮肤黝黑的人又毫不留情地打断道：“皮埃蒙特人向来如此。我没看出来那次请愿怎么就操之过急了，除非你把如此温和的请愿也算作操之过急。可能塔斯加尼人和皮埃蒙特人会觉得操之过急，但我们那不勒斯人从不这么觉得。”

那个皮埃蒙特人反讽道：“幸好只有那不勒斯人才擅长急躁行事。”

---

① 伦齐案（Renzi case）：伦齐是在教皇领地组织起义的领袖，后被大公爵出卖，引渡给教皇，遭到杀害。

教授赶紧插话:“好了，好了，先生们，别再争了！那不勒斯人和皮埃蒙特人的做事习惯都各有千秋，但是现在我们在塔斯加尼，塔斯加尼人的做事习惯就是抓紧眼前的事情。格拉西尼提议请愿，加利反对，里卡尔多医生，你怎么看？”

“我觉得写请愿书没什么不好的，如果格拉西尼发起拟稿一份，我会很乐意去签名。但是我觉得只写请愿书还不够，我们为什么不能请愿书和小册子双管齐下呢？”

“原因很简单，如果我们出版小册子，会引起政府的不满情绪，从而不会同意我们的请愿。”

那个那不勒斯人突然站起来走到桌边，说:“反正不管怎么样，政府都不会做出什么让步的。先生们，现在我们的思路不对，何不换种方式思考？跟政府妥协是没什么用处的，我们必须要唤起群众。”

“说着容易做着难呀，你打算怎么着手呢？”

“这还用得着问加利吗？他肯定先把检察官打个头破血流！”

“不，我肯定不会那样做的，”加利坚定地说，“你总是觉得南方人不讲道理，只知道打架。”

“好了，那你有什么想法呢？嘘！安静点儿，先生们，加利现在有个提议要发表。”

听到这话，原本三三两两分头讨论的人们都集中到桌子周围，等待加利的提议。加利连忙一边伸出双手，一边解释。

“先生们，这也算不上什么提议，就是个建议吧。新教皇上位，民众十分欢喜欣慰，然而这里面绝对潜伏着巨大的危险。大家好像都觉得新教皇是一位开明睿智的领导人，不仅制订了一个新方针，还实施了大赦令，那我们只要把我们自己——我们所有人，整个意大利——投送到他的怀抱，他便能带领我们走向希望的乐土。我对新教皇的崇敬之情不亚于任何人，我也觉得大赦令是一项了不起的法令。”

这时，格拉西尼一脸鄙夷地插嘴道:“我敢说教皇陛下听了这话肯定高兴极了——”

“行了，格拉西尼，你让人家继续说啊！”这次轮到里卡尔多插话了，“你们两个也真是奇怪，就像猫和狗一样，一见面就打起来。继续说，加利！”

“我想表达的是，”这位那不勒斯人继续说道，“教皇陛下颁布新法令的初衷无疑是好的，但是他能成功改革到什么程度，这是另外一个问题。当然，眼下一切还是风平浪静，意大利各地的反动分子肯定会平息一两个月，等大赦令引起的这股狂热劲儿熄灭了再行动。但是他们不可能眼睁睁地看着自己的权利被别人夺走，还无动于衷。依我的判断，冬天过不了一半，那些耶稣会派[①]、格里高利派[②]、圣信会派[③]和其他党派的肯定会策划阴谋，并且杀害他们收买不了的人。”

“是的，极有这个可能。”

“那么，我们是温顺地呈递一份请愿书，然后坐等兰布鲁斯基尼[④]和他的党派说服大公爵让耶稣会派管制我们，或许再派几名奥地利骑兵，在大街上巡逻，把我们制服得服服帖帖的呢？还是我们先发制人，趁他们消沉的时候给他们点儿颜色看看？”

“先告诉我们你打算怎么先发制人？”

“我建议可以先煽动抵制耶稣会派的宣传，要有组织地开展。”

“说白了就是用小册子来宣战，是吗？”

“是的，用小册子揭穿他们的阴谋，披露他们的诡计，号召群众团结起来抵制他们。”

“但是现在没有耶稣会会士让我们去抵制啊。”

“没有吗？再等三个月，你再看看会有多少吧，那时候再去行动就为

---

① 耶稣会派：天主教修道会，创立于1534年，罗马教会利用该教会对付教内的宗教改革运动。

② 格里高利派：是指追随教皇格里高利的人成立的教派，格里高利教皇主张教皇极权主义，反对意大利民族主义运动。

③ 圣信会派：是一个支持教皇和奥地利侵略者，镇压意大利民族解放运动的一个会派。

④ 兰布鲁斯基尼（Lambruschini）：格里高利派的首领人物，在奥地利的支持下，镇压意大利革命人民。

时已晚了。”

“但是，如果要想煽动全城人民抵制耶稣会派，就必须要直言不讳，那么怎么躲避审查制度呢？”

“我根本就没有想过要躲避它，我就是要公然挑战它。”

“那你打算印发匿名小册子吗？可以倒是可以，可事实上我们早就看到过许多秘密出版物的下场了——”

“当然不是匿名，我要公开出版这些小册子，上面印上我们的姓名和地址，谁敢投诉，就让他们投诉我们好了。”

“这个建议简直是荒唐透了，”格拉西尼喊道，“这简直就是把自己的脑袋送到狮子的嘴边，真是一派胡言！”

“哦，你不用害怕！”加利刻薄地打断他的话，“我们不会请求你为了我们的小册子跟我们一起去坐牢的。”

“住口，加利！”里卡尔多打断道，“这不是怕不怕的问题，如果这样做有用的话，我们大家都会和你一样，无所畏惧，就算是坐牢也不怕。但是如果收效甚微，这种冒险则是幼稚的。依我个人之见，这个方案需要修正。”

“那么，你打算怎么修正呢？”

“我觉得我们应该想办法小心地与耶稣会派进行斗争，又不与审查制度发生冲突。”

“我觉得很难能做到。”

“我觉得可以用拐弯抹角的方法把要说的话委婉地表达出来，这样——”

“这样就审查不出来了？这样你能指望那些穷苦的工匠和劳动者依靠自己的无知和愚蠢领悟出隐藏在字里行间的意思？这根本就行不通！”

“马蒂尼，你怎么看？”教授转头向坐在身旁的一个肩膀宽厚、蓄着棕色大胡子的人问道。

“我觉得在得到更多事实依据之前，我可能会先保留意见。这件事情要尝试不断地探索，还要综合考虑阶段性结果。”

“你呢，萨科尼？”

“我想听听波拉夫人的看法，她的意见一向很值得考虑。”

于是，每个人都转头望向房间里的唯一一位女性，她坐在沙发上，一手托着下巴，一直听着大家的讨论，沉默不语。她抬起她那双深邃严肃的黑眼睛，眼神中闪过一丝嘲弄。

她说：“恐怕我和你们的意见都不同。”

里卡尔多插嘴道：“你向来不认同大家的意见，最糟糕的是你每次都是对的。”

“的确，我们应当采取某种方式与耶稣会派做斗争，如果这种武器不能用，那我们就得换一个武器。但是公然挑战是很薄弱的武器，逃避审查制度的办法也只是笨拙的武器。至于请愿呢，那只是小孩子的玩意儿。”

“夫人，但愿，”格拉西尼一脸严肃地问道，“你不是建议什么行刺之类的手段吧。”

马蒂尼捋了捋他的大胡子，加利吃吃地笑了起来，连这位严肃的年轻女士都忍不住笑了出来。

“相信我，”她继续说，“如果我能这么凶残地想到这种办法，就不会这么幼稚地拿出来跟你们讨论了。我知道最致命的武器就是嘲讽，这是不会致人流血的武器。如果你能够成功地把耶稣会会士描绘成滑稽可笑的小丑，让群众讥讽他们，嘲笑他们的言论，那么你就成功地征服了群众。”

“就此而言，我相信你是对的，”法布利齐说，“但是我想不出来，怎么才能做到这一点。”

“为什么不能做到这一点呢？”马蒂尼说，“比起严肃文章，讽刺类文章更容易通过审查制度的审核。并且，如果需要拐弯抹角地委婉表达的话，比起科学或经济学论文，群众更能从一则则荒唐愚蠢的笑话中领悟出双关的含义。”

“那，夫人，您的意思是出版讽刺性小册子呢，还是创办滑稽小报？我敢肯定，审查官肯定不同意后者。”

“两个都不是，我觉得可以印一些诗歌或者散文小传单，可以在街头廉价出售，或者免费散发，这样会起到很好的效果。如果我们能找到一位聪明的画家，他认同我们的理念，愿意加入我们的事业，我们便可以让他给这些诗歌散文配上插图。”

“如果能顺利实施的话，这将是一个绝妙的主意。不过，如果决定要做，就要尽全力把它做好。我们需要一流的讽刺家，我们去哪里找呢？”

“对呀，”莱伽补充道，“我们基本上都是严肃作家。没有冒犯大家的意思，恐怕如果我们强作幽默，估计有点儿像大象跳塔朗泰拉舞[①]。”

“我绝不是建议我们都一哄而上做我们不熟悉的工作，我的意思是我们应该去找一位真正具有天赋的讽刺家，在意大利肯定有这样的人，向他提供所需的资金。当然我们要对这个人有所了解，并确保他按照我们的方针工作。”

“但是你要去哪里找这样的人呢？真正有天赋的讽刺家我一个手的手指头都能数完，并且他们都很忙。朱斯蒂[②]肯定不会接受，他一直都很忙。伦巴第倒是有一两位不错的讽刺家，但是他们只用米兰方言写作——”

“并且，”格拉西尼说，“我们可以采用别的更好的方法影响塔斯加尼人。如果我们把事关公民自由和宗教自由这样的严肃问题当成小事，我敢肯定别人至少会觉得我们缺乏政治才干。佛罗伦萨不像伦敦那片蛮荒之地，只知道办工厂赚大钱，也不像巴黎那样纸醉金迷。它是一座具有伟大历史的城市——”

“雅典也是，”她微笑着打断了他，“但是它‘因为臃肿而显得迟钝，需要一只牛虻唤醒它’——”

里卡尔多猛一拍桌子，说道：“对呀，我们怎么没想到牛虻呢！他不就是最合适的人吗！”

“他是谁啊？”

---

① 塔朗泰拉舞（Tarantella）：意大利南部一种轻快的舞蹈，节奏很快。这里想表达一种不伦不类的意思。

② 朱斯蒂（Giusti）：意大利北部诗人，讽刺剧作家。在意大利民族解放与统一运动时期，他针对奥地利统治写的讽刺诗文产生了很大的影响。

“牛虻——菲利斯·李瓦雷兹。你不记得他了吗？三年前来自亚平宁山区穆拉托里[1]队伍中的一员。”

“哦，你认识那一伙人，对吧？我记得他们去巴黎的时候，你是和他们一道走的。”

“是的，我最远只到过里窝那，送李瓦雷兹去马赛。但是他不愿意在塔斯加尼停留，他说，起义失败了，留在这里除了放声大笑，别无他事，所以最好去巴黎。毫无疑问，他跟格拉西尼先生的看法一样，塔斯加尼这个地方让人笑不出来。但是我敢肯定，如果我们邀请他，他肯定会回来的，毕竟现在又有机会为意大利做点儿什么了。”

“他叫什么名字来着？”

“李瓦雷兹。我想他大概是巴西人吧。至少，我知道他在那儿住过。他是我见过的最机智的人了。我们在里窝那待的那一个星期，个个都无精打采，光看一下朗姆博蒂尼就够让人伤心欲绝的了。但是只要李瓦雷兹在场，我们都忍不住要笑。他谈吐诙谐，简直就像是一团永不熄灭的火焰。他脸上有一处难看的刀伤，我记得是我给他缝合的。他人很古怪，但我觉得若不是他和他的调侃幽默，一些小伙子肯定早就垮下来了。”

“就是那个用牛虻做笔名，在法国报纸上发表政治讽刺文章的人吗？”

“是的，大多都是短小精悍的幽默小品文。因为他讲话犀利，亚平宁山上的走私犯给他取个绰号叫‘牛虻’，他就索性把这个绰号当笔名了。”

“关于这位绅士的事情，我也知道一些，”格拉西尼用他那慢条斯理的声音说道，“我可不能说，我所有听说的都是对他的赞美。毫无疑问，他是有那么一点儿小聪明，肤浅又招摇，但是我觉得别人夸大了他的能力。他可能不缺乏敢于冒险的勇气，但是他在巴黎和维也纳的名声并不是太好。他好像算得上绅士——呃——呃——勇于探险，却身世不明。据说

① 穆拉托里（Mmuratori）：即穆拉托里兄弟。1843 年在教皇领地起义未成，带一队人马在亚平宁山区进行游击战，最后失败。

他是被杜普雷探险队出于同情收留的，那是在南美洲的热带地区，他当时野蛮落魄得难以想象。至于他是如何沦落到这般境地，他好像从未做出过令人满意的答复。众所周知，参与亚平宁山的那次起义的人形形色色，什么人都有。据说在博洛尼亚被处决的那几个人都是一班地痞流氓，逃走的那些人，品格也是不值得一提。当然，也有一部分参与者是有高尚品格的——”

“有些参与者是我们在座的几位的至交！”里卡尔多愤怒地打断了他的话，“格拉西尼，有时候挑剔傲慢一点儿也没关系，但是那些‘地痞流氓’为他们的信仰而牺牲，就这一点，不论你我，都比不上他们。”

“下次你再听到有人跟你说巴黎的风言风语的时候，”加利补充道，“你就说在我这儿听到的，他们在杜普雷探险队这件事上误解李瓦雷兹了。我私下里认识杜普雷的助手马特尔，听他讲述了这件事的来龙去脉。当他们发现李瓦雷兹的时候，他确实很落魄潦倒。那时他在为阿根廷共和国的战斗中被捕，而后逃出。当时他经常乔装打扮成不同的样子，在阿根廷境内到处流浪，试图回到布宜诺斯艾利斯。但是说杜普雷探险队出于同情收留了他，就是纯属杜撰了。他们的翻译官突然病倒，不得不返回，这些法国人当中没有一个人懂当地语言的，于是就把这个职位提供给他，他便跟随探险队整整三年，考查了亚马逊河所有的支流。马特尔告诉我，如果不是李瓦雷兹，他们根本就不可能完成那次探险。”

“不管他身世如何，”法布利齐说，“他肯定有过人之处，才能让马特尔和杜普雷这两位经验丰富的探险家给出这么高的评价。夫人，你怎么看？”

“关于这件事，我一无所知。他们从塔斯加尼逃亡出去的时候，我当时在英国。不过我觉得如果跟他一起在蛮荒的国度探险三年的同伴和同他一道起义的战友都对他评价很高的话，这就是一份推荐书了，足以抵消那些无稽的风言风语了。”

“他的同伴对他的看法肯定没有问题，”里卡尔多说道，“从穆拉托里和赞贝卡里到最粗鲁的山民，都对他无比崇敬。不仅如此，他还是奥尔希尼[1]的挚友。另一方面，关于他在巴黎的情况，的确有一些流言蜚语。但是一个人如果没有敌人的话，他也不可能是政治讽刺家了。”

“我不太确定，”莱伽插嘴道，“那些人经过这儿逃走的时候，我好像见过他一次。他是不是有点儿驼背，或者佝偻着腰？”

教授打开写字台的一个抽屉，翻着一叠文件。“我记得我这里有警察局通缉他的告示，”他说，“你们还记得吧，他们逃进山里的时候，到处都挂着有描述他们长相的通缉告示，并且当时的红衣主教——那个混蛋叫什么名字来着——斯宾诺拉，还悬赏要他们的脑袋呢。”

“看到这张告示，我又想起李瓦雷兹的另外一个神奇的故事了。他穿上士兵的旧军装，装扮成执行任务时负伤的骑兵，试图找到自己的同伴。有一次，他碰巧遇到了斯宾诺拉的搜查队，他竟然还搭上了顺风车，在车上坐了整整一天。他还跟那些搜查队员讲了许多惊心动魄的故事，说他怎么被叛乱分子捕获，又是怎样被拖进山里，受尽折磨。他们还给他看通缉告示，于是他就编了一通瞎话，大谈‘他们称作牛虻的恶魔’。到了晚上，等他们都睡着了以后，他往他们的火药上浇了一桶水，然后把自己口袋里装满了给养和弹药，溜走了——”

“啊，找到了，”法布利齐突然说，“菲利斯·李瓦雷兹，又名牛虻。年龄：三十岁左右；籍贯和出身：不详，可能是南美洲；职业：记者。身材矮小、黑发、黑胡须、皮肤黝黑、蓝眼睛、前额宽大、鼻子、嘴、下巴——哦，在这里！‘特征：右腿瘸，左臂弯曲，左手缺两根手指头，脸上有刀疤，口吃。’还附加了一条：‘枪法极准，追捕时务必小心。’”

“真是太神奇了！搜查队手里有一份这么详细的体貌特征描述，他竟然还能蒙混过关！”

“当然，他并没有什么特殊的本领，全凭着一身的英勇无畏，才能化险为夷。如果有一个人起疑心，那他就没命了。但是他能随时装作一副天

---

① 奥尔希尼（Orsini）：意大利民族主义革命者，马蒂尼的信徒。1858 年，当拿破仑三世和皇后乘车前往巴黎歌剧院时，他和两个同伙投弹，殃及他人，后被处死。

真单纯、无话不说的样子，所以什么难关都能顺利通过。那么，先生们，你们觉得这个提议怎么样啊？好像在座的很多人都对李瓦雷兹有所了解。那我们是不是该向他表示需要他的帮助呢？”

法布利齐提议道：“我觉得我们可以先探探他的口风，看他是否愿意出面帮助我们。”

“哦，只要是和耶稣会派做斗争的事情，他肯定会很乐意的！他是我见过的最反对教士的人，他对这种事情相当狂热。”

“那就由你来写信吧，里卡尔多！”

“非常乐意！让我想想，他现在应该在哪里。我猜应该是在瑞士。他是属于那种哪儿都待不住的人，喜欢四处游荡。那么，至于出版小册子的问题——”

于是，他们又继续展开了一番长久热烈的讨论。最后，人群四下散去的时候，马蒂尼走到那位安静的青年妇人面前。

“我送你回家吧，琼玛。”

“谢谢了，我正好有正事想跟你聊聊。”

“是地址的事出问题了吗？”他轻声问道。

“问题不大，不过我觉得最好做点儿修改。这周有两封信被扣在邮局了，不是什么重要的信件，也有可能只是出于偶然，但是我们要提高警惕，不能出任何差错。如果警方一旦开始怀疑我们的任何一个地址，就得赶紧把那个地址换掉。”

“这件事我们明天再谈吧。你看起来似乎很疲惫，今晚就先不聊这么严肃的话题了。”

“我没有觉得疲惫啊。”

“那就是有些情绪低落了。”

“哦，没有，没什么特别的。”

第二章

“凯蒂，夫人在家吗？”

“在的，先生，她正在梳妆呢。先进客厅坐一会儿吧，她等下就下来了。”

凯蒂用德文郡姑娘特有的热情和友好把客人领进门，马蒂尼是她最喜欢的客人了。他说英语，当然会有点儿外国腔，不过还算是讲得不错的了。他从来不像某些客人那样，一进门就开始高谈阔论，大谈政治直至深夜，也不管夫人累不累。不仅如此，在夫人的婴儿夭折和丈夫去世的时候，他还亲自跑到德文郡伸出援助之手。打那时起，这位高大笨拙、沉默寡言的男人，在凯蒂看来，就像此时此刻蜷伏在他膝上的那只懒洋洋的黑猫一样，都是“自己人”了。帕什特也一直把马蒂尼当作一件非常实用的家具。它一直觉得这位客人非常和善友好，从来都没踩过它的尾巴，也从来没把烟灰吹进过它的眼睛里。他的行为举止简直就是绅士的典范：给它提供一个舒适的膝盖供它睡觉、打呼噜，吃饭的时候还记得分点儿鱼给他吃。他们之间的友谊也是由来已久的。在帕什特还是个小猫崽的时候，它的主人病得厉害，无暇照料，马蒂尼便把它装进一个小篮子里，从英国带过来。之后的许多经历都让它更加坚信，这个笨拙地像大熊一样的人类确实是一位能同甘共苦的挚友。

“你们两个在一起看起来很和谐，”琼玛边说边走进客厅，“不知道的还以为你俩打算就这样待一整晚呢。”

马蒂尼小心翼翼地把猫从腿上抱下来，说，“我来这么早是想趁出发之前讨点儿茶吃，那边人肯定很多，再说了，格拉西尼也不会准备什么像样的晚餐——身居豪宅的人向来如此。”

“好了，”她笑着说，“你这样讲话就像加利一样刻薄！可怜的格拉西尼，撇开他妻子不善持家不讲，他自己也够受罪的了。茶快好了，凯蒂还专门为你做了些德文郡糕点！”

“凯蒂真是个好人，对吧，帕什特？你今天穿了这件漂亮的裙子啊？我还以为你忘了呢。”

“我答应过你要穿的，尽管今晚气温有点儿高，穿这么厚的裙子可能会有点儿热。”

“菲耶索莱那边会凉快一些，你穿白羊绒衫再合适不过了，我还给你带了一些鲜花，你可以戴上。”

“这些玫瑰花真可爱，我太喜欢了！不过最好还是把它们放进水里吧，我不喜欢戴花。”

“看，你又开始迷信了吧。”

“不是我迷信，我只是觉得让它们和我这么一个无趣的一个人在一起待一晚，它们肯定会觉得无聊的。”

“今天晚上恐怕我们所有人都会觉得无聊吧，今晚的聚会肯定会无聊透顶的。”

“为什么这么说？”

“部分原因是，只要是格拉西尼碰过的东西都会变得像他一样乏味。”

“别这么说话不饶人，毕竟我们还要去他家做客呢。”

“夫人所言极是，好吧，无聊是因为有趣的人有一半都不来。”

“怎么会呢？”

“我不知道，可能不在城里，也可能是生病了，或者其他原因吧。不过，不管怎么样，有两三位大使会来，还有一些德国学者，按照惯例还会有一群无关大局的游客、俄国王子和文学俱乐部的人会来，还有几位法国军官也会来，这些人我一个都不认识——当然了，那位新来的讽刺家除外，他将会是今晚众人瞩目的焦点。”

“新来的讽刺家？是李瓦雷兹吗？我一直以为格拉西尼强烈反对呢。”

“反对倒是反对，不过一旦中心人物来了，格拉西尼当然希望自己的家成为焦点人士首秀的地方。李瓦雷兹可能没有亲耳听到格拉西尼的话，不过他可能早已猜到了，他是一个十分敏锐的人。”

“我还不知道他已经来了呢。”

“他昨天刚到。茶来了，别，别站起来了，我来端茶壶就好了。”

在这间小小的书房里，马蒂尼总是感到无比的快乐。琼玛的友谊和她在不知不觉中对他产生的魅力，以及他们之间单纯坦诚的同志友情，这一切都是他那略显灰暗的生命中最明亮的东西。当他感到沮丧的时候，他会在公务完成之后，过来坐坐，只是那样安静地坐着，看着她或斟茶，或低头忙于飞针走线。她从不去询问他的烦恼，也不说什么同情安慰的话语。但是每次离开的时候，他总能感到自己更坚强、平静了一些，用他自己的话来说，就是“又能好好地再活上两个星期了”。她仿佛有一种能让人安心的力量，她自己或许并不知道。两年前，他的挚友们在卡拉布利亚被人出卖，最后像畜生一样被杀的时候，正是她那坚定的信念，把他从绝望的深渊中拯救出来。

有时候周日上午他会来找她“谈谈正事”，这个说法专门指探讨一切与马志尼党有关的工作。他们俩都是马志尼党积极忠诚的党员。一谈起正事，她就跟换了个人似的，敏锐沉着，思维缜密，一丝不苟，不偏不倚。如果有人只在政治工作上跟她打交道，会敬她是一个训练有素、纪律严谨的革命家，值得信赖、勇气可嘉的好党员，但是会觉得她在为人上缺少些人情味和个性。“她是一名天生的革命家，一个能抵我们十来个。她也只是个革命家。”这是加利对她的评价。马蒂尼认识的“琼玛夫人”很让人捉摸不透。

“那么，这位‘新来的讽刺家’是什么模样啊？”她打开食品柜的时候回头问道，“看，塞萨雷，这里有为你准备的麦芽糖和蜜制当归。我很好奇，为什么干革命的男人都喜欢吃甜食呢？”

“其他人也是，只是他们觉得有失身份，不好意思承认罢了。新来的讽刺家？哦，他是那种一般姑娘都很着迷，而你不会喜欢的那类人。他擅长讲犀利尖酸的话，一副玩世不恭的样子周游世界，后面还跟着一个跳芭蕾舞的漂亮姑娘。”

“你是说真有一个跳芭蕾舞的姑娘，还是你只是觉得愤懑，试图去模仿一下说尖酸刻薄的话？”

“天啊！真有一个跳芭蕾舞的姑娘，并且对那些喜欢泼辣型美女的人来说，是真的很漂亮。我个人并不觉得漂亮。听里卡尔多说，她好像是个匈牙利吉普赛人，或者类似身世吧，来自加利西亚的地方戏院。他跟人介绍这个女人的时候，好像表现得挺淡定的，就像她是他未出阁的小姑似的。”

“万一他是从她家里带出来的呢。”

“亲爱的夫人，你可以这么想，但是这个社会不会这么想的。我想当他介绍的时候，大多数人是很心烦的，因为他们知道她是他的情妇。”

“他又没有亲口说出来，他们怎么能这么肯定呢？”

“很简单，等你见到她你就知道了。不过我觉得，就算是李瓦雷兹，他也不敢把她带到格拉西尼的家里去。”

“他们不会接待她的，格拉西尼太太那样的女人是不会容忍伤风败俗的事情的。不过我想知道的是李瓦雷兹先生作为讽刺家的一些信息，而不是他的个人情况。法布利齐告诉我他已经回信并表示愿意接手抨击耶稣会派的工作了，这是我听到的最后一点儿关于此事的消息，我这周工作太忙了。”

“我也不能确定能给你提供更多的信息。最开始我们还有点儿担心钱的问题，现在好像没什么好担心的了，他好像很富有，愿意无偿工作。”

“他自己有一笔私人财产吗？”

“显然有，尽管这事有点儿蹊跷——那天晚上在法布利齐家你也听到了，杜普雷探险队发现他的时候，他是很落魄的。但是他持有巴西某矿山的股票，并且他是一名成功的专栏作家，在巴黎、维也纳和伦敦都小有名气。他好像精通六七种语言，就算来到这里，他依然与各地报纸保持联系。写文章讥讽耶稣会派估计只会占用他一小部分时间吧。”

“希望如此。好了，塞萨雷，我们该出发了。等下，我还是戴着玫瑰花吧。”

她迅速跑上楼，下来的时候胸前别着一朵玫瑰花，头上还围着一个黑色的西班牙蕾丝头巾。马蒂尼用艺术家特有的赞许的眼光打量着她。

“你看起来像一位女王，我亲爱的夫人，像极了伟大而又睿智的示巴女王[①]。”

“胡说什么呢！”她笑着反驳道，“为了能让自己打扮得更像一个典型的上流社会贵妇，我也是费尽心思了。谁想让一个革命者看上去像示巴女王啊？那不是逃过密探的办法呀。”

“你就算再费心思，也不像那些愚蠢的上流社会女人。不过没关系，就算你学不会像格拉西尼太太那样用扇子半遮着脸吃吃地笑，密探见到你，也肯定完全被你的容颜吸引了，不会怀疑你的身份的。”

“好了，塞萨雷，放过那个可怜的女人吧！来，再吃点儿麦芽糖，消消火气。好了吗？那我们现在就出发吧。”

这一点马蒂尼猜测得很准确，聚会既拥挤又无聊。学者们彬彬有礼地闲聊着，脸上都写满了“无聊”二字。那些“无关大局的游客”和“俄国王子”穿梭于各个房间，互相打听着哪位是名流，然后试着找别人攀谈。格拉西尼不冷不热地接待着客人，态度就像他那双擦得锃亮的靴子一样。但是一看见琼玛，他那原本冷漠的脸上顿时有了神采。他并不是真的喜欢她，甚至私底下还有点儿怕她。但是他觉得，如果她不来参加聚会，他的客厅就会缺少一位引人注目的人物。如今他在事业上已经爬到了很高的位置，也已经腰缠万贯、赫赫有名了，所以现在他的主要目标就是让自己的家成为开明人士和知识分子社交的中心。他现在痛苦地意识到，自己

---

① 示巴女王（Queen Sheba）：是《圣经》记载的第一位女王。主耶稣称她为南方女王，因示巴王国位于迦南的南部。据《圣经·旧约》记载，所罗门王在位期间，示巴女王拜见，请他解谜，以试探他的智慧。

年轻时怎么就娶了个如此俗不可耐、整天就只知道浓妆艳抹的女人呢？她谈吐粗俗，风姿也早已荡然无存，根本就不配做一个大型的文学沙龙的女主人。他觉得，只要琼玛能来，晚会就肯定会很成功。她那娴静文雅的气质会让客人们感到轻松愉悦，并且他一直觉得有一股粗俗的气息像鬼影般出没于这座房子，她的出现仿佛能赶走这一切。

格拉西尼太太亲切地迎接琼玛，大声地耳语道："你今晚看起来好迷人呀！"并用不怀好意的挑剔的眼神仔细打量那件白羊绒衫。她极其憎恨这位客人，憎恨她的安详而坚强的性格，憎恨她庄重真诚的坦率，憎恨她沉稳的心智以及此刻脸上的表情，而这些刚好是马蒂尼所爱的。当格拉西尼太太憎恨一个女人的时候，她通常会表现得更温柔。琼玛对这些亲昵和赞美之词也只是听听而已，听后便不再放心上。对她来说，"社交"是令人疲倦和厌烦的任务之一，然而这种任务却又是一名革命者为了不引起密探的注意而必须要有意识地完成的。她把这与繁琐的写密码的工作归为一类，她知道，着装得体会给她带来一道不受怀疑的保护屏障，因此，她拿出研究密码的细心和耐心来研究时装。

一听到琼玛的名字，那些百无聊赖的学者们就有了精神，琼玛在他们当中很受欢迎，特别是那些激进的新闻记者，从屋子的另一头蜂拥而至。但她是一位有经验的革命党人，绝不会任他们摆布的。激进分子什么时候都有。现在，当他们围在琼玛周围的时候，她温柔地劝说他们忙自己的正事，微笑地提醒他们没必要把时间浪费在自己身上，那边还有很多游客需要他们的指导呢。把这些人支开之后，她去找一位英国议员聊天，因为他们共和党人急于需要这个人的同情。琼玛知道这个人是金融方面的专家，她便先问了一个有关奥地利货币的专业性问题，以获取他的注意力，然后再巧妙地把话题转移到伦巴第-威尼西亚[①]的税收问题上来。这位英国人本以为跟她的谈话也会像之前的一样无趣，听了琼玛的话之后，不禁

---

① 伦巴第-威尼西亚（Lombardo-Venetian）：意大利北部地区，包括伦巴第和威尼西亚，当时都处于奥地利的统治之下。

若有所思地看了她一眼，深恐落入到一位才女手中。聊得深入了之后，他发现这位女子落落大方，谈吐非凡，不禁肃然起敬，把她当作梅特涅[①]一般，和她认真地谈论起意大利的金融问题了。随后，格拉西尼带来一位法国人，他“想咨询一下波拉夫人关于青年意大利党历史的问题”，这时那位议员先生疑惑地站起来，他突然觉得意大利人民之所以怨声载道，原因可能不是那么简单。

过了一段时间，琼玛悄悄溜到客厅窗外的阳台上，想在高大的山茶花和夹竹桃之间独自坐一会儿。聚会房间里浑浊的空气和拥挤的人群让她感到头疼。阳台的另一头是一排栽在大木桶里的棕榈树和凤尾蕉，前面又种了一排百合花和其他花木将木桶遮住。这些花花草草形成了一道紧实的屏风，屏风后面是一个僻静的角落，从那里可以俯瞰山谷对面的风景。花木之间是一条窄窄的通道，旁边垂吊的一株石榴树上开着一簇簇迟开的花朵。

琼玛便躲进这个角落，希望没有人发现她的踪影。她想在这宁静之处休息一下，缓解一下头痛。夜晚温和、美丽又宁静，但是刚刚从闷热的房间里走出来，不免觉得有些凉意，于是她又戴上那条蕾丝头巾。

不一会儿，阳台上响起说话声和脚步声，由远及近，把她从浅眠中惊醒。她缩进阴影里，希望避开注意，再享受几分钟的安宁，以便对付之后无聊的谈话。没想到，脚步声恰好在屏障外面停下来，接着是格拉西尼太太尖细的声音聒噪一阵之后又停了下来。

接着是一个男人的声音，轻柔悦耳。但是甜美的嗓音中却夹杂着一种奇怪的拖音，使之大打折扣。也许是因为娇揉造作，也许是为了克服口吃的缘故，总之叫人听了很不舒服。

“你刚刚说是英国人？”他问道，“但是这是个意大利的姓氏啊，叫什么来着——波拉？”

---

① 梅特涅（Metternich）：当时任奥地利首相，是欧洲反动势力的代表，他执行了残酷的恐怖政策，迫害革命人民，意大利人对他十分痛恨。

“是的，她是乔瓦尼·波拉的遗孀，她丈夫大约在四年前在英国去世——你不记得了吗？哦，我忘了——你经常四处漂泊，不可能知道所有的为国牺牲的烈士们呢？牺牲的人太多了！”

格拉西尼太太叹了一口气，她总是用这种口气跟陌生人讲话，活脱脱一个为意大利的忧伤而默哀的爱国人士，语气和神情中还带着女学生的稚嫩和小孩子的嗲声嗲气。

“在英国去世！”男声重复道，“那个时候他是流亡到那里的吗？我好像对这个名字有点儿印象了，他早先是不是和青年意大利党有关系？”

“是的，他是三名不幸被捕的年轻人之一——你还记得那件悲惨的事件吗？几个月后，他被释放了。两三年后又对他下了逮捕令，于是他逃到英国。之后，我们听说他在那里结婚了，那是一段极为浪漫的恋情，可怜的波拉一向都很浪漫。”

“然后他就在那儿去世了？”

“是的，因为得了肺痨，他受不了英国糟糕的天气。他去世之前，琼玛失去了她唯一的孩子，小孩儿得了猩红热。好凄惨，对不对？我们所有人都喜欢亲爱的琼玛！她有点儿固执，可怜的人啊。不过你知道的，英国人大都如此。不过我觉得她的经历让她变得忧郁——”

这种把别人的个人不幸当作谈资的行为是琼玛最不能忍受的。于是琼玛站起身，推开石榴树枝，走进亮光之下，脸上写满了愤怒。

“啊！她就在这儿！”女主人喊道。她竟然如此镇定，真是叫人佩服，她继续说道：“琼玛，亲爱的，我刚刚还在想着你怎么不见了呢，菲利斯·李瓦雷兹先生想认识认识你。”

“那这个人就是牛虻了。”琼玛一边心里想，一边用好奇的眼神打量着他。他毕恭毕敬地向她深鞠一躬，他仔细打量着她的脸庞和身段，她能感到那双眼睛极其锐利，好像自己在受到审问一样。

“你找到了一个好、好、好地方啊，”他看着那道严实的屏障说，“多、多、多美的景色啊！”

“是的，这个角落是很美，我过来透透气。”

“这么美好的夜晚不出来走走，还闷在屋子里都觉得对不起上帝的恩赐呢。”女主人一边说，一边抬眼望向星空。(她的睫毛长得很好看，所以喜欢用这种方式炫耀一下。)“看啊，先生！如果我们美丽的意大利获得自由了，那不就是人间天堂了吗？唉，而如今，却沦为这般田地，真是枉费了这鲜花，这夜空！”

“还有这么爱国的女人呢！”牛虻慢吞吞地拖着长音喃喃地说。

琼玛吃惊地扭过头看看她，他太失礼了。不过她低估了格拉西尼太太想听赞美之词的欲望了。这个可怜的女人叹了口气，垂下眼帘。

“唉，先生，女人能做的太少了！或许有一天我能证明自己不愧为一名意大利人——谁知道呢？不过现在我要回去尽地主之谊了，那个法国大使还想让我把他的养女介绍给所有的贵族呢。你应该进去见见她，她是一位非常迷人的姑娘。琼玛，亲爱的，我把李瓦雷兹先生带出来欣赏下这儿的美景，现在只能把他托付给你了。我知道你肯定会关照他，并把他介绍给在座的来宾的。啊！那个讨人喜欢的俄国王子来了！你认识他吗？据说他是尼古拉斯皇帝陛下的宠臣。他在波兰的某个城镇担任军事指挥官，那个地方名字很怪，谁也说不出来。Quelle nuit magnifique! N’est-ce pas, mon prince?①”

她扬长而去，跟那个粗脖子的男人大声地讲话。那个人下巴堆满了肥肉，胸前挂满了闪耀的勋章。她又开始向他悲悼起“notre malheureuse patrie②”，时不时地还夹杂着“charmant③”和“mon prince④”，随后，她的声音渐渐地消失在阳台尽头。

琼玛静静地站在石榴树旁，她可怜那个愚蠢的小女人，并觉得牛虻刚刚过于傲慢无礼了。他正在看着两个远去的身影渐行渐远，可他脸上的表情让她很生气，嘲笑这么可怜的人实在是太没有度量了。

---

① 法语：多么美好的夜晚呀！不是吗，我的王子？
② 法语：我们不幸的祖国。
③ 法语：迷人的。
④ 法语：我的王子。

“意大利和俄国的爱国主义者走了，”他转身向她说道，“手挽着手，结伴而行，兴高采烈。这两种你喜欢哪一种？”

她皱了皱眉头没有回答。

“当、当然，”他继续说道，“这完全是个、个人喜好的问题。不过，我觉得两个人当中，我更喜欢俄国的那种——那么的彻底。如果俄国不是靠它的火药和枪支，而是靠鲜花和夜空来维持它的地位，那你想想看，‘我的王子’能把他的波兰要塞维、维持多久呢？”

“我觉得，”她冷酷地答道，“我们还是保留自己的意见，而不是去嘲弄聚会的女主人。”

“啊，是的！我忘、忘了意大利人好客的天性，这些意大利人，他们真的既好客又友好，我敢肯定那些奥地利人也发现了他们好客的特点了吧。你不坐会儿了吗？”

他一瘸一拐地走到阳台对面，给她搬来一把椅子，然后自己靠在她对面的栏杆上。窗口透出来的光正好打在他的脸上，此时，她可以好好端详下他的脸庞了。

她感到失望。她觉得即使不是一张赏心悦目的脸，也至少是刚毅而坚定有力的。然而他浑身上下最引人注目的，却是衣着略显浮夸，神情态度中明显潜伏着一股傲慢。至于其他的呢，皮肤黝黑，像一名黑白混血儿。尽管瘸腿，动作依然像猫一样敏捷。说也奇怪，他的外貌和散发出来的气质很容易让人联想到黑色的美洲豹。他并不英俊，额头和左半边脸还有被刀砍过留下的一道弯弯长长的伤疤。而且，她已经注意到了，他说话时一旦开始口吃，那半边脸部的神经就会抽搐。要是没有这些缺陷，从某种非常规的标准来看，他肯定还算得上帅气。总之，这绝不是一张迷人的脸。

现在他又开始喃喃地讲话了。（“要是一只心情好的非洲豹能讲话，声音肯定就是这样的。”琼玛心里这样想道，越想越生气。）

“我听说，”他说，“你对激进派的报纸很感兴趣，并且经常为他们写文章。”

“我写得很少，没太多时间写。”

“啊，那是当然！格拉西尼太太说你还有别的重要的工作。”

琼玛轻轻扬起眉头。很显然，格拉西尼太太这个笨女人肯定已经在跟这个老奸巨猾的人聊天的时候说出了很多，琼玛暗地里开始讨厌他了。

“我确实挺忙的，”她冷漠地说，“不过，很显然格拉西尼太太高估了我工作的重要性。其实都是些无关紧要的小任务。”

“如果我们大家把所有时间都用于哀悼意大利，那这个世界就糟糕透了。我倒是认为，谁和我们今晚聚会的主人和他的妻子待久了，都会出于自卫而把自己说得一无是处。哦，是的，我知道你想说什么。你说的对极了，但是他们怀着满腔的爱国主义真是好笑极了——你打算进去了吗？在外面待着多舒服呀！”

“我觉得我现在就想进去。那是我的头巾吗？谢谢。”

他捡起来，在一旁看着她，一双纯粹的蓝眼睛睁得大大的，好似小溪里的勿忘我。

“我知道你生我气了，”他懊悔地说，“我不该去愚弄那个彩绘的蜡像娃娃的，但是又有什么办法呢？”

“既然你提起来了，我就说两句吧。我着实觉得用那种方式去嘲笑一个比自己智商低的人是非常没有度量的，并且是很怯懦的。就好比是嘲笑一个瘸子，或者——”

他突然屏住呼吸，变得很痛苦。他往后缩了一下，看看自己的跛脚和残手。但他很快就镇定下来，放声大笑。

“夫人，这其实没有太多可比性。我们瘸子不在别人面前炫耀自己的残疾，然而她却在炫耀自己的愚蠢。至少，我们意识到扭曲的背和扭曲的行为一样都不会让人感到愉快。这里有个台阶，让我来扶着你，好吗？”

她感到有些窘迫，默不作声地重新回到屋里。她没有想到他是那么敏锐，弄得她完全不知所措。

他一把拉开那间阔气的接待室的门，她意识到在她离开的这段时间内，有什么不对的事情发生了。大多数男士们都看起来既生气又别扭，女士们涨红了脸，都聚集在房间另一头，假装什么都没有发生一样。格拉西尼在用手摆弄着眼镜，竭力掩盖着心中的怒火。一小群游客站在一角远远地看着房间的另一头，完全是一副看笑话的神态。很明显，房间那头肯定发生了什么事，游客们觉得很搞笑，而大多数客人觉得是一种侮辱。唯独格拉西尼太太一个人好像还没意识到发生了什么事，她正在一边摇着扇子，一边轻佻地跟荷兰使馆的秘书聊天。那位秘书听得眉开眼笑。

琼玛在门口停顿了片刻，转过头看牛虻是否也察觉到了这群人的不安。只见他扫了一眼那位什么都没察觉到的女主人，又看了看房间另一头的沙发，眼神里露出一种不怀好意的得意扬扬。她立马明白了，他胡乱编了个理由把自己的情妇带进来了，虽然没骗到其他人，但是格拉西尼太太信了。

那个吉卜赛女郎斜靠在沙发上，身边围了一圈风流的花花公子和献殷勤的骑兵军官。她穿着华丽，琥珀色和猩红色相间的衣裳，带着浓浓的东方情调。她身上佩戴着琳琅满目的饰品，在这个佛罗伦萨文艺沙龙里显得格格不入，就像一只热带鸟落在一群麻雀和八哥中间。她自己仿佛也觉得走错了地方，带着一种鄙夷傲慢的眼神看着那些气急败坏的女人们。看到牛虻和琼玛走进来，她一下子从沙发上跳起来，朝他走去，嘴里还滔滔不绝地讲着错误百出的法语。

“李瓦雷兹先生，我到处找你呢！萨尔特柯夫伯爵邀请你明晚去他的别墅，那儿有个舞会。”

“很抱歉，我不能去。就算能去参加，我也不能跳舞啊。波拉夫人，请允许我向你介绍一下，这位是思蒂·雷尼小姐。”

那个吉卜赛女郎略带挑衅地看了看琼玛，然后生硬地欠了欠身。正如马蒂尼所说的，她的确很漂亮，有一种动人的野性美。她的姿态十分和谐自如，看了让人赏心悦目。但是她的前额略显低窄，小巧的鼻子傲气十足，几乎有些残酷。跟牛虻打交道已经让琼玛觉得够压抑了，现在又来了个吉卜赛女郎，这种感觉变得更加强烈了。不一会儿，格拉西尼走过来请波拉夫人帮忙招待另一个房间里的游客，她欣然答应了，并且觉得如释重负。

“夫人，你觉得牛虻怎么样啊？”深夜乘车回佛罗伦萨的路上，马蒂尼问道，“他竟然愚弄那个可怜的格拉西尼太太，简直太无耻了！”

“你是说那个跳芭蕾舞的姑娘吗？”

“是的，他骗格拉西尼太太说这个姑娘一定能成为时下最红的交际花，为了名声，格拉西尼太太什么都会去做的。”

“我觉得这样做既不公平也不仁义，这会让别人误解格拉西尼一家。对这个姑娘来说也很残忍，我敢肯定她自己也感觉不自在。”

“你跟他聊了，对吧？你觉得他本人怎么样？”

“哦，塞萨雷，我什么都没觉得，只知道一离开他我就很高兴。我从未见过这么惹人厌烦的人，跟他聊十分钟，我就会头疼。他简直就是狂躁魔鬼的化身。”

“我也觉得你不会喜欢他的，说实话，我也不喜欢。这个人滑得像鳝鱼一样，我不怎么信任他。”

第三章

牛虻住在罗马城门外边，离思蒂的住处很近。他有点儿爱奢侈享乐，尽管房间里没有什么过于奢侈的东西，但细微之处无不彰显着主人对奢华的喜爱，物件摆放得也很整齐雅致。他们本以为曾经在亚马逊河荒野里生活过的人应该品味情调很简单才是，可是看到房间橱柜里一尘不染的领带、一排排摆放整齐的靴子和写字台上摆放着的鲜花，这些都着实让加利和里卡尔多感到十分惊奇。总体来说，他们相处得还不错。他对每个人都很友好，特别是马志尼党的党员。不过在这一点上，琼玛显然是个例外。他好像在第一次见面就不太喜欢她，之后就想法子躲着她。有两三次，他对她很粗鲁，这让马蒂尼对他深感憎恶。这两个男人之间最开始也没有什么好感，他们二人性格不合，彼此反感，而马蒂尼又迅速把这种反感发展成敌意。

“他不喜欢我无所谓，”有一天他怨恨地对琼玛说，“毕竟，我也不喜欢他，所以，扯平了。但是我忍受不了他对待你的方式。如果不是怕在党内闹出什么丑事，说我们先把他请过来，又跟他大吵一通，我非要叫他解释清楚。”

“算了吧，塞萨雷，没用的。毕竟，我和他都有错。”

“你能有什么错啊？”

“他那么不喜欢我，是因为我们第一次见面的时候我对他说了无礼的话，就是那天晚上在格拉西尼家。”

“你说了无礼的话？夫人，这太让人难以置信了。”

“当然，我不是故意的，我说了之后也很后悔。我说了什么人们嘲笑瘸子之类的话，他以为我是在说他了。其实，我从来没有把他当作瘸子，他又没有那么严重。”

“当然没有了。他两个肩膀不一样高低，左胳膊残疾得比较严重，但他既不驼背也不跛脚。他走路是有点儿一瘸一拐的，但那个根本就不算什么。”

“不管怎么说，他当时浑身发抖，面色大变。当然，我当时是鲁莽了一些，不过他也不至于这么敏感吧。我猜是不是以前也有人跟他开过这种玩笑，让他有心理阴影了，才会有这么大反应。”

“我倒是觉得是他开别人的玩笑吧，他那个人外表看起来还行，其实内心很残忍，我是最讨厌表里不一的人了。”

“塞萨雷，你这样讲可就不对了。我跟你一样，都不喜欢他，但是没有必要把他形容的比实际上更坏吧。他的行为举止可能是有一些做作，令人生气——我想这是因为他总是被大家神化了——他的那些俏皮话也很让人厌烦，但是我不觉得他有什么恶意。”

“我不知道他是什么意图，但是一个人如果对所有事物都嗤之以鼻，那这个人也必定有不洁净之处。那天在法布利齐家，他抨击罗马改革的方式真叫我恶心，好像他想在所有事情中都找到一个肮脏的动机似的。”

琼玛叹了口气，说道：“恐怕在这一点上，我更同意他的观点吧。你们这些好心人内心都充满了最美好的期待和憧憬，你们总是觉得如果一位善良的中年绅士当选为教皇，一切问题都会迎刃而解。他只需打开牢门，然后把祝福赐予周围的每一个人，我们就有望在三个月内得到千禧[1]福泽了。你好像看不出来，即使他愿意拨乱反正，他也做不到。这是原则出错了，而不是某个人的行为。”

---

① 千禧年：基督教神学名词。据《圣经·启示录》里记载，届时基督再临将率领众信徒亲自统治世界一千年。

“什么原则？教皇的世俗权力吗？”

“为什么唯独只提这一点呢？那只是所有原则中的一部分。错误的原则是一个人竟然有操纵别人生命的权利，人与人之间不应该存在这种不对等的关系。”

马蒂尼举起双手，笑着打断道：“好了，到此为止吧，夫人。你要是打算这样大谈反律法论[①]，我就不跟你讨论下去了。我敢说你的祖先在十七世纪的时候肯定是英国的平均派[②]。况且，我来是和你讨论稿件的。”

他把稿件从口袋中拿出来。

“又一本新编的小册子？”

“是李瓦雷兹那个家伙写的蠢东西，他昨天送到委员会的。我就知道，过不了多久，我们就会跟他吵起来的。”

“你这是怎么了？说实话，塞萨雷，我觉得你对他有些偏见。李瓦雷兹人可能不怎么友善，但是他绝不蠢。”

“我不否认这篇稿子本身是有它聪明的地方，不过你最好自己读读。”

小册子是针对新教皇在意大利引发的狂热这一现象所写的讽刺文。和其他牛虻所写的文章一样，这篇文章也是一如既往的犀利和咄咄逼人。尽管琼玛不喜欢这样的文风，但她还是打心眼儿里觉得文章批评得很中肯。

“我同意你所说的，这的确很尖锐恶毒，”她一边说，一边把稿子放下，“但是糟糕的是，他说的都是对的。”

“琼玛！”

“没办法，的确是对的。你可以说这个人是一条冷血的鳝鱼，但是他站在真理的那一边。我们没必要骗自己说这篇文章没有击中要害——事实上，的确击中了！”

“那你建议我们印发它吗？”

---

① 反律法论（Antinomianism）：基督教神学名词，从根本上否认法律道德、伦理约束。

② 平均派（Leveller）：克伦威尔军队中的激进派，主张普选，废除君权，归还农民被圈土地，在法律面前人人平等，后被镇压。

“哦，出版是另一码事。我当然觉得不能原封不动地印发了，这样会伤害到所有人，让大家四分五裂，这样做并没有什么好处。但是如果他愿意重写一份，删减掉人身攻击的部分，我觉得这将会变成一则极其有价值的政治批判文。我真没想到他能写得这么好。他能把我们想说而没有勇气说的东西说出来。看这一段，他把意大利比喻成一个醉汉，抱着小偷的脖子柔弱地啜泣，却不知小偷正偷着自己口袋里的东西呢。这段写得多好呀！”

“琼玛！这是我觉得最糟糕的一段！我讨厌这种对所有事所有人都不怀好意地大呼小叫！”

“我也讨厌，但重点不是这个。李瓦雷兹的写作风格让人看了很不舒服。作为一个人来说，他也不讨人喜欢。但是他说我们热衷于游行和拥抱，高呼友爱和理解的时候，得利的却是耶稣会派和圣信会派，在这一点上，他说的千真万确。真希望昨天我去参加委员会会议了，你们最终做出了什么决定？”

“我就是为了这件事来找你的，请你去找他谈一谈，劝说他把言辞柔化一些。”

“我？但是我和他并不熟悉。并且，他也不怎么喜欢我。为什么这么多人，偏偏选择我去？”

“原因很简单，今天其他人都没有空。并且，你比其他人更理智，不会跟他讨论到最后演变成无济于事的辩论或争吵。”

“我肯定不会那样的，如果你们选我去的话，那我就去吧，尽管我也不知道胜算是多少。”

“我敢肯定，只要你去尝试，就一定能说服他的。哦，对了，告诉他，从文学角度来讲，委员会一致称赞这篇文章。他听了这话应该会很开心吧，并且这的确是事实。”

牛虻坐在摆满鲜花和凤尾草的桌边，无精打采地盯着地板，他的膝上放着一封拆开的信件。一条毛茸茸的柯利犬[1]趴在他脚边的地毯上。房门是敞开着的，当琼玛敲门时，小狗抬起头，叫了两声。牛虻连忙起身，出于礼貌，他生硬地欠了欠身。接着他的面容又变得严峻了。

“你太客气了，”他用最冷漠的口吻说道，“如果你告诉我你有话要对我说，我肯定会登门拜访。”

琼玛看得出来，很明显，他不欢迎她的到来，于是赶紧把正事说出来。他又鞠了一躬，然后为她找了一把椅子。

“委员会委托我来拜访你，”她开始说道，“因为他们对你写的那个小册子持有不同意见。”

“这是我意料之中的。”他笑着坐到她对面，拿过来一个菊花花瓶挡住射到脸上的光线。

“大多数委员都认为，作为一件文学作品，这个小册子是非常值得称赞的。但是如果原封不动地拿去出版，可能不太合适。他们担心文章激烈的口吻会得罪和离间一些人，而他们的帮助和支持对党很重要。”

他从花瓶里抽出一朵菊花，然后慢慢地一片接一片地把白色花瓣摘掉。她刚好看到了这一幕，看到他纤细的右手把一片片花瓣丢掉，她突然觉得很不舒服，好像她曾经在哪里见过这一幕似的。

“作为一部文学作品，”他轻柔冷酷地说道，“它一文不值，只有对文学一窍不通的人才会赞赏它。至于说会得罪人，其实这是我写它的真正目的。”

“这一点我非常理解，问题是我们不想得罪不该得罪的人啊。”

他耸了耸肩膀，把一片摘掉的花瓣放到牙齿缝里。“我觉得是你搞错了，”他说，“问题应该是，你们委员会邀请我到这里来是为了什么？我知道，叫我过来披露和讥讽耶稣会派的。我尽我所能去完成这项任务。”

“我可以向你保证，没有人对你的能力和一番好意表示怀疑。委员会担心的是小册子可能会得罪自由党，城里的工人也有可能会撤销道德

---

① 柯利犬（collie dog）：苏格兰长毛牧羊犬。

上的支持。可能你的初衷只是抨击圣信会派，但是很多读者可能会理解成对教会和新教皇的攻击。委员会从政治策略考虑，认为这样是不可取的。”

“哦，我懂了。如果是写与党有摩擦的那一群教士先生们，我就可以畅所欲言，想怎么抨击就怎么抨击。但是如果直接讥讽那些委员会喜欢的传教士——‘真理就是一条狗，所以得待在狗窝里。如果圣父也被攻击的话，那就应当把它赶跑——’[1] 傻子的话果然是对的，可惜，我不会去做傻子的。当然，我肯定要遵从委员会的决定，但是我还是觉得委员会都把聪明劲儿用在两旁的走卒身上了，却放过了中间的蒙、蒙、蒙太尼、尼、尼里主、主教大人。”

“蒙太尼里？”琼玛重复道，“我不明白你的意思。你是指布里希盖拉教区的主教吗？”

“是的，你知道的，新教皇刚刚提拔任命他为红衣主教。我这里有一封关于他的信，你想听听吗？是一个在那边边界的朋友写给我的。”

“教皇领地边界？”

“是的，他是这么写的——”他拿起那封琼玛走进来时就在他手上的信，开始大声朗读，却突然口吃得更厉害了。

“‘过、过不了多久，你、你、你就能有、有幸见、见、见到我们最、最、最坏的敌人之一了，之前的布里希盖、盖拉教区的主、主、主教，现任的红、红衣主教洛伦佐·蒙、蒙太尼、尼、尼里。他打、打——’”

他停了下来，不一会儿，又开始用非常慢的语速，拖着难以忍受的长腔继续往下读，不过这次不口吃了：

“‘他打算下个月的时候带着调解的使命来访问塔斯加尼。他首先会在佛罗伦萨布道，可能会在那里待上三个星期，然后继续出发去锡耶纳和比萨，再去一趟皮斯多亚，然后返回罗马尼亚。他表面上属于教会的自由

① 这是引用莎士比亚戏剧《李尔王》第一幕第四场中的一段对话，下面提到的傻子也是该剧中的傻子。

党，与教皇和红衣主教费尔迪私底下是至交。在格雷戈里在位时，他很不得宠，被远远地发配到亚平宁山区的一个小地方。现在他又突然当了红衣主教。其实，他跟国内的任何一个圣信会派的人一样，受耶稣会派的操控。他这次的调解任务正是由几个耶稣会派的神父提出的。他是教会里最出色的一位传教士，手段之阴险，和兰布鲁斯基尼不相上下。他的任务就是维持人们对新教皇的热情长盛不衰，保持公众注意力，直到大公爵签署耶稣会派的代理人准备提交的那份计划。至于计划的内容，我现在还无从知晓。’然后，他又接着说：‘我不知道蒙太尼里他自己知不知道此次塔斯加尼之行的真正目的，或者他是否知道自己只是耶稣会派的一颗棋子。要么他是一个老奸巨猾的角色，要么就是一个愚昧无知的小丑。据我迄今所了解的情况来看，他既不受贿也不包养情妇——我头一次遇到这种怪事。’”

他放下信，半眯着眼睛望着她，显然是在等她发表想法和意见。

“你对报信人所说的事情的真实度满意吗？”过一会儿她问道。

“你是说蒙、蒙太尼、尼里主教大人匪夷所思的私生活吗？不满意，他自己也不满意。你也听到了，他是有保留地说的：‘据、据我迄今所了解的情况来看——’”

“我指的不是那个，”她冷漠地打断了他，“我是说关于这次的任务。”

“我完全信任来信的这位朋友，他是我的老朋友了——我三四年的老同志，他现在的职务特殊，所以才能有机会知道这些事情。”

“肯定是梵蒂冈的官员，”琼玛心里想，“这么说来，你还有这种关系？不过我猜你肯定有。”

“当然，这是一封很保密的信件，”牛虻继续说，“所以你要明白，消息只能告诉你们委员会的成员，一定要严加保密。”

“这还用说。那小册子的事情，我可以回去告诉委员会，你同意做小部分修改，柔化一下语气——”

“夫人，你不觉得如果稍作修改，激烈的语气是缓和了，可是这篇‘文学作品’的美就被破坏了吗？”

“你问的是我的个人想法，但是我是代表整个委员会来这儿的。”

“那是不是说你、你、你不同意委员会的看法。”说话时，他已经把信放进口袋，前倾着身子，急切而专注地看着她，这副神情大大地改变了他的面容，“你觉得——”

“如果你想知道我的个人看法——我在两点上不同意他们大多数的看法。首先，我根本都不会从文学角度去品评这个小册子。其次，我觉得这篇文章真实地陈述事实，并提出睿智的策略方针。”

“具体来说呢？”

“我非常同意你的观点，意大利就像是被鬼火引入歧途一样，现在的这些狂热和欢喜极有可能让它陷入可怕的沼泽之地。从我个人的角度来说，我非常希望公开地大胆地说出这些话，就算得罪现有的支持者也在所不惜。但是我只是一个庞大组织中的一员，委员会大多数人持反对意见，我也不能坚持己见。当然，我也觉得如果要公开发表那些话，也可以稍微心平气和一点儿，而不是小册子中使用的口吻。”

“请等一下，我找一下原稿。”

他拿起原稿，一页页地往下翻，皱着眉头，脸上浮现出不满的神情。

“是的，你说得太对了。这文章写得就像是在咖啡馆里读的，而不像是什么政治讽刺。但是我能有什么办法呢？如果我写得太温和，群众读不出来；如果写得不够狠毒，他们会说读起来枯燥。”

“你不觉得如果太过于狠毒了，读起来同样枯燥吗？”

他迅速地抬起头，犀利地瞥了她一眼，突然放声大笑起来。

“有一种人很可怕，观点总是对的。很明显，夫人就属于这种人。如果我写尖酸刻薄的东西，会变得像格拉西尼太太那样枯燥吗？天啊，真是命途多舛啊！别，你可别皱眉头啊！我知道你不喜欢我，我也是就事论事。说白了，就是如果我删除掉人身攻击的部分，只保留主要部分，委员会会因不能印发他们而很遗憾。如果我删掉政治事实，只对党的敌人做抨击，委员会会把这个东西捧到天上了，然而你我都知道，这样的东西是不值得印发的。这真成一个悖论了，是印发不值得印发的东西，还是值得的东西不印发呢？夫人，哪一个更可取呢？”

“我并不觉得你受缚于任何一种选择。我相信如果你删减掉人身攻击的部分，委员会会同意印发小册子，尽管还是有大多数不会同意，但是这样绝对能起到很大的作用。不过你还是要柔化一下语气。如果你将要说一件事情，事情本身就像一粒大药丸一样需要读者吞下，那么在最开始的时候一下子吓到他们反而不好。”

他叹了口气，无奈地耸耸肩，说：“你赢了，夫人。但是有一个条件，如果这一次你剥夺我嘲笑的权利，那我下一次一定要好好讥讽一顿不可。等那位无可指责的红衣主教大人来佛罗伦萨的时候，不管是你，还是你的委员会，谁都不能阻止我的嘲讽。这是我的权利！”

他用最简单、最冰冷的声音说着，又随手把菊花从花瓶中一把抓出来，透过半透明的花瓣看阳光。“他的手怎么抖得这么厉害啊，”看到那颤抖的花朵，她不禁想，“他没喝酒吧！”

“你最好和委员会的其他成员讨论下你的想法，”她一边起身一边说，“他们会怎么想，我一点儿都不知道。”

“那你自己呢？”他也站起身，斜靠着桌子，把花儿贴到脸上。

她犹豫了一下，这个问题让她想起来曾经伤心的往事，让她感到难过。最后，她说：“我……不知道，很多年前，我知道一些关于蒙太尼里主教的事情。在那个时候，他还只是个教士，也是我小时候生活的那个地区的神学院院长。当时我从……一个和他很熟悉的人那里，听说过关于他的许多事，从来没有听到过有什么不好的。我相信，至少在那时候，他绝对是一位了不起的人。但那也是很久以前的事情了，他现在可能改变了。权力让人变得堕落。”

牛虻从花束中抬起头，定睛望着他。

“无论如何，”他说，“如果蒙太尼里本人不是恶棍，他也是恶棍手中的工具，对我和我边界那边的朋友们来说都一样。挡在路上的石头也许不算太坏，但是也要一脚踢开。请让我来，夫人！”他按了一下门铃，一瘸一拐地走到门口，为她开门。

“夫人，感谢你的光临。需要我为你叫辆马车吗？不需要？那么午安！比安卡，请为夫人开下前厅的门。”

琼玛走到街上，回想着他刚刚说的话：“我边界那边的朋友——”到底是谁呢？怎么把石头一脚踢开呢？如果只是讥讽，他说这话的时候眼神怎么那么凶残呢？

第四章

蒙太尼里主教大人于十月的第一个礼拜到达佛罗伦萨，一时间，全城上下为之轰动。他是一位著名的传教士，又是改革后罗马教廷的代表性人物，人民都热切期望能听他讲讲“新教义”，传布“博爱、和解”这一能解救意大利苦难的福音。吉齐红衣主教已经被提名担任罗马圣院的秘书长，以取代被世人所厌恶的兰布鲁斯基尼的职位，这一举措早已将公众的热情推向高潮。而蒙太尼里真是维持这一高潮的不二人选，他的私生活之严谨在罗马天主教会的高层中是很罕见的，光这一点就能赢得群众的欢迎。高层教士经常敲诈、贪污、私通，人们都已经见怪不怪，甚至把这些看成这一职业的附属品了。不仅如此，他的演说天赋、优美的嗓音和磁石般有吸引力的品格，让他不论身处何时何地，都能脱颖而出。

格拉西尼一如既往地想方设法地想要把这位新来的名人请到家，但是蒙太尼里可不是那么好请的。他都是礼貌地回绝所有的邀请，说自己的身体不好，或者没有时间，所以既没有精力也没有闲情去参加社交活动。

在一个晴朗寒冷的冬日清晨，当马蒂尼和琼玛一起穿过市政广场的时候，马蒂尼轻蔑地说：“格拉西尼夫妇真的是愚蠢透顶！红衣主教的马车开过来的时候，你看到格拉西尼那点头哈腰的样子了吗？对他来说，只要是众人谈论的对象，无论是谁，他都会当作大人物一样。我这辈子都没见过这么喜欢巴结人的。八月份的时候是牛虻，现在又是蒙太尼里。但愿主教大人看到自己这么受关注会觉得受宠若惊吧。”

刚刚他们在大教堂里听蒙太尼里布道，这栋宏伟的建筑里面挤满了急切的听众，马蒂尼担心琼玛别又犯头疼了，不等做完弥撒就劝她出来了。雨下了一个星期，现在终于放晴了，于是马蒂尼提议去圣尼科罗山附近的花园山坡上散散步。

“不，”她回答，“如果你有时间，我是想走走，但是不想去山那边。我们沿着阿诺河走走吧。蒙太尼里从教堂出来后肯定会路过这里，我也跟格拉西尼一样，想看看这位名人。”

“但是你刚刚才见过他啊。”

“离得太远了，教堂里人那么多。马车过去的时候，他碰巧又转身背朝着我们。如果我们就在桥附近走走，肯定能比较近得看到他，你知道，他就住在阿诺河附近。”

“但是，你怎么突然这么想看蒙太尼里啊？你之前都不怎么关注有名气的传教士的。”

“不是因为他是有名的传道士我才想看他，我就是想看看他本人。我想看看和上次我见到他时相比，有什么变化。”

“上次是什么时候？”

“亚瑟去世后的两天。”

马蒂尼焦虑地看着她，他们已经来到阿诺河边，她茫然地注视着水面，脸上的表情是马蒂尼最不愿看到的。

“琼玛，亲爱的，”过了一会儿他说道，“难道你要让这件悲惨的事情纠缠你一辈子吗？我们大家十七岁的时候都犯过错误啊。”

“但并不是所有人十七岁时都杀害了自己最亲爱的朋友啊。”她疲惫地回答道，眼睛看着水面，把胳膊靠在小桥的石栏上。马蒂尼在一旁一言不发，当她陷入这种痛苦的回忆的时候，他几乎是不敢和她说话的。

“我每次看到水面就会想起这些往事，”她一边说，一边慢慢地抬起眼望着他，又不禁打了一颤，“我们再继续走走，塞萨雷，一直站着不动我感觉有些冷了。”

他们沉默地过了桥，继续沿着岸边走。几分钟后，她又讲话了。

“那个人的声音真美。他的声音中存在着某些东西，是我在其他人的声音中从未听到过的，我想这是他成功的一半秘诀。”

“确实是很美的声音，”马蒂尼回答道，心想或许这个话题能让她忘掉刚刚因河水而想起来的痛苦回忆，于是接着说，“除了他的声音之外，他还是我听说过的最好的传教士。不过我觉得他成功的秘诀不仅仅是声音而已，还有他的生活方式。他几乎与其他高层教士的生活方式都不同。我不知道，除了教皇，在整个意大利，你还能不能找到一个传教士，像他那样有着清白无瑕的声誉。记得去年我在罗马尼亚路过他的教区的时候，我看到好多粗俗的山民冒雨等候，只为看他一眼，或摸一下他的衣角。他在那儿简直被当成一位圣人一样受到崇敬。这在罗马尼亚可是很了不得的事情，因为一般情况下那儿的人民讨厌所有穿教士服的。其中有一位老农，他是那种典型的走私贩子的模样，我对他说：‘这里的人好像特别喜欢这位主教啊。’他回答我说：‘我们不喜欢主教，主教都是骗子。我们喜欢蒙太尼里先生，没有人见过他撒谎或者做过一件不公道的事情。’”

“我在想，”琼玛似乎自言自语地说道，“他知不知道别人对他的看法。”

“他怎么不知道？你觉得他名不副实吗？”

“我知道，名不副实。”

“你怎么知道的？”

“因为他告诉我的。”

“他告诉你的？蒙太尼里？琼玛，此话怎讲？”

她把额前散落的头发拨到后面，转身对着他。他们站在那里，他靠在栏杆上，她则拿着伞，慢慢地用伞尖在路面上划着线条。

“塞萨雷，你和我这么多年都是好友，我从来没有跟你说过亚瑟的事情。”

“亲爱的，你不用跟我说，”他连忙打断她的话，“我什么都知道。”

“乔瓦尼告诉你的？”

“是的，临终前的一个晚上，他在病床上告诉我的。他说——亲爱的琼玛，既然我们现在聊到这个话题了，我最好告诉你真相——他说你总是在为那个悲伤的故事而神伤，于是他请求我好好照顾你，尽量不让你想起这件事。我也在很努力，亲爱的，尽管我可能做的不好，但我真的尽力的。”

“我知道的，”她轻声回答，把眼睛抬起来一会儿，“如果没有你的友谊，我现在肯定很糟糕。但是——乔瓦尼没有跟你提蒙太尼里的事情吧？”

“没有，我不知道蒙太尼里与这件事情有什么关系。他告诉我的——都是关于那个密探的，和关于——”

“关于我打了亚瑟一记耳光，然后他投水自溺身亡的事情吧。好吧，让我来告诉你蒙太尼里的事情吧。”

他们掉转头，朝主教的必经之桥走去。琼玛说话的时候定睛看着水面。

“那时候蒙太尼里是一位教士，是比萨神学院的院长。然后在亚瑟进入萨宾查大学之后，他经常在哲学方面给亚瑟指导，并和他一起读书。他们之间的感情远超过普通的老师和学生，简直像是一对恋人。亚瑟甚至觉得蒙太尼里走过的地面都变得神圣起来。我记得有一次，他告诉我，如果他失去他的‘神父’——他都是这么称呼蒙太尼里的——他肯定也不想活了，跳水自杀。然后就是密探的事情，这你已经知道了。随后的一天，我的父亲和伯顿一家人——亚瑟同父异母的兄长——是很可恶的人，他们花了整整一天在达森纳港口打捞他的尸体，我独自一人坐在房间里，回想我做过的事情——”

她停顿了一会儿，又继续道：

“晚上的时候，我的父亲来到我的房间，跟我说：‘琼玛，孩子，下来一下，有个人我想让你见一见。’我下楼后看到，是一个与亚瑟同组织的学生，他坐在我父亲的诊室里，脸色苍白，浑身发抖。他告诉我们乔瓦尼从狱中寄来的第二封信，说他们听狱卒说了关于卡尔迪的事情，亚瑟是在做忏悔的时候中了他的圈套。我记得那个学生告诉我：‘我们要知道，亚瑟是无辜的，这至少算是一种安慰。’但是父亲紧握着我的双手，安慰我，他那时候还不知道我打耳光的事情。然后我回到自己的房间，独自坐到天亮。第二天早上，父亲又和伯顿先生去港口照料打捞尸体的事情了。他们希望能找到尸体。”

“最终还是没有找到，对吧？”

“是的，肯定被冲进大海里了，但是他们觉得仍有一线希望。我独自一人在我的房间里，然后有一个女仆上来告诉我有一个‘非常受尊敬的神父’来访，她告诉他我父亲在港口，于是那个人走了。我知道肯定是蒙太尼里，所以我从后门跑出去，在花园门口追上了他。我对他说：‘蒙太尼里神父，我有话跟你说。’他只是停下来，沉默地等我讲话。哦，塞萨雷，你简直想象不出来他脸上的表情——之后的好几个月，都还时不时地浮现在我的脑海。我说：‘我是华伦医生的女儿，我想告诉你，是我杀害了亚瑟。’我告诉他一切，他站在那里听，像一尊石雕那样纹丝不动的。直到我讲完了，他说：‘孩子，安心吧，不要自责了。我才是凶手，不是你。他发现了，我欺骗了他。’就只说了这几句话，说完，他就转身离开了园子。”

“然后呢？”

“我不知道然后他做了什么。那天晚上我听说他晕倒在街头，被抬进港口边的房子里。我只知道这些。我的父亲为我做了他所能做的一切，当我把一切都告诉他之后，他立即关闭了诊所，把我带到遥远的英国，以免我再听到任何能让我想起这件事的东西。他害怕我也投河自杀，确实，曾经我差点儿就这么做了。然后，你知道的，随后父亲被查出患有癌症，我不得不振作起来——除了我，没有人能照顾他。他去世之后，弟弟妹妹们都由我来照顾。随后，我的哥哥有能力给他们一个安身之处，情况才有所好转。之后就是和乔瓦尼的事情了。你知道吗？当我们都来到英国的时候，因为心底都藏着那段可怕的回忆，我们甚至都不敢见到对方。他非常后悔自己所做的事情——那封倒霉的在监狱中写的信。但是，我相信，正是我们两个人一起经历的共同的困难才让我们走到一起的。”

马蒂尼笑着摇了摇头。

“可能你是这么觉得的，”他说，“但是乔瓦尼从第一次见你的时候就下定决心了。我记得，他第一次去里窝那，回到米兰之后，就开始在我面前讲你有多么好，直到我听到这个英国名字‘琼玛’都听腻了。我当时应该是很讨厌你的。啊！他的马车来了！”

马车从桥上驶过，在阿诺河旁边的一座大房子前停下来。蒙太尼里背靠着垫子，好像太累了，都懒得去管聚集在门前想要一睹主教真容的狂热群众。教堂里布道时脸上的神采奕奕已经褪去，阳光照映出操劳与疲倦。随后，他下了车，迈着沉重、疲倦、年迈的步伐走进屋里。琼玛转身离开，慢慢地走向桥头。好像有那么一刹那，他枯萎、绝望的神色出现在她的脸上。马蒂尼走在她的身边，一语不发。

“我经常会想，”过了一会儿，她说道，“他所说的欺骗是什么。有时候我会觉得——”

“什么？”

“说起来也很奇怪，他们两个人的相貌惊人的相似。”

“哪两个？”

“亚瑟和蒙太尼里，不止我一个人发现了这一点。他们家的家庭关系也很奇怪。亚瑟的母亲伯顿太太是我见过的最高贵优雅的女人之一，亚瑟大概就是遗传了她清新脱俗的仪表，他们性格上也很相似。但是她经常看起来诚惶诚恐的，像是一个被追捕的罪犯一样。亚瑟同父异母的嫂子对待亚瑟的母亲很糟糕，甚至连一条狗都不如。亚瑟自己与伯顿家族的其他粗俗之人也是性格迥异。当然，一个人小的时候，会觉得什么都是理所当然的。但是，长大后再看这些事情，我开始怀疑亚瑟是不是伯顿家的儿子了。”

“很有可能是他发现了一些关于母亲的事情——这很有可能是他自杀的原因，与卡尔迪的事情没有关系。”马蒂尼插嘴说道，用他当时唯一能想到的理由宽慰她。

琼玛摇了摇头。

“如果你看到了我打过他之后他脸上的表情，塞萨雷，你就不会那么觉得了。关于蒙太尼里的猜想可能是对的——很有可能——但是我打过他一记耳光，也是千真万确的。”

他们继续沉默地走了一段路。

“亲爱的，”马蒂尼开口说道，“如果世界上能有什么方法能把曾经做过的事情一笔勾销，那么去反思过去犯的错误还是值得的。但是事已至此，人死不能复生。那件事的确很凄惨，但是至少那个可怜的少年已经解脱了，比起那些还活着的人——流放的或者还在坐牢的人要幸运许多。你和我都得为那些人着想，无权放纵自己为已逝的人过度忧伤。你们国家的雪莱曾经说过：‘过去属于死神，未来属于自己。’趁一切还是属于你的时候，快抓住未来吧。别再想那些自己很久以前做过的事情了，那样只会让自己受伤。集中精力想想你现在能做些什么，去帮助需要帮助的人。”

他情急之下一把抓住琼玛的手。突然，背后响起一个轻柔、冷漠而又慢吞吞的声音，他连忙松开手，并向后退缩。

“毫无疑问，”那声音的主人懒散地说，“蒙太尼、尼、尼里主教大人跟你描述的完全一样，我亲爱的医生。事实上，他看起来实在是太好了，好到都不适合这个世界了，应该被小心地护送到下一个世界。我敢肯定，他在那里也一样能一炮成名。估、估计那儿还有很多德高望重的魔鬼还没见过如此‘真诚的主教’呢。这种新鲜玩意儿最讨他们喜欢了。”

“你怎么知道的？”里卡尔多医生的声音里充满了难以遏制的愤怒。

“从《圣经》中感悟到的啊，我亲爱的先生。如果福音书还值得相信的话，即使最尊贵的魔鬼也喜、喜、喜欢大杂烩。你看，‘真诚’和‘主、主、主教’的搭配——在我看来就是一个大杂烩，就像虾子配甘草一样，让人感到不舒服。啊，马蒂尼先生，波拉夫人！雨后的天气很舒适，对吧？你们也去听新、新来的萨沃纳罗拉[①]布道了？”

---

① 萨沃纳罗拉（Savonarola）：公元15世纪意大利基督教传教士，因抨击当局的暴政被处死。

马蒂尼猛然转过身来。他看到牛虻嘴里叼着一根烟，纽扣孔里插了一朵鲜花，正在向自己伸手。他的手很瘦削，手套却戴得整整齐齐的。他那双擦得锃亮的靴子反射着阳光，又通过水面映照在他笑盈盈的脸上。他看起来没有那么残疾，反而比往常更神气了。他们互相握手，一个是友好殷勤，一个是怒形于色。这时，里卡尔多突然喊道：

“波拉夫人怎么了！”

只见她脸色苍白，帽檐遮住的部分甚至都变成青灰色了，颈间的领结也因为心跳过快而抖动着。

“我要回家。”她虚弱地说。

他们叫了一辆马车，马蒂尼护送她回家。牛虻弯下腰帮她整理挂在车轮上的斗篷时，突然抬起头看了看她。这时马蒂尼看到琼玛畏惧地避开，脸上闪过一丝惊恐。

“琼玛，你怎么了？”马车开动后，他用英语问她，“那个混蛋对你说什么了？”

“没说什么，塞萨雷。不是他的错，是……是我自己吓了一跳——”

“吓了一跳？”

“是的，我以为——”她一只手蒙住自己的眼睛，他在一旁安静地等她恢复过来。她的脸色慢慢恢复正常。

“你说的对，”她最后转向他，用往常平静的声音说道，“总是回顾可怕的过去不仅无济于事，而且还会有伤害。它折磨一个人的神经，让他出现各种各样不可能的幻觉。塞萨雷，以后我们再也不讨论这件事了，要不然我看谁都像亚瑟了。这是一种错觉，就像白日噩梦一样。刚刚，当那个讨厌的家伙走过来的时候，我以为是亚瑟。”

第五章

牛虻显然懂得如何给自己树敌。他八月份来到佛罗伦萨，等十月底的时候，委员会里四分之三的人都变得和马蒂尼持相同意见了。他对蒙太尼里进行无情的抨击，这甚至把最崇拜他的人都惹恼了。加利最开始很拥护这位机智的讽刺家的观点和行为，如今也愤怒地承认，应当放过蒙太尼里。“正直的主教并不多见，那么当他们出现的时候，应当以礼相待。”

唯独有一个人对这场漫画和讽刺文章掀起的暴风雨不闻不问，他就是蒙太尼里本人。好像就如马蒂尼说的那样，花时间和精力去讽刺一个这么大度的人是不值得的。听说有一天蒙太尼里在和佛罗伦萨大主教一起用餐的时候，他在房间里发现一则文章，正是牛虻写的用来攻击自己的，他读完后递给大主教，说道：“文章构思不错，对吧？”

有一天，城里又出现一份传单，标题是《圣母领报的奥秘[1]》。虽然作者并没有署名，也没有画上他签名时惯用的展翅牛虻像，但大多数读者只要感受到这么犀利的文风，就能准确无误地猜出作者。那份传单是以对话的形式写成的。塔斯加尼被比喻成圣母玛利亚，而蒙太尼里是那个手持象征纯洁的百合花、头戴寓意和平的橄榄枝花冠的天使，他向塔斯加尼宣布耶稣会派的诞生。整篇文章充满了含沙射影的人身攻击和阴险的暗示。

---

① 据《圣经·路加福音》记载，天使加布里埃尔（Gabriel）向童贞女玛利亚预告：她将因圣灵感孕而生子，并指示婴儿取名耶稣。基督教规定三月二十五日为圣母领报节。

所有的佛罗伦萨人都认为，这篇讽刺文写得太不厚道、太不公平了。然而，所有的佛罗伦萨人都为之发笑。牛虻严肃荒谬的讥讽中有一种无法抗拒的力量，所以不赞成他的人也好，讨厌他的人也好，支持他的人也罢，所有人只要一读他的文章，就会捧腹大笑。虽然传单的口吻很令人厌恶，但它还是在小城里掀起了一丝波澜。蒙太尼里的个人名誉是根深蒂固的，不管讽刺文写得多精妙，都不可能严重伤害他的声望。但是，在一段时间里，却能掀起一小波反对的浪潮。牛虻知道该去刺伤什么地方，所以尽管每天主教大人出出进进的时候，还是会有一群热切的人围观，但是欢呼和祝福声中也不乏类似“耶稣会派走狗”和“圣信会派卧底”的呐喊。

不过，蒙太尼里向来不缺少支持者。这个传单发出去两天后，当地一家很有权威的教会报纸《信徒报》刊发了一篇绝妙的文章，题为《答<圣母领报的奥秘 >》，署名是“一教徒”。该文对牛虻的无礼诽谤做出回应，极力为蒙太尼里辩护。这个匿名作者首先以雄辩而又热情的语言阐释了世间和平以及和善待人的宗教教义，然后指出新教皇即是福音的传布者，最后要求牛虻对自己的论点做逐一论证，并郑重呼吁公众不要去盲目地相信这个卑鄙的诽谤者。整篇文章，不管是从政治呼吁文的角度来看，还是用文学作品的标准去评判，都是出类拔萃的。所以一经刊发，也在城里引起轩然大波，甚至连报纸的编辑都猜不出作者是谁。这篇文章很快又被重印成小册子，这位“匿名辩护者”也成为佛罗伦萨各个咖啡店讨论的焦点。

牛虻随后做出回应，毫不留情地抨击了新教皇和他的拥护者们，尤其是蒙太尼里，暗示他极有可能授意别人撰写了那篇赞扬他自己的文章。就此，那个匿名辩护者在《信徒报》上做出愤怒的否定。蒙太尼里在这里余下的日子里，两位作家之间的论战愈演愈烈，甚至比蒙太尼里本人更受人关注。

自由党的部分人士向牛虻提出抗议，指出没有必要对蒙太尼里进行恶语相击，但是他们并没有从他那里得到满意的答复。牛虻只是轻轻一笑，一脸的满不在乎，他口吃地答道：“说、说真的，先生们，你们太不讲理了。上次我对波拉夫人做出让步的时候，就有约在先，这次要允许我开个小小的玩笑的。‘契约上就是这么规定的啊！’[①]”

十月底蒙太尼里回到罗马尼亚。在离开佛罗伦萨之前，他做了一次告别布道，其中他提到了这次论战。他表示对双方作者过激的态度略表反对，希望他的匿名辩护者能树立一个宽容的榜样，来结束这次没有意义的论战。第二天，《信徒报》刊登了一则公告，宣称“一教徒”愿意尊重蒙太尼里主教大人的意愿，退出这次论战。

最后牛虻做了总结。他印发了一张张小传单，他写道，蒙太尼里的基督教谦逊精神卸掉了他的武装，他也决定做出改变，甚至一见到圣信会派的人都能搂住脖子，大哭一场。“我甚至愿意，”他在结尾部分写道，“去拥抱我的匿名辩护者。如果我的读者，像红衣主教大人和我一样，知道这意味着什么，知道他为何隐姓埋名，他们就会相信我这番话的诚意了。”

十一月下旬，牛虻通知文学委员会，说他打算去海滨度假半个月。很明显，他去了里窝那。但是里卡尔多医生因想与他交流，随后就去那里找他，翻遍了整个小镇都没有找到他。十二月五日，亚平宁山一带的教会辖区爆发了非常激烈的政治示威游行。随后，人们开始怀疑牛虻怎么心血来潮要在大冬天的时候去海边度假。暴乱平息以后，他又回到佛罗伦萨，在街上遇到里卡尔多，和和气气地说：

“我听说你去里窝那找我了，我去比萨了。可真是个好地方啊，古风古韵的，像极了阿卡迪亚[②]。”

圣诞节那周的一个下午，他去参加文学委员会的一个会议。会议在里卡尔多的家里召开，就在克罗斯门附近。当他进来的时候，他已经迟到了，他略带歉意地微笑着鞠了鞠躬。参会人数很多，好像没有空座位了。

---

① 此句引自莎士比亚《威尼斯商人》第四幕第一场中夏洛克的话。

② 阿卡迪亚（Arcadia）：传说中世界的中心位置，位于古希腊伯罗奔尼撒半岛中部。由于它与希腊大陆的其他部分隔绝，因此当地居民过着淳朴的牧民式生活，所以古希腊和古罗马的田园诗将其描绘成世外桃源。

里卡尔多起身打算从另外一个房间再拿一把椅子，牛虻连忙阻止。“别费事了，”他说，“随便找个地方坐就行了。”于是他穿过房间，走到琼玛所在的窗边，朝窗台上一坐，靠在百叶窗上。

他低头看着琼玛，微笑地半眯着眼睛，活像列奥纳多·达·芬奇笔下的肖像画。琼玛对他最开始只是一种本能的不信任，而如今却演化成一种莫名其妙的恐惧感。

讨论的议题是：塔斯加尼如今面临着大饥荒的威胁，委员会应当发行小册子，阐明自己的观点，并提出相关应对措施。这种事情很难做决定，因为像往常一样，委员会内部总会出现意见分歧。激进的一派，如琼玛、马蒂尼、里卡尔多等人，他们认为应强烈呼吁政府和社会各界，立即采取措施，缓解农民困难。温和的一派——格拉西尼肯定属于这一派——担心过激的口吻会引起当局不满，更别提说服了。

“先生们，人们要是能立刻得到救助，那真是再好不过的了，”他环顾四周看着那些面红耳赤的激进人士，平静而又怜悯地说道，“我们中的大多数都想得到一些我们得不到的东西。但是如果我们一上来就采用你们刚刚提议的口气，政府很有可能等到真正闹饥荒了，才肯采取救济措施。如果我们能劝说政府部门调查粮食收成情况，这也不失为一个办法。”

坐在火炉旁边一角的加利，跳起来反驳他的死对头。

“也不失为一个办法——是的，先生。但是如果真的发生饥荒了，我们就不用在这儿想办法了。恐怕我们就来不及阻止他们挨饿了。”

“我很想知道——”萨科尼还没说完，就有声音打断道：

“声音大一点儿，我们听不见。”

“街上吵死了，”加利气呼呼地说，“窗户关了吗，里卡尔多？连自己说话都听不见了！”

琼玛四下望望，说道：“窗户都关了，我觉得应该是类似马戏团表演的路过。”

街上很热闹，传来了阵阵叫喊声、笑声、脚步声和铃铛叮叮当当的声音，还传过来了铜管乐队蹩脚的表演和大鼓无情的咚咚声。

“这几天没办法，”里卡尔多说，“圣诞节期间，难免的事。萨科尼，你刚刚说什么来着？”

“我说，我很想知道在比萨和里窝那，人们是怎么看待这个问题的。或许李瓦雷兹先生能跟我们说说，他不是刚从那边回来吗？”

牛虻没有回答，他一直在看着窗外，好像刚刚的讨论他一句也没听到。

“李瓦雷兹先生！”琼玛是唯一一个坐得离他最近的，看到他一直不讲话，琼玛就向前欠身，碰了一下他的胳膊。他慢慢地转过脸，琼玛看到他面无表情，不禁吓了一跳。有那么一刻，那看起来像是一张死人的脸。过了一会儿，那两片嘴唇才微微翕动，却极不自然，毫无生机。

“是的，是马戏团的表演。”

她的本能反应就是挡住他，免得其他人看到他。虽然她不知道他究竟怎么了，但是可以肯定的是，他刚刚陷入可怕的幻想和幻觉当中，他的身体和灵魂完全像是着魔了一样。她赶紧站起来，站到他面前，挡住众人看他的视线，并假装打开窗户朝外看。只有她自己看到了那张脸。

街上，一个巡回马戏团正在表演，有骑毛驴的卖艺人和穿着五颜六色衣服的哈里昆[①]。戴着面具的人们开怀大笑，摩肩接踵。他们与小丑打打闹闹，相互扔着纸带，并把小袋的话梅掷向坐在彩车里的科隆比纳[②]。那位扮作科隆比纳的女子用金银纸箔和羽毛把自己装饰起来，前额披着几缕假的发卷，涂了口红的嘴唇挂着不自然的笑容。彩车后面跟的什么人都有——流浪汉、乞丐、翻着跟头的小丑和叫卖的小贩。他们一路推推搡搡，好像在朝一个人丢东西，并为这个人拍手叫好。因为人群熙熙攘攘的，所以琼玛最开始没有看清是什么人。可是，随后她看清了——是一个驼背的人，又矮又丑，穿着小丑的衣服，头上戴着纸帽，身上挂着铃铛。他显然属于那个马戏团，他扮鬼脸，弯腰曲背，逗大家发笑。

---

① 哈里昆（harlequin）：意大利、英国喜剧或哑剧中头戴面具身穿五颜六色的角色、小丑。
② 科隆比纳（columbine）：意大利民间戏剧中的女仆。

“街上发生了什么啊？”里卡尔多朝窗户走过去，问道，“你们怎么看得这么入神。”

让整个委员会都等着他俩看杂耍，里卡尔多不免感到惊奇。琼玛转过身，对大家说：

“没看什么，就是一个马戏团的街头表演。但是他们太吵闹了，我还以为有其他什么事呢。”

她站在窗边，一只手放在窗台上。突然，牛虻伸出冰凉的手指，紧紧地抓住了她的手，轻声地说：“谢谢你。”然后他关上窗户，继续坐回窗台。

“先生们，”他淡淡地说，“不好意思打断你们了。我刚刚在看、看马戏团表演，可、可有意、意思了。”

“萨科尼刚刚问了你一个问题。”马蒂尼生硬地说。在他看来，牛虻的行为既荒谬又做作，看到琼玛竟然也学起他的样子来，不免觉得有些生气，这太不像她了。

牛虻表示自己不知道比萨那边的情况，说毕竟自己过去是“度假”的。接着，他滔滔不绝地开始讲起来。首先是农业收成的前景，然后是小册子的问题，再然后又结结巴巴地讲了一大堆，直到大家都疲倦了。他似乎能在自己的声音中找到快乐。

会议结束后，大家起身离开。这时，里卡尔多走向马蒂尼。

“你愿意留下来和我一起吃晚饭吗？法布利齐和萨科尼都留下来。”

“谢谢，但是我要送波拉夫人回家。”

“你真的觉得，我一个人还回不了家吗？”她一边起身披上围巾，一边说，“里卡尔多医生，他当然要留下来和你共进晚餐，换换环境对他挺好的，他很少出门。”

“如果你允许的话，我可以送你回家，”牛虻插话道，“我正好也顺路。”

“如果你顺路的话——”

“我猜你晚上大概没有时间，对吧，李瓦雷兹？”里卡尔多一边为他们开门，一边问。

牛虻回过头，一边大笑一边说："你是说我吗，亲爱的伙伴？我还要去看马戏团的表演呢！"

"真是个怪人！对玩杂耍的这么情有独钟！"里卡尔多对留下来的客人说道。

"依我看，是同行感情深吧，"马蒂尼说，"如果我见过玩杂耍的，那这个家伙就是了。"

"但愿我只把他看成是一个玩杂耍的，"法布利齐严肃地说，"如果他真的是，那肯定是很危险的一个。"

"怎么个危险法？"

"是这样的，我觉得他热衷于的那些所谓的度假不是那么简单，你知道的，这已经是第三次了，我根本就不相信他去了比萨。"

"他应该是去山里了吧，这几乎是一个公开的秘密。"萨科尼说，"他也不否认跟当年通过萨维尼亚起义认识的那些走私贩子还保持联系，所以很显然，他拜托这些朋友把传单偷运到教皇领地的边界。"

"我今天，"里卡尔多说，"正是想找你们谈谈这件事的。我琢磨着，是不是可以请李瓦雷兹接管我们自己的偷运工作。我觉得皮斯托亚那边的印刷所办事效率太低了，偷运过境的方法也太老套了，还是把传单卷进雪茄里面。"

"到目前为止，已经很不错了。"马蒂尼有些反对。加利和里卡尔多总是把牛虻拿出来作为学习的典范，他早就听腻了。他觉得在这个任性不负责任的海盗到来之前，世界不是一样运转得好好的吗。

"到目前为止，还不错。但是也有不少人被捕，不少东西被没收了啊。现在我觉得，如果李瓦雷兹能接手这项工作，情况肯定会好很多。"

"你为什么会这么觉得呢？"

"首先，在跟我们做生意的时候，走私贩子把我们当作陌生人，甚至会去宰我们、坑我们。然而李瓦雷兹是他们的朋友，甚至可以说是领导，他们敬仰他、信任他。你也知道的，亚平宁山区的任何一个走私贩子都会对参加过萨维尼亚起义的人尽心尽力地效劳，对我们却不会。其次，李瓦雷兹是我们当中最熟悉山区的人。你忘了吗？他曾经在山中避难，对走私贩子的路了如指掌。没有一个走私贩子敢骗他，就算有，也骗不了他。”

“那你的意思是，让他接管边界那边的所有的印刷品工作——包括派发、投寄、秘密存放地所有的在内，还是只是替我们把东西偷运出去？”

“至于投寄和秘密存放地，或许我们知道的他都知道，我们不知道的他也知道。我不觉得我们在那些方面能给他什么建议。至于派发，那当然要见机行事了。我觉得，关键的问题还是如何偷运过境。一旦把书安全送到博洛尼亚，散发的事情就简单了。”

马蒂尼反对道：“我不同意这个计划。首先，所有关于他干练的说法都只是推测，我们自己并没有亲眼见过他处理边界工作，也不知道他能否在关键时刻保持清晰的头脑。”

“哦，这个你不用担心！”里卡尔多插进来，“萨维尼亚那件事就足以证明他能够在关键时刻保持镇定、清醒。”

“其次，”马蒂尼继续说道，“我对李瓦雷兹了解不多，所以我不放心把党所有的秘密都告诉他。我觉得他有些轻狂、浮夸，把党的所有私运工作交给一个人是很严肃的事情。法布利齐，你觉得呢？”

“如果反对的原因只有这些的话，”教授回答道，“你大可不必担心了，因为毫无疑问李瓦雷兹拥有里卡尔多所说的所有优秀品质。在我看来，我毫不怀疑他的勇气真诚和清醒镇定，并且我们也有确凿的证明，他的确认识山民，熟悉山区。但是我有一个顾虑，我不确定他进山是不是只为偷运小册子？我开始怀疑他是不是有其他的目的。当然，我只是跟我们自己人说说。目前只是一种怀疑。我猜他有可能跟某个‘秘密团体’保持关系，或许是其中最危险的一个。”

“你指的是哪一个——‘红带会’吗？”

“不，‘短刀会’。”

“‘短刀会’！可是那都是一群歹徒罪犯啊——大多数都是农民，既没有受到过教育，也没有政治经验。”

“萨维尼亚的起义者也是这样的啊，不过他们有几个受过教育的人在里面当领导，这个团体可能也是这样的。别忘了，大多数罗马尼亚的激进团体的成员都是萨维尼亚起义的幸存者，他们觉得自己力量太薄弱，不能公开跟教会斗争，便转为暗杀。他们不能用枪，就转而用短刀。”

“但是你为什么觉得李瓦雷兹与这些团体有关系呢？”

“我没有觉得，只是怀疑。不管怎么说，在我们把私运工作交给他之前，都要先摸清他的底细。如果他同时两边的工作都在做，那会对我们党造成很大的伤害。他轻而易举地就能诋毁党的名誉，并且到头来一事无成。不过，这件事我们下次再讨论吧。我想告诉你们罗马那边来的新消息，据说将组建一个委员会，来起草地方自治宪法了。”

第六章

琼玛和牛虻默默地沿着阿诺河畔往前走。他狂热健谈的那股劲儿好像也消耗殆尽了，自从他们离开里卡尔多家，他们几乎没怎么说话。琼玛见他不讲话，打心眼儿里觉得开心。和他在一起的时候，她总是会觉得尴尬，而今天觉得更加尴尬，因为他刚刚在委员会会议的时候表现得太反常了，这让她感到很疑惑。

走到乌菲兹宫的时候，他突然停下来，转向她。

“你累了吗？”

“不累啊，怎么了？”

“今晚不是特别忙吧？”

“不是。”

“我想请求你一件事，我想让你陪我散散步。”

“去哪里散步？”

“随便走走，去你想去的地方。”

“为什么呢？”

他迟疑了一下。

“我——不能告诉你——至少现在，很难说。但是如果你没事的话，请一定答应我。”

他一开始一直注视着地面，现在突然抬起眼睛，她看到他的眼神是多么的奇怪。“你一定有什么心事。”她温柔地说。他从纽扣孔里插的鲜花上摘掉一片叶子，然后开始撕成碎片。怎么这么奇怪，他到底像谁呢？以前谁也有这样的习惯，动作匆促又惴惴不安呢？

“我感觉心情不好，”他低头看着双手，说话的声音几乎小得听不见，“今晚我不想一个人待着，你愿意陪我吗？”

“当然愿意了，不过还是去我家吧。”

“不，我们去一家餐馆吃饭吧，我知道市政广场有一家不错的餐馆。请你不要拒绝。哦，你同意了！”

他们走进这家餐馆，坐下来点餐。但是他几乎没怎么吃，一直固执地在桌布上揉面包，烦躁不安地玩弄餐巾纸，一语不发。琼玛感到很不自在，开始后悔自己刚刚的决定。沉默让气氛变得越来越尴尬，但是琼玛也没有办法，面对一个无视自己存在的人，她也不知道怎么找话题。最后，他突然抬起头，说：

“你愿意去看那个马戏团表演吗？”

她吃惊地望着他，他的脑袋里怎么会突然想到这个？

“你以前看过吗？”她还没来得及回答，他就又问道。

“表演很有趣的。我觉得没看过马戏团表演，就不能了解人们的生活。我们还是回到克罗斯门吧。”

他们到达的时候，马戏团的人已经在城门旁搭好帐篷了。刺耳的琴声和锣鼓声响起，表演已经开始了。

这场表演真是俗不可耐。有几个小丑、哈里昆和表演杂技的，一个骑马钻大铁圈的，还有那个浓妆艳抹的科隆比纳，和那个驼背的人，表演一些无聊愚蠢的把戏。整体来说，表演不算粗俗无礼，但是都是些老一套的把戏，平淡无味，让人压抑。塔斯加尼人向来礼貌，所以仍报以笑声和掌声。但是有一个人的表演他们是看得津津有味，那就是那个驼背的人。然而，在琼玛看来，这表演无非就是扭扭身子，畸形丑陋，既不幽默也不娴熟。然而看客们却争相模仿，有的还把小孩儿扛到肩头好看清楚那个“小丑”。

“李瓦雷兹先生，你真的觉得这个好看吗？”她转过头问牛虻，牛虻正站在她身旁，胳膊搂着搭帐篷的柱子。“在我看来——”

她停下来，沉默地望着他。除了在里窝那的花园门口看到蒙太尼里的那次，她从未见过任何一个人的脸，如此深沉、绝望和痛苦。她望着他的时候，竟想起但丁笔下的地狱。

不一会儿，一个小丑踢了那个驼背的人一脚，于是他翻了个跟头，滚到圈外，缩成一团。然后两个小丑开始对话，这时牛虻好像从梦中惊醒。

“我们走吧，”他说，“你还想再看吗？”

“我不想看了。”

他们离开帐篷，沿着夜色中的草坪走到河边，一语不发。

过了一会儿，牛虻问道：“你觉得这个表演怎么样？”

“我觉得表演很烦闷，有一部分让我看了很不舒服。”

“哪一部分？”

“大概就是扮怪相，扭来扭去的那些。那样做丑陋不堪，没什么好看的。”

“你是指那个驼背人的表演吗？”

琼玛记得他对自己的生理缺陷特别敏感，所以就没有提这段表演。既然他主动提起来了，她就回答道：

“是的，我一点儿都不喜欢那一部分。”

“观众最喜欢那部分。”

“是的，这正是最糟糕的。”

“是因为没有艺术性吗？”

“不、不是的，所有的表演都没有艺术性，我觉得它糟糕——是因为太残忍了。”

他笑了笑。

“残忍？你是说对那个驼背的人太残忍吗？”

“我的意思是——当然那个人可能不在乎，对他来说，就是混口饭吃，大家都是这样，马戏骑手和科隆比纳也是。但是那个人的表演就是让人不舒服，那是侮辱，是人的堕落。”

“干这行之前，他也不见得就好到哪里去了吧。我们大多数人都是堕落的，只是各自堕落的形式不同罢了。”

“是的，但是这个——我敢说你肯定也觉得这是一种荒谬的偏见。但是，对我来说，一个人的躯体是神圣的，我不想看到别人这么无礼地对待它，并以它扮丑为乐。”

“那一个人的灵魂呢？”

他突然停下来，一手扶着河堤的石栏杆，目不转睛地看着她。

“灵魂？”她也停下来，惊讶地望着他，口中重复他的话。

他突然激动地伸出双手。

“你没有想过吗，那个痛苦的小丑也有灵魂啊——一个活着的、挣扎的灵魂，被禁锢在那个扭曲的躯壳里，受其奴役。你关怀怜悯一切事物——你可怜那个被装在小丑铃铛服装下的身体——你没想到过那个可怜的灵魂吗？它赤裸在外面，连小丑服装都没有。它冷得打战，受尽屈辱和痛苦的折磨。在众人面前，感受他们的嘲讽如皮鞭般打过来，他们的讥笑如烧红的烙铁烧在裸露的皮肤上！它环顾四周，无助失落，叫天天不应，叫地地不灵。它甚至羡慕老鼠，至少老鼠可以钻到地下，有个藏身之地。灵魂不会说话，它是哑巴，欲哭而无声，所以它只能忍受，忍受，再忍受。哦！我在胡说八道呢！你怎么不笑？你连一点儿幽默感都没有！”

琼玛慢慢地转过身，沿着河岸向前走，周围死一般的沉寂。整个晚上，她从未把她的烦恼与马戏团表演联系起来，尽管她不知道是什么烦恼。现在他突然迸发出这么多感慨，她仿佛看到他内心世界的昏暗画面，她非常同情他，却找不到任何一句可以安慰的话。他继续走在她身边，转过头，望向水面。

“我希望你能理解，”他突然转过头，高傲地说，“我刚刚跟你讲的话都纯粹是无稽之谈。我这个人就喜欢瞎想，不喜欢别人太把它当回事。”

她没有回答，于是两个人又继续沉默地向前走。经过乌菲兹宫的时候，他看到路对面栅栏边一团黑乎乎的东西，于是边走过去看看。

“怎么了，小家伙？”他问道，琼玛从没有听他这么温柔地说过话，“你怎么不回家呀？”

小家伙动了动，几乎是呻吟着用很低的声音回答着。琼玛走过去一看，那是一个六七岁的小孩儿，穿得又脏又破，像一只受惊的小动物一样蜷缩在人行道上。牛虻正低着头，用手抚摸那个头发蓬乱的小脑袋。

“什么？”他把头垂得更低，好听清小孩子讲话，“你应该回家睡觉了，小孩子不能晚上在外面待着不回家，你会被冻到的！来，把手给我，像个小男子汉一样跳起来！你住在哪儿啊？”

他抓住小孩儿的胳膊，想把他拉起来，结果却听到一声尖叫，小孩子赶紧缩回去了。

“咦，怎么了？”牛虻跪下来问道，“啊！夫人，快看这里！”

小孩的肩膀和外套上都是血。

“告诉我，发生什么了？”牛虻温柔地问道，“是不是从哪儿摔下来了？不是？被人打的吗？果然是的！谁打的？”

“我叔叔。”

“哦，原来如此，什么时候打的啊？”

“今天早上，他喝醉了，我……我……”

“你碍他事了，是吗？小家伙，别人喝醉酒的时候，可千万别惹事啊，他们不喜欢。该怎么办呢，夫人？来，小孩儿，到亮的地方来，让我看看你的肩膀。用胳膊抱着我的脖子，我不会伤害你的。”

他双手抱起小男孩儿，走到路对面，放在宽宽的石栏杆上。然后，他从口袋里掏出小刀，熟练地划开那只破旧的袖管。男孩儿的肩膀擦破了皮，青一块紫一块的，手臂上还有一道很深的伤口。他让小孩儿把头靠在自己胸前，琼玛也扶着小孩儿受伤的胳膊。

“把一个小孩儿打成这样，也太不像话了，”他一边说一边用手帕扎住伤口，免得衣服的摩擦弄疼了小男孩儿，他又问道，“他是用什么打的啊？”

“铁锹。我想向他要一个索尔多[1]去街角买点儿稀饭，结果他就用铁锹打我。”

牛虻打了个寒战。“啊！”他轻声说道，“小家伙，很疼吧？”

“他用铁锹打我——我就跑——要是不跑，他还打我。”

“那你就在大街上四处晃荡啊，还没吃饭吧？”

小孩儿没有回答，开始哭起来。牛虻把他从石栏上抱下来。

“好了，不哭了，不哭了！马上就没事了。现在哪里能叫到马车啊，估计他们现在都在戏院门口呢，今晚有一个很大型的演出。夫人，很抱歉拖累了你，但是——”

“我愿意陪在你身边，你可能需要帮助，你觉得你能抱着他走这么远吗？小家伙应该还挺重的吧。”

“哦，没问题，谢谢你。”

到了戏院之后，他们发现只有几辆马车了，并且还都是被预订了的。表演已经结束了，大部分观众都已经走了。墙上贴的海报醒目地写着思蒂的名字，今晚是她的芭蕾舞剧表演。他请求琼玛等他一下，便转身走向演员休息室，向一位侍者问道：

“请问雷尼小姐走了吗？”

“还没有，先生。”那个侍者看到这位绅士穿着体面，怀里却抱着一个衣衫褴褛的小乞丐，不免觉得惊讶。他继续回答道：“雷尼小姐马上就出来了，她的马车在那边等她呢。哦，她来了。”

思蒂正挽着一位年轻的骑兵军官从楼梯上走下来。只见她晚礼服外面披一袭火红色天鹅绒斗篷，一把鸵鸟羽毛大扇子垂于腰际，看起来漂亮极了。走到门口的时候，她突然停住，松开挽着军官的手，惊讶地朝牛虻走去。

“菲利斯！”她低声惊叫道，“你怀里抱的是什么啊？”

“这是我在街上碰到的一个小孩儿，他受伤了，并且还没有吃饭，所

---

① 索尔多（soldo）：意大利铜币，二十个索尔多相当于一个里拉（lira）。

以我想把他尽快带回家。现在已经没有马车了，所以我想用一下你的马车。”

“菲利斯！你不会要把一个脏兮兮的小乞丐带到自己家里去吧！叫一个警察，把他送到收容所或者其他适合他去的地方。你不可能把全城的流浪儿童都——”

“他受伤了，”牛虻说，“如果要去收容所，也得是明天啊，但是现在我必须得照看他，给他弄点儿吃的。”

思蒂无奈的神情中露出一丝厌恶之意，她说：“你怎么能把他的头放在自己衬衫上？这么脏！”

牛虻突然抬起头，愤怒地看着她。

“他饿了，”他恶狠狠地说，“你从来没有挨过饿吧？”

“李瓦雷兹先生，”琼玛走上前打断了他，“我家就在附近，把孩子带到我家吧。如果叫不到车的话，可以在我那儿住一晚。”

他赶紧转过身，说：“你不介意吗？”

“当然不介意了。晚安，雷尼小姐！”

这个吉卜赛女郎生硬地欠了欠身，轻蔑地耸耸肩，敛起她的裙摆，挽着军官的胳膊走向马车。

在马车踏脚上，她又停下来说：“李瓦雷兹先生，如果你还有需要的话，我可以回头叫车夫去接你和孩子。”

“好，我把地址给他。”他走到人行道，把地址给车夫，又抱着孩子回到琼玛那里。

凯蒂一直等着女主人回家。一听到发生了什么事情，急忙去准备温水和其他的必需品。牛虻把小孩儿放到一张椅子上，跪下来，娴熟地脱掉他那破烂不堪的衣服，给他洗完澡，又温柔地把伤口包扎好。他给小孩儿洗完澡，用一件暖和的毯子包着他，这时琼玛端着一个托盘进来了。

“你的小病人可以用餐了吧？”她笑着望着小男孩儿，说，“这是我亲手做的。”

牛虻站起身，把地上的破布揉成一团，歉意地说：“恐怕把你的房间弄乱了。这些破布，还是把它们都烧了吧，明天再给他买几件新衣服。夫人，家里有白兰地吗？我觉得他应该喝一点儿。打扰了，我先去洗个手。”

小孩儿吃完晚饭，乱糟糟的头靠在牛虻的白衬衫上，他躺在牛虻怀里，很快就睡着了。一直帮凯蒂整理房间的琼玛，这才把东西都收拾好，在桌边坐下来。

“李瓦雷兹先生，你回家之前最好吃点儿东西——你也没怎么吃晚饭，现在也很晚了。”

“我想吃一些英式茶点，不知道你这儿有没有。很抱歉让你忙到这么晚。”

“哦！没关系。把孩子放到沙发上吧，这样一直抱着会很累的。等一下，我在垫子上铺一张床单。你打算怎么办啊？”

“明天？问问他除了那个可恶的醉汉，还有没有其他亲戚。如果没有的话，就只能照雷尼小姐说的了，送他去收容所。或许最善良的做法是在他的脖子上拴一块石头，然后丢到河里去，但是那样做我的下场就不好了。睡得真香！多么可怜的小家伙啊——都不能保护自己，还不如一只迷路的小猫呢！”

凯蒂把茶点带进来的时候，小男孩儿醒了，迷迷糊糊地坐起来。看到牛虻之后，就挣扎着爬下沙发，拖着毯子走过去依偎在牛虻身边，他显然已经把牛虻当作自己的保护人了。他现在已经恢复得差不多了，话也多了起来。牛虻伸出左手去拿蛋糕，他便指着那个伤残的左手，问道：“那是什么啊？”

“这个啊？是蛋糕，你想尝尝吗？我觉得你吃得不少了，明天再尝吧，小家伙。”

“不是说蛋糕——是那个！”他伸出手摸了摸牛虻手上的断指和手腕处的伤疤。牛虻放下手中的蛋糕。

“哦，这个啊！和你肩膀上的那个一样——是被一个比我强壮的人打的。”

“肯定很疼吧？”

“哦，我不知道——和其他一些事差不多吧。好了，你快睡觉吧，这么晚了，别问东问西的。”

马车来的时候，小男孩儿又睡着了，牛虻没有叫醒他，轻轻地抱着他走向台阶。

“你今天成了我的服务天使了，”他在门口停下来，对琼玛说，“不过我想这并不妨碍我们以后还可以吵个痛快。”

“我不想跟任何人吵架。”

“啊！但是我想啊。人生若没有争吵，那将会多么无趣啊！好好地吵一架可真是痛快，比马戏团的表演强多了！”

说完他便笑着走下台阶，怀里抱着那个熟睡的男孩儿。

第七章

一月份的第一个星期，马蒂尼发出了文学委员会每个月的例会邀请函，随即却只收到牛虻用铅笔草草写就的便条“很抱歉，不能参会”。他有些生气，因为邀请函上写着“重要事宜”的字样，这种漫不经心的对待方式在马蒂尼看来是非常无礼的。并且，他那天连续收到三封信，都是不好的消息。不仅如此，东边刮着大风，所以马蒂尼感到心情不好，脾气也很大。随后，在开会的时候，里卡尔多医生问道:“李瓦雷兹没来吗？”他生气地答道:“没来，他好像有什么更有趣的事情要做，所以不能来了，或者是，不想来。”

“说真的，马蒂尼，”加利生气地说道，“你可真算得上是佛罗伦萨最有偏见的人了。你一旦反对一个人，那个人做的所有事情便都是错的。李瓦雷兹生病了，怎么可能会来？”

“谁告诉你他生病了？”

“你不知道吗？他已经在床上躺了四天了。”

“他得了什么病？”

“不知道，上周四他因身体状况不好，实在没办法了才推迟了我的邀约。昨晚，我顺路去看他，我听说他病得太厉害了，不能接见客人。我还以为里卡尔多在照顾他呢。”

“我什么都不知道，我今晚过去看看，看有什么能帮得上的。”

第二天，里卡尔多来到琼玛的小书房，脸色苍白，疲惫不堪。琼玛正坐在桌边，向马蒂尼报出一串枯燥的数字。马蒂尼一手拿着放大镜，一手拿着削得尖尖的铅笔，在书上做小记号。琼玛用一只手做了个手势，示意里卡尔多安静。里卡尔多知道写密码的时候是不能有人打扰的，便在她身后的沙发上坐下来，像一个人没睡醒的人一样打着哈欠。

“2，4；3，7；6，1；3，5；4，1；”琼玛机械地报数，“8，4；7，2；5，1。这句话完了，塞萨雷。”

琼玛用针在那页纸上做下记号，然后转身向里卡尔多问好：

“早上好，医生。你看起来好疲倦啊，你还好吗？”

“哦，还好——就是很疲惫。昨天晚上跟李瓦雷兹熬了一整夜。”

“跟李瓦雷兹？”

“是的，我陪他熬了一个通宵。我现在必须要去医院照料我的病人了。我就是过来看看，你们谁能在未来几天照顾一下他。他现在情况糟糕透了。当然，我也会尽力的，但是我真的没有太多时间。并且我说派个护士照看他，他又不同意。”

“他得了什么病啊？”

“怎么讲呢，病情很复杂。首先——”

“首先，你吃早饭了吗？”

“吃过了，谢谢。关于李瓦雷兹的病情——很复杂，还牵扯到神经方面的问题。但是最主要的原因还是当初治疗得太草率了，现在旧伤发作。总之，他现在身体快要垮掉了。我猜是因为南非的那场战争——他那时受伤的时候，肯定没有好好地接受治疗，只是草草地处理了一下。他现在能活着，就已经是万幸了。可是现在留下了一个慢性发炎的病根，任何一点儿刺激都有可能诱发——”

“有危险吗？”

“没、没，最主要的危险就是，病人疼痛难忍，吞服砒霜。”

“那，是不是特别疼？”

“简直太恐怖了，我都不知道他是怎么忍住的。晚上的时候，我实在没办法了，给他服了一剂鸦片，用于麻醉——我是不愿意给病人服用这个的，但是我总得想办法。”

“我猜，他有点儿神经质吧？”

“非常神经质，但是非常勇敢。昨晚，只要不是说痛得天旋地转的，他都能表现得很镇定。不过到最后的时候，疼痛是很折磨人的。你们猜这种情况已经持续多久了？五个晚上了。除了那个愚蠢的房东太太，没有一个人叫得应的。可惜她是那种房子塌了都不会醒的人。就算叫了，也没有什么用。”

“那个跳芭蕾舞的女人呢？”

“是啊，说也奇怪，他不允许她靠近自己。他极其厌恶她。总之，他是我见过的最不可理喻的人之一——标准的矛盾综合体。”

他掏出怀表，忧心忡忡地看了一眼说：“我马上去医院，要迟到了，但是没办法，这次只能让助理自己医诊了。我真希望早点儿知道这件事——就不会连续几夜都这样了。”

“但是他为什么不告诉我们他生病了呢？”马蒂尼打断道，“他应该能猜到，我们不可能袖手旁观的。”

“医生，”琼玛说，“早知道昨晚你再叫我们中的一个人跟你一道去了，这样你也不至于这么累了。”

“我亲爱的女士，我本来打算叫加利过去的，但是李瓦雷兹一听到这个提议简直都要发疯了，所以我也没有敢叫。当我问他想把谁叫过来的时候，他定睛看了我一会儿，好像有点儿神志不清似的。然后他用双手捂住眼睛，说道：‘不要告诉他们，他们会嘲笑我的！’他好像总是幻想别人会嘲笑他。我不知道这是怎么一回事，他一直在说西班牙语。不过有时候病人就是这样，说话行为都会变得古怪。”

“现在是谁照顾他？”琼玛问。

“没有人，就房东太太和她的女仆。”

“我现在就过去照看他。”马蒂尼说。

“谢谢，我晚上的时候再过去看看。你在大窗子旁边的桌子抽屉里会找到一份医嘱，然后鸦片在隔壁房间的架子上。如果疼痛又发作了，再给他一剂——最多只能服一剂。不管你做什么，千万不要把药瓶放在他能够得到的地方，免得他疼痛难忍的时候过量服用。”

马蒂尼走进这间昏暗的房间时，牛虻迅速转过头，伸出一只滚烫的手，勉强地学着装出一副轻蔑的神情：

“啊，马蒂尼！你来搜集证据了啊。昨晚没去开会，你骂我也没用，因为我生病了——”

“不用管开会的事情，我刚刚遇到里卡尔多，过来看看能帮上什么忙。”

牛虻紧绷着脸。

“哦，真的吗！你太关心我了，不过没必要，我只是有一点儿不舒服而已。”

“你的情况，我已经听里卡尔多说了。他昨晚和你一起待了一整夜吧。”

牛虻狠狠地咬着嘴唇。

“我现在感觉好极了，不需要什么帮助，谢谢。”

“那好，可能你想一个人待着，那我就坐在隔壁房间，我把门虚掩着，你有事就叫我。”

“别麻烦了，我真的什么都不需要，这样只是会耽误你的时间。”

“别废话了，伙计！”马蒂尼粗暴地打断他，“你这样骗我有什么用？你觉得我没长眼睛吗？快躺下来睡觉吧。”

他把门虚掩了，走到隔壁房间，坐下来看书。他听到牛虻不安地动了两三下，他放下书，听了一会儿。在沉默了一阵子后，那边又响起令人不安的声音，接着是烦躁的磨牙声，以及为了不呻吟出来而发出的急促、沉重的呼吸声。马蒂尼赶紧回到那个房间。

“李瓦雷兹，我能为你做些什么吗？”

看牛虻没有回应，他便走到床边。此时牛虻脸色青灰，鬼一般恐怖。他看了马蒂尼一眼，摇摇头，什么也没说。

“想服用鸦片吗？里卡尔多说如果特别疼的话，就服用一剂。”

“不用，谢谢。我还能再忍一会儿，等下可能更严重。”

马蒂尼耸耸肩，在床边坐下，静静地观察。漫长无尽头的一小时之后，他起身去拿鸦片。

“李瓦雷兹，不能再这样下去了，就算你能忍受，我也忍受不了了，你现在必须要服用一剂。”

牛虻没有说话，乖乖地把药吃下。然后他转过身，闭上眼睛休息。马蒂尼又坐了下来，听到他的呼吸声由浅入深，越来越均匀。

由于太过于疲惫，牛虻一闭眼，就进入了深度睡眠。一个小时又一个小时过去了，他躺在那里，纹丝不动。马蒂尼在白天和晚上的时候都时不时地过去看看他，看到他一动不动，除了呼吸，基本没有什么生命迹象。看到那张憔悴不堪、毫无血色的脸，马蒂尼突然感到害怕，是不是刚刚给他服用的鸦片太多了？他看到那条受伤的左胳膊放在被子外面，便抓住轻轻摇晃，看能不能把牛虻叫醒。他晃的时候，袖口没系好，袖管推上去，露出一截胳膊，全是可怕的伤疤。

“在没有落下这些伤疤以前，这条胳膊不知道有多好看呢！”里卡尔多的声音从背后响起。

“啊，你终于来了！快过来看看，里卡尔多，他就这样一直睡下去。我十个小时之前给他服了一剂鸦片，之后他就睡着了，一动也不动。”

里卡尔多弯下身，仔细听了一会儿。

“不用担心，他的呼吸很正常，没什么事，就是太累了——昨晚折腾了一夜，今天肯定会这样。估计天亮之前，还要再发作一次。希望有人能熬夜陪一下他。”

“加利会来，他派人过来说，十点能到。”

“那快到了。啊，他醒了！快叫女仆把肉汤热一下。好了，好了，李瓦雷兹，别睡了，我又不是大主教！”

牛虻突然惊醒，一脸惊慌。他突然用西班牙语匆忙地说：“该我上场了吗？让他们再乐一会儿吧，我——啊！是你啊，里卡尔多，我刚刚没看到是你。”

他环顾四周，然后用一只手托住前额，一脸困惑地说："马蒂尼！你怎么还在这儿，我以为你早走了呢。我肯定是睡着了。"

"你已经睡了整整十个小时，就像童话故事里的睡美人一样睡得那么沉。现在来喝点儿肉汤，然后再睡一会儿吧。"

"十个小时！马蒂尼，你不会一直都在这儿吧。"

"我一直都在，我还在想是不是给你吃了过量的鸦片。"

牛虻故作阴险地看了他一眼。

"想得美，给我多吃点儿的话，委员会开会就不用听我唧唧歪歪了是吧？里卡尔多，你来干什么？求求你，让我静静吧，我最讨厌医生在我面前转来转去的。"

"那好啊，把这个喝了我就走。我过一两天再过来，到时候再给你做个彻底的检查。我觉得你现在已经度过了最危险的关头，你看起来已经不像个骷髅头了。"

"哦，是的，我快好了，谢谢。那是谁——加利？今晚我这儿贵客盈门了。"

"我是今晚过来陪你的。"

"胡说什么呢！我谁都不用陪。你们都回家去吧，就算发作了，你们也帮不上忙。我不可能一直吃鸦片的，虽说有时候很管用。"

"恐怕你说对了，"里卡尔多说，"但是不能一直吃那个。"

牛虻抬起头，笑着说："不用担心！如果我对那东西上瘾，早就该上瘾了。"

"不管怎么说，不能让你一个人这么待着，"里卡尔多简单明了地说，"加利，到隔壁房间来，我有句话想跟你说。晚安，李瓦雷兹，我明天再过来。"

马蒂尼正打算跟着他们走出房间，这时听到牛虻轻声叫他，他转身看到牛虻向他伸出一只手。

"谢谢！"

"哦，别废话！快睡觉去。"

里卡尔多走后，马蒂尼又在隔壁房间待了几分钟，跟加利聊了会儿天。随后在他打开房门的时候，听到一辆马车在花园门口停下，一个女人走下车，沿着小路走过来。原来是思蒂，一看就是刚从晚会上过来的。马蒂尼摘下帽子，站到旁边好让她过去，然后走出门，走进通往帝国山的那条漆黑的小路。不一会儿，花园的门咯吱一声开了，有急促的脚步声走过来。

“等一下！”她说。

他转身迎向前去，她突然停下来，然后一只手背在后面，沿着树篱笆缓慢地朝他走去。只有街角有一盏路灯，他借着昏暗的灯光看到她低着头，仿佛是感到窘迫或者羞耻。

“他怎么样了？”她低着头问。

“比早上好很多了，他几乎睡了一天，现在也有点儿精神了。我觉得已经慢慢好起来了。”

她还是一直低头看着地面。

“这一次很厉害吗？”

“我觉得非常厉害。”

“我想也是。每次生病厉害的时候，他都不让我进去。”

“他经常这样吗？”

“看情况吧——没什么规律可循。去年夏天在瑞士的时候，情况就很好。但是前一个冬天在维也纳的时候，就很糟糕。连续好几天都不让我靠近他。他生病的时候，讨厌我在旁边。”

她抬头看了一眼，又垂下眼，继续说道：

“他以前如果感觉情况不妙的时候，总是找各种各样的借口，打发我出去参加舞会，或者听音乐会什么的，然后他就把自己锁到房间里。我都是偷偷溜回来，坐在门外等着——如果被他发现了，他就会很生气。如果狗叫起来，他都允许狗进去，却不允许我进去。我觉得，在他眼里，我还不如那条狗。”

她说话的时候阴沉着脸，很生气。

“我希望以后不会再发作了，”马蒂尼体谅地说，“里卡尔多医生很关心他的病情，或许能找到治愈的办法。不管怎样，现在已经好多了。不过下一次再发生这种事情的时候，你最好尽早告诉我们。如果发现得早，及时治疗的话，他也不会那么难受。晚安！”

他伸出手跟她道别，但是她迅速把手缩回去，不愿意跟他握手。

“我不明白你怎么会想跟他的情妇握手。”

“当然，随你了。”他尴尬地说。

她气得直跺脚，眼睛气得通红，冲他喊道：“我恨你！我恨你们这些人！你们过来跟他谈论政治，他允许你们晚上陪他，给他治疗。而我呢，我连从门缝里看他一眼都不敢！他是你们什么人啊？你们有什么权利过来，把他从我的身边抢走？我恨你们！恨你们！恨你们！”

她突然伤心地哭起来，转身冲进花园，把门狠狠地关上。

“天啊！”马蒂尼一边走，一边自言自语道，“那个女人竟然爱他！真是怪事——”

第八章

牛虻很快就恢复得差不多了，第二个星期的一天下午，里卡尔多过来看他，见他身着一袭土耳其睡衣躺在沙发上，在跟马蒂尼和加利聊天。他还说想下楼走走，里卡尔多笑笑，故意问他要不要穿越山谷去菲耶索莱远足一趟。

“不过你倒是可以去格拉西尼家坐坐，”他邪恶地补充道，“我敢肯定格拉西尼太太见到你肯定会很高兴，特别是现在，现在你脸色苍白，看起来有趣极了。”

牛虻握紧双手，做凄惨状。

“我的天啊！我怎么没想到呢！她肯定把我当成一名意大利烈士，然后跟我大谈爱国主义。我应该配合下她，告诉她我在地牢里被大卸八块，然后又被草草地拼起来。她肯定要问我，那是什么样的感受。里卡尔多，你觉得她不信？我们来打赌，用我的印度匕首赌你瓶子里装的绦虫，我编多大的谎话她都能信。这个赌注很划得来啊，快抓住机会。”

“谢谢，我对你那杀人工具可不感兴趣。”

“绦虫和匕首一样，每天都在杀人啊，并且还没有匕首好看。”

“亲爱的老朋友，我偏不要匕首，就要绦虫。马蒂尼，我得回去了，你负责照顾这个吵闹的病人吗？”

“是的，照看他到三点钟，等下我和加利要去圣米尼亚托，等我回来之前的这段时间，波拉夫人会来照顾他。”

“波拉夫人！”牛虻惊慌地喊出口，“为什么啊，马蒂尼，这可不行！我不能麻烦一位女士来照顾我啊，再说了，她来了坐哪儿呢？她肯定都不愿意进来。”

“你什么时候变得这么有礼貌啊？”里卡尔多笑着问，“兄弟，波拉夫人可是我们当中的护士长呢。据我所知，她在很年轻的时候就开始照看病人了，比护士小姐还叫人放心。不愿意进你的房间？那怎么可能，你说的是格拉西尼家的那个女人吧！马蒂尼，如果是波拉夫人过来，我都不用留什么医嘱了。天啊，两点半了，我得赶紧走了。”

“好了，李瓦雷兹，在她来之前快把药吃了吧。”加利拿着一个玻璃杯走向沙发。

“让那些药见鬼去吧！”牛虻已经到了初愈期的烦躁阶段，免不得要给他的“护士们”找点儿茬，“现在都不疼了，你们干、干吗还非得叫我吃这些乱、乱七八糟的东西？”

“只是不想让你再复发了，等下波拉夫人来的时候，如果你又复发了，她还得给你鸦片吃，你肯定也不希望这样。”

“先生啊，我的病要是想发作，谁也拦不住，这不是牙疼，你那些没用的药是不能把它吓跑的。吃这些药，就像拿着玩具水枪去救火一样。不过，看样子现在肯定得听你的。”

他左手接过杯子，胳膊上的伤疤让加利想起之前聊天的话题。

“顺便问一下，”他问道，“你这些伤疤是这么搞的啊？是不是打仗的时候落下的？”

“哦，我刚刚不是说过了吗，在秘密地牢里面的时候——”

“得了吧你，那是给格拉西尼太太听的版本吧。说真的，是不是在巴西打仗的时候落下的？”

“是的，在那里受了点儿伤，之后在蛮荒的地方打猎的时候也受过伤，这儿一下，那儿一下的。”

“哦，是的，那次科学探险。我弄好了，你可以把衬衫扣上了。那时候肯定有很多惊心动魄的经历。”

“那当然了，在那样的地方，每天都是一场冒险，”牛虻轻描淡写地说，“每一次冒险都不轻松。”

“但是我还是不明白，你怎么搞的满身都是伤疤——比如你看你左胳膊上的，肯定有一次特别惊险的野兽之战。”

“哦，那是捕美洲狮的那次。当时我都开枪了——”突然响起一阵敲门声。

“房间都收拾好了吗，马蒂尼？那好，请把门打开吧。夫人，你能来真的是太好了，原谅我不能起身迎接你。”

“你当然不用起身，我又不是过来做客的。塞萨雷，我担心你急着要走，就早来了一会儿。”

“我还可以再待一刻钟，让我把你的斗篷放到隔壁房间吧，需要把这个篮子一起拿走吗？”

“小心一点儿，那里面是新鲜的鸡蛋，是凯蒂今早刚从奥利弗多山那边带过来的。李瓦雷兹先生，知道你喜欢鲜花，就带了些圣诞玫瑰送给你。”

她在桌边坐下，修剪了一下花梗，把它们插到花瓶里。

“李瓦雷兹，”加利说，“捕美洲狮的故事你还没讲完呢，刚刚才开始。”

“哦，是的，夫人，加利刚刚问我在南美洲的生活，我正跟他讲左胳膊怎么受伤的呢。那是在秘鲁，我们蹚水过河去追一只美洲狮，当我对它开枪的时候，没打响，因为火药在过河的时候弄湿了。当然，美洲狮肯定不会等我把枪修好的，于是就成这样了。”

“那肯定很有趣吧。”

“嗯，挺好的！当然了，有快乐就肯定有痛苦，但总体来说还是很潇洒的生活。我记得有一次抓蛇的时候——”

他开始滔滔不绝地一个接一个讲，一会儿是阿根廷战争，一会儿是巴西探险，一会儿又是狩猎的故事。加利像小孩子听童话故事一样，听得津津有味，还时不时地问很多问题。他像每个易受感染的那不勒斯人一样，喜欢听冒险惊悚的故事。而琼玛则低头忙于做针线活儿，在一旁安静地听着。马蒂尼皱起眉头，感到烦躁不安。牛虻讲故事时的神态太浮夸了，尽管他上周目睹牛虻忍受痛苦，不得不佩服他惊人的意志力，但是他打心眼儿里不喜欢牛虻，也不喜欢他的文章和行为作风。

“多么辉煌的一生啊！”加利天真羡慕地叹口气，“你怎么下定决心要离开巴西的呢？在巴西生活过的人，肯定觉得其他国家很无聊吧！”

“我觉得在秘鲁和厄瓜多尔的时候是最快乐的，”牛虻说，“那真的是一个神奇的地方。当然，那边天气很热，尤其是厄瓜多尔的沿海地区，酷暑难耐啊。但是风景美得让人难以置信。”

“对我来说，”加利说，“在比较原始荒蛮的地方，生活的自由比风景更吸引我。一个人在那里肯定能感受到自己的存在和作为人类的尊严，然而，在这个拥挤的城市，肯定很难。”

“是的，”牛虻回答道，“那是——”

琼玛停下手中的活儿，抬起头看着他。他突然涨红了脸，说不出话来。一阵沉默之后，加利担心地问道：

“不会又发作了吧？”

“哦，不是的，谢谢你刚刚给、给我吃的药，我竟然还不、不知好歹。马蒂尼，你要走了吗？”

“是的，快走吧，加利，我们马上就要迟到了。”

琼玛跟着他们两个走出房间，随后端着一杯牛奶回来了。

“快把这个喝了。”她声音虽然温柔，却很坚定，说完又坐回去继续织东西。牛虻温顺地喝完了。

半个小时过去了，两个人都没有讲话。然后牛虻用很低沉的声音说：

“波拉夫人！”

她抬起头，看到他在低着头摆弄沙发垫子的流苏。

他继续说道：“你不会觉得我刚刚说的都是实话吧。”

“我一点儿都不怀疑你刚刚讲的是谎话。”她平静地回答。

“你说对了，我一直在说谎话。”

“你说的那个战争的事，也是假的？”

“所有事都是假的。我根本就没有参加那场战争。至于探险的事情，当然，是有几次冒险，大多数故事都是真的，但是这满身的伤疤不是那个时候落下来的。你已经发觉我撒了一个谎，所以我不妨全承认了。”

“你不觉得编这么多谎话很累吗？”她问，“费这么多精力，真不值。”

“没有办法啊，你们英国不是有句谚语：‘不问别人问题，别人就不会对你撒谎。’对我来说，用那种方式去骗别人没什么好玩的，但是当别人问我，我是怎么变瘸的，我总得回答啊。既然如此，我何不编得更好听一点儿呢。你也看到了，加利听得多心满意足呀。”

“那就是说，你宁愿取悦加利，也不愿说实话？”

“实话！”他抬起头，手里拿着扯下来的流苏，“你不会让我告诉别人实话的！我宁愿先把自己舌头割了！”接着他突然害羞地说：“我从来没有跟任何人讲过，但是如果你想听的话，我愿意告诉你。”

她默默地放下手中的活儿。她觉得，这个神秘、并不可爱的硬汉，突然把自己的秘密对一个不是很熟悉也不太喜欢的女人倾诉，肯定有什么痛苦凄凉的经历。

随后是一阵沉默。她抬起头，只见他左臂支在身旁的小桌子上，用伤残的手遮住眼睛。她看到他的手指在神经质地抽动，手腕上的伤疤在颤抖。她走向前，轻轻地唤他的名字。他猛地一惊，抬起头。

“我忘、忘了，”他感到有些歉意，口吃地说，“我要跟、跟你讲什、什么来着？”

“讲那件事故——反正就是怎么变成这样的。不过，如果你觉得回想以前的事情会伤心的话——”

“事故？哦，对了，被人打残的那件事。只不过那不是一次事故，是被拨火棍打的。”

她吃惊地望着他。他用发抖的手把头发拨到后面，微笑地看着她。

“你不坐下吗？来，坐近一些，很抱歉不能帮你搬椅子了。真、真的，我现在回头想想，如果那时候让里卡尔多来帮我治疗，对他来说，我的情况绝对是一个很、很有价、价值的病、病例，他是一名真正热爱钻研骨折的医生，当时我身上，除了脖子，能断的骨头都断了。”

“还有你的勇气，”她温柔地说，“不过或许你把那个当作不能断的东西了吧。”

他摇了摇头，继续说道：“不，后来我的勇气，连同我的身体都被修复好了。但当时它像一个茶杯一样，被摔得粉碎。那是很恐怖的事情。哦——对了，刚刚讲到了拨火棍。”

“那是——让我想想——大概十三年前的事情了，我当时在秘鲁的首都利马。我跟你讲过，秘鲁是一个很宜居的国家，但是对于像我这样的穷人来说，并不那么宜居。我去过阿根廷，又辗转到智利，整天食不果腹，在这个国家四处流浪。后来，我在瓦尔帕莱索一艘牲口船上打零工，随船到了秘鲁。我在利马找不到任何工作，就去码头碰碰运气，你知道的，那些码头都在卡亚俄。当然出没在港口的都是一些下层社会的人，多是航海的人在那里聚集。一段时间之后，我在一家赌场找到一份做仆人的差事。我负责烧饭，在球台上计分，为水手和他们的女人端茶送水，大概就是这些杂七杂八的事情。不是很好的工作，但是我还是很开心，至少有吃的，还能看到人，听到人说话。你可能觉得这并不算什么，但是当时我刚患上黄热病，一个人住在一所破旧荒废茅屋的外屋，实在是太可怕了。然后，有一天晚上，老板叫我把一个喝得醉醺醺的拉斯卡水手赶出去，他上岸后把钱都输光了，叫叫嚷嚷的，可恶极了。当然，为了不让自己丢了工作挨饿，我只好照着去做。但是那个人比我强壮两倍，我当时还不到二十一岁，病后像只小猫一样虚弱。并且，他手里还拿着一个拨火棍。”

他停顿了一会儿，偷偷看了她一眼，继续说道：

“很显然，他当时打算要了我的命，不过打得不专业——没把我打碎，最后还给我留了一口气。”

“啊，那其他人呢，没有人管一下吗？难道这么多人加起来还怕一个拉斯卡水手？”

他抬起头，大笑起来。

“其他人？你是说那些赌客和赌场的人吗？你不知道情况！我是他们的仆人——他们的财产。他们肯定站在周围看热闹。这种事在那里也算得上一种娱乐。确实是个值得一看的表演，只可惜我成了被打的那个。”

她不寒而栗。

“那后来呢？”

“后来的事情我也没法告诉你了，一般来说，一个人被那样暴打一顿，之后的几天都不会清醒的。附近有位随船的外科医生，有人发现我还有一口气，就把医生叫过来了。他凑合着把我的伤口缝起来——里卡尔多好像觉得缝得不好，估计是出于同行的嫉妒吧。后来，我清醒后，一位当地的老婆婆出于基督教的善心把我收留了——听起来很奇怪，对吧？她整天蹲在房间的墙角，抽一根黑烟斗，往地上吐痰，还哼哼唧唧地对自己唱歌。不过，她心地善良，她说我可以在那里安静地死去，不受别人打扰。当时我也很纠结，不过最后还是选择活着。活下去的路不那么简单，现在我有时候会觉得，费了那么大的劲儿活下来，好像也不是很值得。不过那个老婆婆可真够有耐心的，她收留我——多长时间来着？——差不多四个月，我躺在她的屋子里，有时候像个疯子一样咆哮，有时候像一只肿了耳朵的熊一样凶。我当时还年轻，脾气在小时候被惯坏了，觉得疼痛难忍。”

“然后呢？”

“然后——我站起身，离开了。你可别觉得我是不好意思接受一个可怜的老太婆的施舍——我根本就不在乎这些了，离开只是因为我在那里待不下去了。刚刚你提到我的勇气，如果你那时候见过我那个样子，你就明白了！每晚黄昏的时候是我最疼的时候，下午的时候，我就一个人躺着，看太阳一点一点地落下去——哦，你不能明白！我甚至现在看到落日都觉得恶心！”

沉默许久。

“然后，我又开始四处游荡，看能不能找到什么工作——继续在利马待下去我会疯的。于是，我去了库斯科，在那里——说真的，我不知道我为什么在跟你讲这些事情来折磨你，这听起来也不好玩儿。”

她抬起来，用深邃认真的眼神望着他，说："请千万别那样讲话。"

他咬了咬嘴唇，又从沙发垫子上扯掉一缕流苏。

"那我继续讲吗？"过了一会儿，他问道。

"如果——如果你愿意的话。我害怕，回忆这些事情，你会变得更难过。"

"你觉得我不谈论的话就能忘记吗？那样更难受。不过不要觉得是这些往事让我忘不掉，实际是因为我曾经失去了控制力。"

"我——好像不太明白。"

"我的意思是，我曾经走到勇气的尽头，发现我自己是一个懦夫。"

"当然，每个人能承受的痛苦是有限的。"

"是的，那个曾经走到勇气尽头的人不知道哪一天又会走到尽头。"

"你可以告诉我吗，"她犹豫地问，"你怎么在二十岁的年纪竟沦落到那般境地呢？"

"非常简单，我出生在一个很古老的国度，一个很好的家庭，不过最后我离家出走了。"

"为什么？"

他又急促而尖锐地笑起来。

"为什么？因为那时我是一个自负的年轻人，我出生于豪门，从小养尊处优，娇生惯养，那时候天真地以为外面的世界就是粉色的棉絮和杏仁糖。然后有一天，我发现我一直信任的人欺骗了我。怎么，你为何这么吃惊？你怎么了？"

"没什么，请继续说。"

"我发现我被骗了，一直生活在一个谎言之中。当然，这是生活中很常见的事，但是我跟你说，那时候我年轻气盛，自负高傲，觉得撒谎的人就应该下地狱。所以我离家出走，身无分文地地跑到南美洲，是死是活就看我自己的造化了。我一点儿都不懂西班牙语，有的只是一双从没见过风霜的手和挥霍的习惯。结果，变成了我陷入了真正的地狱，这改变了我对假地狱的想象。我彻底陷进去了——一陷就是五年，直到遇到杜普雷探险队把我拉出来。”

“五年。哦，太可怕了！你没有朋友吗？”

“朋友！我——”他突然凶狠地转向她，“我从来都没有朋友！”

随后，他好像对他刚刚的过激反应感到一丝羞愧，于是赶紧继续说道：

“你别把我讲的话太当真了，我敢说我肯定夸张了。说实话，头一两年过得还不错。那时候我年轻力壮，每天也能混口饭吃，直到那个拉斯卡水手把我打残。如果用得好的话，拨火棍也可以成为一个很有效的工具啊。但是，打残之后，我就找不到工作了，没有人愿意雇佣一个跛子。”

“那你都做过什么样的工作？”

“只要愿意要我的，我都去做。有一段时间我在甘蔗种植园打零工，给那里的黑奴搬搬东西、跑跑腿之类的。但是也不行，工头经常赶我走。我一瘸一拐地走不快，还搬不动重的东西。后来我经常伤口发炎，或者得一些奇奇怪怪的病。”

他继续说道：“之后，我又去了采银矿的地方，看能不能找点儿事做。但是也没找到，经理说像我这样的跛子还想找工作，简直就是笑话。那些矿工也经常打我。”

“为什么啊？”

“我猜可能是人性吧。他们看我只有一只手可以还手。最后我受够了，又开始四处流浪，漫无目的，看会不会有什么奇迹出现。”

“流浪？拖着那条腿去流浪？”

他突然抬起头，可怜地喘口气。

“我——我饿啊。”

她把头微微转向一边，一只手托着下巴。沉默良久之后，他又开始说话，声音越来越低：

“然后，我流浪啊，流浪，直到我都快受不了了，也没有什么奇迹出现。之后，我去了厄瓜多尔，在那里情况变得更糟糕。有时候我给别人补补锅——我补得很好的——或者给人家跑跑腿，或者打扫一下猪圈。有时候我还——哦，我都不记得我做过什么事了。直到有一天——”

桌子上他瘦弱棕黄的手突然紧紧攥起来，琼玛抬起头，焦急地望着他。他侧面对着她，她看到他太阳穴上的一根血管，像一柄锤子那样不均匀地快速敲打着。她弯下身，把手温柔地搭在他的胳膊上。

“不要再讲了，光听起来就很恐怖了。”

他怀疑地看着那只手，摇摇头，继续讲：

“然后有一天，我遇到一个巡游马戏团，你还记得那天晚上我们去看的马戏团表演吧，就是类似那种的，只不过更粗俗更下流一些，还会有斗牛表演。马戏团在路边扎起帐篷过夜，我去他们的帐篷边乞讨。当时天气很热，我又很饿，结果就——晕倒在帐篷外面了。那时候我常常突然晕倒，就像寄宿学校的女学生因为束胸太紧忽然昏过去一样。他们最后把我抬进去，给我喝点儿白兰地，吃点儿食物，然后，第二天早上——他们让我——”

又是一阵沉默。

“他们需要一个驼背的，或者多多少少有点儿畸形的人，好让那些小男孩儿扔橘子皮和香蕉皮——这样他们就会发笑。就像那天晚上看到的小丑一样，我做那个做了两年。后来，我学会了整套把戏。我还不够畸形，于是他们给我背上安一个假的驼背，又充分利用我的跛脚和受伤的胳膊。那儿的人不算挑剔，只要他们能折磨到一个活人，他们就能觉得满足。小丑的服装也起到不少作用。唯一不好的是，我经常生病，不能上台表演。有时候如果碰到经理脾气不好的时候，就算病发作了疼痛难忍，也要上台表演，我觉得好像那时候更受观众喜欢。我记得有一次在表演中途的时候，我痛晕了——当我又醒过来的时候，看到观众都在围着我——大喊大叫，朝我扔——”

“别说了！我听不下去了！看在上帝的分上，别说了！”

她站起来，双手捂住耳朵。他停下来，抬起头看到琼玛眼中已经闪烁着泪花。

“真该死，我怎么这么笨！”他压着嗓子说。

她穿过房间，走到窗前，望向窗外。当她转身的时候，牛虻又一次靠在桌子上，一只手遮住眼睛。他好像已经忘了她还在房间里，于是她走过去，在他身边默默地坐下来。沉默许久之后，她小心翼翼地问：

“我能问你一个问题吗？”

“问吧。”

“你怎么没有想到自杀呢？”

他抬起头，一脸惊讶，严肃地回答：“没想到你会问我这个。如果我自杀了，那我的工作呢？谁会替我去做？”

“你的工作——啊，我明白了！你刚刚说自己是一个懦夫。如果你都沦落到了那般境地，还不忘自己的目标，那你就是我所见过的人当中最勇敢的一位。”

他又遮住眼睛，另一只手紧紧地抓住琼玛的手。他们仿佛陷入无休止的沉默当中。

突然，窗外花园里响起一段清亮的女高音，是一首法国小曲。

> 啊，帕洛！跳舞吧，帕洛！
> 跳一会儿吧，我可怜的让诺！
> 跳起舞来，生活便会快乐！
> 欢乐地度过我们的青春生活！
> 如果我哭泣，抑或独自叹息，
> 先生，这不过是个笑话，
> 哈哈哈！
> 先生，你可不必当真！

一听到这首小曲，牛虻立刻从琼玛手中抽回自己的手，身体往后退了一下，努力平复情绪。她双手紧紧地抓住他的胳膊，好像是要按住一个正在做外科手术的病人一样。唱完之后，花园里响起一阵笑声和掌声。他抬起头，眼神里充满了折磨。

“是思蒂，”他缓慢地说，“还有她的那群军官朋友。那天里卡尔多来之前，她想进来。如果她进来，我会疯掉的！”

“但是她不知道，”琼玛轻轻地解释，“她又不知道她会伤害你。”

花园里又响起一阵笑声。琼玛站起身，打开窗，看到思蒂围着一个金色绣花的头巾，妖艳妩媚。她正站在花园小道上，手里捧着一束紫罗兰，三个年轻的骑兵军官打着闹着要抢思蒂手中的那束花。

“雷尼小姐！”琼玛说。

思蒂的脸立刻像乌云一样黑下来，她转身，轻蔑地问道：“什么事，夫人？”

“你们可以小点儿声吗？李瓦雷兹先生的身体不是很舒服。”

那个吉卜赛女郎把紫罗兰往地上一扔，生气地用法语对身后一脸惊愕的军官说：“滚开，先生们！我讨厌你们！”

她缓缓地走出去，琼玛随即关上门。

“他们走了。”她转身对他说。

“谢谢，不、不好意思麻烦你了。”

“不麻烦。”他听了出来，她说话时迟疑了一下。

“‘但是——’”他说，“夫人，你还没说完吧，应该还有一个‘但是’没说出来吧。”

“如果你能猜透别人的心思，就不该这么生气。当然，这不是我的事情，只是我不明白——”

“我为什么这么讨厌雷尼小姐？只有在——”

“不是的，是你讨厌她，却依然跟她同居。对我来说，这是对她作为一名女人的侮辱——”

“女人！”他无情地笑起来，“那就是你所谓的女人吗？‘夫人，这不过是个笑话！’”

“你这样很不公平，”她说，“你没有权利对任何人用那种方式谈论她——尤其是当着另一个女人的面。”

他转过身，望向窗外的夕阳。她放下窗帘，关上百叶窗，以免他看到日落。之后便在另一个窗子的桌边坐下来，继续埋头做着针线活儿。

“你需要灯吗？”过了一会儿，她问道。

他摇了摇头。

天色渐黑，琼玛已经看不清针眼了，便收起手上的活儿，放进篮子里。她盘着手臂坐了很久，静静地看着牛虻一动不动的身影。昏暗的灯光打到他的脸上，他的神情好像变得不那么冷峻、轻蔑和自负了，取而代之的是嘴角上的凄凉与悲怆。看到这儿，她竟然鬼使神差地想到那座大理石十字架，还有父亲为纪念亚瑟给他立的石碑，上面写着：

我已经历过所有的波涛和巨浪。

又一个小时过去了，两个人都沉默不语，最后她站起身轻轻地走出房间。她端着一盏灯回来，她迟疑了一会儿，以为牛虻睡着了。灯光照在他的脸上的时候，他转过身。

“我给你泡了一杯咖啡。”她一边把灯放下来，一边说。

“先放那儿吧，你能过来一下吗？”

他双手紧握她的手。

“我一直在思考，”他说，“你说的对。我的生活现在一团糟，但是，一个男人，并不是每天都能见到他爱的女人，何况——我处境艰难。我害怕——”

“害怕？”

“害怕黑暗。有时候我晚上不敢一个人独处，我身边必须要有活着的、靠得住的东西。是外在的黑暗，那里——不，不！不是的，那都是小儿科的——我怕的是内心的黑暗。那里没有哭泣，也没有咬牙切齿，只有死寂——死一般的沉寂——”

他瞪大了眼睛。她坐在那里，屏住呼吸，直到他的声音再次响起。

“这一切对你来说，是不是都不可理喻？你不会明白的——幸好你不明白。如果我试着独处，我会疯掉的——如果可以的话，请不要把我想象得太坏，我没有你想象的那么恶毒。”

“我不能替你做评价，”她回答道，“我没有经历过你所经历的苦难。但是——我也曾一度陷入悲伤，只不过是另一种形式的。我觉得——我敢肯定——如果你任由恐惧心操控你做出什么残忍或者狠毒的事情，事后你会后悔的。至于其他的——如果你在一件事情上失败了，我知道如果我在你的处境下肯定会失败的——你应该诅咒上帝，然后死掉。”

他依然抓着她的手。

“告诉我！”他轻柔地说，“你一生中有没有做过一件特别残忍的事情？”

她没有回答，但是她把头垂下去，两大滴泪珠落到他的手上。

“告诉我！”他在她耳边说，两只手抓得更紧了，“告诉我！我把我所有的悲伤都告诉你了。”

“有，有一次——那是很久以前的事情了，并且是对这个世界上我最爱的那个人。”

他的手在剧烈地颤抖着，却没有松开琼玛的双手。

“他是我一起工作的同志，”她继续说道，“我当时听信了一个攻击他的谣言——警方惯用的伎俩。我把他当作叛徒，给了他一个耳光。然后他走开，投河自尽了。然而两天后，我发现了真相，他是无辜的。或许，这比你的记忆还要让人痛苦。如果能够挽回做过的事情，我宁愿砍掉我的右手。”

他眼中闪过一丝敏捷、危险的光芒，这是她从未见过的。他突然迅速地低下头，吻了她的手。

她大吃一惊，连忙惶恐地往后退。“不要这样！”她无助地喊道，“请以后不要那样做了！你会伤害我的！”

“难道你没有伤害那个被你害死的人吗？”

“我害死的那个人——啊，塞萨雷终于来了！我——我必须要走了！”

马蒂尼进屋的时候，他发现牛虻独自一人躺着，身旁放着一杯没有喝的咖啡。他正在有气无力地暗自咒骂着，一副悲伤欲绝的样子。

第九章

几天之后，牛虻走进公共图书馆的阅览室，借了一本蒙太尼里主教布道的文集。他脸色依然苍白，并且比往常瘸得更厉害了。在一旁看书的里卡尔多抬起头看看他。他是很喜欢牛虻的，但是依然接受不了他的这个怪性格——私人恩怨怀恨在心。

“你又要准备攻击那个不幸的主教了吗？”他有些生气地问。

“老兄，你怎么总、总是觉得别人不、不怀好意呢？这太、太不符合基督教精神了，我在为新、新、新报纸准备一篇关于当代神学的文章呢。”

“什么新报纸？”里卡尔多皱了皱眉头。新出版法即将出台，反对派正在筹备一份将要震惊全城的激进报纸，这也许是一个公开的秘密了。但在形式上，它还是一个秘密。

“当然是《骗剧公报》，或者是《教会新闻》吧。”

“嘘！李瓦雷兹，我们别打扰其他人看书。”

“那好，你看你的外科学，我、我看我的神、神学。我不、不、不打扰你看骨折方面的东西了，不过关于骨折方面的事情，我知、知、知道的比你多。”

于是，他坐下来开始聚精会神地看布道文集。不一会儿，一个图书管理员过来找他。

“李瓦雷兹先生！我记得你曾经跟随杜普雷探险队考察过亚马逊河的支流，对吗？这里出现一个小情况，你能不能帮一下忙？有一位女士刚刚想查阅一下探险记录，但是这些记录被送出去装订了。”

“她想知道什么啊？”

“探险队是哪一年开始的，还有什么时候经过厄瓜多尔的。”

“探险队是在1837年的秋天从巴黎出发，于1838年4月经过基多[①]。我们在巴西待了三年，然后去了里约，最后于1841年夏天回到巴黎。这位女士想知道每一次发现的日期吗？”

“不用了，就这些就够了，谢谢了。我已经记下来了，贝波，麻烦你把这张纸给波拉夫人吧。非常感谢，李瓦雷兹先生，打扰你了。”

牛虻皱了皱眉头，不解地向后靠在椅背上。她要这些日期干吗？什么时候经过厄瓜多尔——

琼玛手里拿着这张纸回家了。1838年4月——亚瑟是1833年5月去世的。五年——

她开始在房间里不安地踱来踱去，她已经有好几晚没有睡好觉了，深深的黑眼圈盘踞在她漂亮的眼睛周围。

五年——“出生于豪门”——“我一直信任的人欺骗了我”——欺骗了他——然后被他发现了——

她停下来，双手抱头。哦，简直要疯掉了——不可能——太荒唐了——

可是，他们是怎么在港口打捞的呢？

五年——当那个拉斯卡水手——他“当时还不到二十一岁”。那他离家出走的时候应该是十九岁。他是不是说过“一年半”——他怎么也会有蓝色的眼睛，还有手指神经质的摆弄？他为什么那么恨蒙太尼里？五年——五年——

如果她确定他确实是淹死了——如果她看到了尸体，那么，总有一天，她的伤口会愈合，痛苦的记忆会消失。或许，再过二十年，她才能做

---

① 基多（Quito）：厄瓜多尔的首都。

到回首往事不再痛心疾首了吧。

一想到自己曾经做过的事情，她便会陷入神伤，她的整个青春甚至都被这个念头毁掉了。日复一日，年复一年地，她坚定地同悔恨的魔鬼做斗争。她知道自己的工作在于未来，她经常闭上眼睛，捂住耳朵，以此来躲避过去的幽灵的纠缠。然而，一天天过去了，那个被卷入大海的溺亡身体的形象从未离开过她，心中的呐喊也从未平息过："是我杀了亚瑟！亚瑟死了！"有时候，她觉得这个负担过于沉重，重得让她无法承受。

而现在，她宁愿舍弃自己的生命，也要承受那个负担。如果她杀了他——她熟悉这种忧伤，她已经被这种忧伤折磨得太久了，不至于被它打倒了。但是如果她没有把他赶到水里，而是——她坐下来，双手捂住眼睛。因为他，她的生活早已变得暗淡无光。如果她没有给他带来比死亡更糟糕的事情——

她迈着稳重冷静的步伐，一步步走向他过去的生活。眼前的一切变得清晰起来，就像她亲眼所见、亲身经历一样。赤裸的灵魂无助地颤抖，比死亡还要残酷的嘲笑，孤独的恐惧，缓慢、煎熬、无情的痛苦。所有的一切都那么的真实，仿佛她和他一起并肩坐在印第安人肮脏的茅屋里，仿佛她和他一起在采银矿上吃苦劳作，还有咖啡种植园，还有那可怕的马戏团——

马戏团——哦！不能想那个，光是想到那个就已经能让人发疯了！

她打开写字台的一个小抽屉，里面有一些她不舍得丢的私人纪念品。她并不爱好收藏这些令人伤感的东西，保留这些纪念品只是她对性格中脆弱一面的妥协。她经常克制自己，很少允许自己去看它们。

现在她把它们一件件拿出来：乔瓦尼给她写的第一封信；他去世时手中的花；她夭折婴儿的一缕头发；父亲墓地的一片枯叶。最下面的是亚瑟十岁时候的小照片——这是现存的唯一一张他的照片。

她拿着它坐下来，看着他小时候英俊的脸庞，然后眼前慢慢浮现了长大后的亚瑟。每一个细节她都记得一清二楚！嘴角上纤细的线条，一双真诚的大眼睛，纯洁无瑕的表情——这一切都深深地刻在她的记忆中，仿佛他是昨天才死去。慢慢地，眼泪夺眶而出，模糊了视线。

哦，不，怎么能想这种事情呢！即使是在梦中，把那个纯洁明亮的灵魂与那种凄惨污秽的生活联系到一起，都是一种亵渎。上帝肯定是对他疼爱有加，才让他英年早逝！宁可让他进入另外一个世界，也比活在这个世界上做牛虻好一千倍——那个牛虻，整天戴着干净到可怕的领带，说话恶毒，喜欢讥讽，还有那个芭蕾女郎！哦，不！这样想太可怕了！这都是些胡思乱想，净拿这些毫无根据的想象折磨自己。亚瑟已经死了。

"我可以进来吗？"门口有人温柔地问。

她吓了一跳，照片从手中滑落，牛虻一瘸一拐地走进来，捡起照片，递给她。

"你吓我一跳！"她说。

"很、很抱歉，我是不是打扰到你了？"

"没有，我只是在看一些旧东西。"

她迟疑了一会儿，然后把照片递给他。

"你觉得这个少年长得怎么样？"

当他看这张照片的时候，她仔细盯着牛虻看，好像她的生命就指望此时他的表情了，然而他只是冷漠地看着。

"你给我出了个难题，"他说，"照片已经褪色了，并且小孩儿的脸很难看出长相。不过，依我看，这小孩儿长大后肯定不走运，最好就是根本不去长大。"

"为什么？"

"你看他嘴唇下面的这条纹路，有、有这个的人就说明他过于敏感，能感受到痛苦和冤屈。这个世界不欢、欢迎这样的人，它需要那些除了工作什么都感觉不到的人。"

"他像不像你认识的一个人？"

他又仔细地看了看这张照片。

"像，好奇怪！是像一个人，非常像。"

"谁？"

“蒙太尼、尼里主、主教。那个高尚的主教大人是不是有个侄子？我可以问一下这是谁吗？”

“这就是那天我跟你提到的那个朋友，这是他小时候的照片——”

“就是你杀死的那个？”

她不由得往后退了一步，他把那个可怕的字眼，说得多么轻松残忍啊！

“是的，我杀死的那个——如果他是真的死了的话。”

“如果？”

她一直盯着他看。

“我有时候会怀疑，”她说，“因为没有找到尸体。他有可能像你一样，离家出走，去了南美洲。”

“但愿他没去。那样的话，你会更愧疚的。我那、那时打、打过仗，还送很多人去见阎王。但是如果我知道了我把一个活生生的人送到南美洲了，我会连觉都睡不着的——”

“那你是不是觉得，”她打断他，紧握着拳头，向他走近几步，“如果他没有被淹死——而是过着你后来过的生活——那么，他永远也不会回来，让过去从记忆中抹去呢？你认为他永远也不会忘记吗？我也是付出了代价的，看！”

她把浓密的头发从前额拨到后面，只见乌黑的头发中露出一截很宽的白发。

沉默良久。

“我觉得，”牛虻慢慢地说，“去世的就让他们走吧。忘记一些事的确很难。如果我是你那过世的朋友，我会选、选择死亡。鬼魂是一个丑恶的幽灵。”

她把照片放回去，锁上抽屉。

“这是一个冷酷的理论，”她说，“我们来聊点儿其他的吧。”

“我这次来是打算跟你谈点儿正事的，如果可以的话——一件私事，是我想到的一个计划。”

她搬来一把椅子，在桌子旁边坐下。

“你觉得草拟的出版法怎么样？”这一次，他一点儿也没有口吃。

“我怎么看？我觉得没多大价值，但是半块面包总比没有强。”

“的确。现在好多人都在筹办报纸，你有打算为其中一个工作吗？”

“有打算。报纸创刊之初，总会有各种各样的事情——印刷、发行、策划——”

“你还打算把你的天赋这样浪费多久？”

“你怎么能说是‘浪费’呢？”

“因为就是浪费。你自己也很清楚，比起那些和你一起工作的男人，你的头脑聪明多了，但是你自己却干些苦差事，打打杂。从学识上讲，你比格拉西尼和加利都强太多了，他们在你面前简直就是小学生。然而你却像个印刷厂的小学徒一样，替他们校样。”

“首先，我并不是把所有时间都花在校样上了。其次，我觉得你高估了我的才能，我绝对没有你所形容的那样出色。”

“我没有觉得你很出色，”他平静地回答，“但是我真的觉得你的头脑是健全可靠的，这一点更重要。在那些无聊的委员会会议上，只有你能指出每个人逻辑上的弱点。”

“你这样讲很不公平。比如说，马蒂尼就是一个很有逻辑的人；毫无疑问，法布利齐和莱伽的能力也很出色；然后，格拉西尼对意大利经济了如指掌，可能比任何一位官员都更了解。”

“然而并不能说明什么问题，不过，我们现在先不管他们。事实是，拥有如此天赋的你应该应该做比现在更重要的工作，担任更重要的职位。”

“我对我现在的职位很满意，我现在所做的工作可能没有太多价值，但是我们都是各尽其能。”

“波拉夫人，我们玩恭维和谦虚的把戏玩过头了吧。你实话跟我说，你自己不觉得你现在所做的工作，是能力不如你的人也可以做的吗？”

“既然你逼我回答——从某种角度说，是的。”

“那你为什么还要继续那样下去？”

她

"为

"因

"为

她 样逼我太无

情了。"

"但

"如 现

在已经没

党做些苦

些事。"

"是

"是

他眯

"我

以很肯定

的。我现

计划？"

"最

我的建议

"先

"你

"自

阴谋，我

"在 人

的大起义， 许多年

轻人—— 志愿参加起

义。并且

“告诉我，”她打断他，“你确定你的这些朋友靠得住吗？”

“确定。我们私底下是朋友，也一起工作过。”

“就是说，他们也是你所属的那个‘小团体’的成员了？原谅我比较多疑，但是我总是会对秘密团体传来的消息有些怀疑。对我来说，这种习惯——”

“是谁告诉你我属于某个‘小团体’的？”他尖锐地打断她。

“没有人，是我自己猜的。”

“啊！”他向后一仰，靠在椅背上，皱着眉头看着她，过了一会儿又说，“你经常这样猜别人的个人事情吗？”

“经常。我观察力还是不错的，也喜欢把事情联系到一起。我告诉你了，你以后可得小心点儿了，如果你不想让我知道一件事，就得藏好了。”

“只要你不向外传播，你知道什么我都无所谓。我觉得还没有——”

她有些生气又有些惊讶地抬起头，说：“你完全没有必要这样警告我！”

“我当然知道你不会对外人说什么，但是我猜你或许会对你们党内成员——”

“党内事务都是按事实说话，不会凭我的个人猜测或者臆想就能操控的。我当然没有跟任何人提起过这件事。”

“谢谢。那你猜到我属于哪个团体了吗？”

“但愿——既然你这么问我，那我就诚实回答了，你千万不要生气——但愿不是‘短刀会’。”

“此话怎讲？”

“因为你适合做更好的事情。”

“我们都适合做更好的事情，你又回到自己的回答上了。不过，不是‘短刀会’，而是‘红带会’。这个组织更稳重一些，对工作也更严肃负责。”

“你是说行刺暗杀之类的工作吗？”

“那只不过是其中的一部分。如果组织、宣传得好的话，行刺工作也是很有用的。其他团体却不一样，他们认为短刀能解决世界上的一切难题，实则不然，这也是我不喜欢其他团体的原因。短刀能解决许多问题，但不是所有的问题。”

“你真的觉得短刀能解决许多问题吗？”

他惊讶地看着她。

“当然了，”她继续说道，“短刀可以解决一个狡猾的密探或者一个可恶的官吏的性命，那么有些困难可以暂时地迎刃而解了。但是这样做是不是会引起比那个密探或者官吏更棘手的困难呢，这是另外一个问题。对我来说，这就像是《圣经》的那个故事一样，把鬼赶跑，打扫干净房子之后，鬼又回来了，还带了七个恶魔。暗杀只会让警察变得更凶残，让人们更习惯暴力和野蛮，导致社会变得比以前的更糟糕。”

“革命到来的时候，你觉得应该发生什么呢？难道那个时候人们就不用习惯暴力了吗？战争就是战争，”

“是的，但是公开的革命是另一码事。这是人民生命中的一刻，这是人类进步所要付出的代价。革命的时候，可怕的事情肯定会发生，每次革命都是这样。但是那都是孤立的事实——非常时期的非常事件。这种滥杀所带来的后果是让滥杀变成了习惯。人们把它当作一件习以为常的事情，他们对生命的神圣感越来越迟钝。我没怎么去过罗马尼亚，但给我的印象就是他们已经习惯，或者正在习惯机械的暴力。”

“那也比机械的顺从和屈服好。”

“我不这么觉得。所有机械性的习惯都不好，都是奴性十足的，这一种更是残忍。当然了，如果你觉得革命者的工作仅仅是从政府那里获得一定的让步，那么在你看来，秘密团体和短刀肯定是最好的武器，因为政府最怕的就是这个。如果你跟我想的一样，用暴力跟政府抗衡不是目的，而是达到目的的一种手段，我们真正的目的是改善人与人之间的关系，那你肯定会以不同的方式工作了。让无知的民众习惯看到流血事件，不是让他们敬畏生命的办法。”

“那他们对宗教的敬畏呢？”

“我不明白你的意思。”

他笑了笑。

“我觉得我们的分歧主要在于分析祸根在哪儿。你觉得是人们缺乏对人类生命的敬畏。”

“应该说是人性的神圣。”

“随便你怎么称呼都可以。对我来说，一切困惑和错误的根源就是一种被叫作宗教的精神疾病。”

“你是说某一种宗教吗？”

“哦，不是的！那只是表面症状的问题，真正的病根是宗教心理态度。人们设定一个偶像，崇拜它，跪下来膜拜，这些都是病态的欲望。所有的宗教都是一样的，不管是耶稣，还是佛祖，抑或一棵神树。你当然不会同意我的观点。你可能是个无神论者，或者不可知论者，或者其他的，但是就算离你很远，我都能感觉到你身上的宗教气息。但是，我们现在讨论这个是无济于事的。但是如果你觉得，我仅仅把短刀看作是移除可恶官吏的工具，那你就错了。在我看来，这是削弱教堂声誉、让人们习惯性地把传教士看作恶棍的最好方式。”

“那么，当你达到这一目的的时候，当你唤醒人们心中沉睡已久的野兽，准备攻击教堂的时候，那时——”

“那我就完成了我的任务，就没白多活这十几年。”

“这就是那天你所说的任务吗？”

“是的，就是这个。”

她猛地一颤，转过身去。

“你对我失望了吧？”他抬起头笑着说。

“不，不是的。我觉得——我有点儿——怕

过了一会儿，她转过身，又用平常严肃的

“我们这样讨论下去毫无益处，我们的 我来说，我相信宣传、宣传、宣传。等把宣传做好了

“那我们还是回到我的计划上来 更多的是

起义。”

“你继续说。”

“刚刚跟你说了，许多罗马尼亚的志愿者打算加入威尼西亚起义。我们现在还不确定起义什么时候爆发，可能要等到秋天或者冬天。但是亚平宁山区的志愿者需要全副武装，做好准备，一声令下，便可以直接奔赴平原。我担任的任务是私运枪炮弹药到教皇领地供他们——”

“等一下，你怎么会跟那帮人一起工作呢？伦巴第和威尼西亚的革命者都是拥护新教皇的啊。他们正携手教会中的进步势力进行自由主义改革。你这个‘不妥协’的反教会人士怎么跟他们搭上边的？”

他耸耸肩，说：“不管他们怎么样，只要他们做工作不就行了？他们当然要把新教皇当作傀儡领袖，只要起义工作顺利进行，他们想怎么样就怎么样，与我何干？只要是棍子都能打狗，只要能号召人们反抗奥地利人就行。”

“你想让我做什么？”

“就是帮我把枪炮偷运过去。”

“但是我怎么能做得了？”

“你正是能把这件事做得最好的人。我打算在英国购买武器，但是要偷运入境太难了，从教皇领地的任何一个港口都是不可能的。必须先经过塔斯加尼，然后再运到亚平宁山区。”

“那就要过两道边界了。”

“是的，但是要想只过一道边界是几乎不可能的。你不可能在没有贸易的港口偷运这么大的货物，而且，你也知道，奇维塔韦基亚港的全部船舶也不过是三艘小船和一条渔船而已。只要能把东西运过塔斯加尼，剩下的就好办了，我能顺利地通过教皇领地的边界。我手下的人熟悉山里的每一条小路，我们也知道很多藏东西的地方。货物必须先海运到里窝那，那是我最大的困难。我跟那边的走私贩子不熟，但是我觉得你应该认识几个。”

“给我五分钟让我想想。”

她向前倾了倾身体，臂肘支在膝上，手托着下巴。几分钟后，她抬起头。

“在这一点上，我或许能帮上忙，”她说，“但是在我们继续讨论细则之前，我想问你一个问题。你能向我保证，这件事与行刺暗杀没有关系吗？”

“当然没有，你不赞成的事情，不用说，我也绝不会让你参加的。”

“什么时候给你确切的答复？”

“所剩的时间不多了，不过我可以给你几天的考虑时间。”

“下周六晚上你有空吗？”

“让我想想——今天是周四，有空。”

“那到时候请你过来一趟，我会好好考虑这件事情，给你一个确切的答复。”

周日，琼玛便向马志尼党佛罗伦萨委员会递交一份声明，说由于她即将从事一项特殊的政治工作，故随后的几个月，不能继续负责党内职务。

大家听到这份通知，不免有些惊讶。但是委员会并没有阻挠，因为几年来大家都熟悉琼玛的为人，也都相信她的判断力。党内成员都达成一致，如果波拉夫人做了一个让人意想不到的决定，那她肯定是有充分的理由的。

她对马蒂尼说了实话，告诉他打算帮牛虻做一点儿“边界工作”。她跟牛虻说好了，可以向老朋友透露一定的信息，以免他们之间产生误解、怀疑或者显得故作神秘。在她看来，她这么做可以证明对他的信任。他听了没有说话，虽然不知道为什么，但是她明显感觉到这个消息深深地伤害了他。

他们正坐在她家的阳台上，眺望近处的屋顶和远处的菲耶索莱。沉默良久之后，马蒂尼起身，把手插进口袋，嘴中吹着口哨，开始踱来踱去——这是他心烦意乱的标志性动作。她坐着望着他看了一会儿。

“塞萨雷，你担心这件事情，”她最后说，“很抱歉让你这么沮丧，但是我肯定要选择我觉得对的事情啊。”

“不是这件事情，”他闷闷不乐地说，“关于这件事情，我一无所知。既然你同意的事情，肯定不会有错。而是，那个人我不信任。”

“我觉得你误解他了，在没有了解他之前，我也讨厌他。他一点儿都不完美，但是他的优点比你想象的要多。”

“可能吧。”说完，他又开始沉默地踱来踱去，不一会儿，突然停在她面前。

“琼玛，放弃吧！趁现在还来得及，不要接管这件事！不要让那个人把你拽进什么事情里面，你会后悔的！”

“塞萨雷，”她轻柔地说，“你在说些什么啊。没有人拽我到任何事情里，完全是我自己考虑清楚之后才做的决定。我知道，你不喜欢李瓦雷兹，但是我们现在讨论的是政治，不是个人。”

“夫人！放弃吧！那个人很危险，他整天神秘兮兮的，又残忍放肆——并且他爱上你了！”

她向后退了一步。

“塞萨雷，你怎么会这么想？”

“他爱上你了，”马蒂尼重复道，“离他远点儿吧，夫人！”

“亲爱的塞萨雷，我不能离他太远了，我现在不能跟你解释原因。我们的命运是相连的——并不是出于主观意愿。”

“既然你这么说，我也没什么好说的了。”马蒂尼疲倦地回答。

他借口有事先走，在泥泞的街道上徘徊了好几个小时。他的世界，在那天晚上变得一片漆黑。他最心爱的人——被一个狡猾的家伙闯进来，偷走了。

第十章

二月中旬的时候，牛虻去了一趟里窝那。琼玛把他引见给那里的轮船公司经理，他是一位持自由主义观点的英国人，是琼玛和她丈夫在英国认识的。他有好几次帮过佛罗伦萨的激进派一些小忙，比如紧急情况时借点儿钱啊，允许他们用他的营业地址接收党内信件啊，诸如此类的帮助。但都是琼玛出面，以个人朋友的名义完成的。因此，按照党的惯例，她可以利用这层关系做她认为妥当的事情。至于有没有用，就另当别论了。向一位好友借他的地址接收一封来自西西里的信件，或者把一些文件藏在他会计室保险柜的一角，这是一回事。但是要他为起义偷运大批枪炮，这完全是另外一回事。琼玛对此几乎不抱任何希望。

“你只能试试了，”她曾对牛虻说，“但是我觉得不容乐观。如果你拿着我的介绍信，去找他借五百斯库多[①]，我敢说他肯定立刻就借给你——他为人非常慷慨——甚至在危急之时，他愿意把自己的护照借给你，或者把流亡者藏到他家地窖。但是如果你去跟他提诸如枪支的请求，他肯定会盯着你，觉得我们都疯了。”

“或许他会给我一点儿提示，或者给我介绍一两个友好的水手，”牛虻说，“总之，还是应该去一趟。”

二月底的一天，他穿着随意地跑到她的书房，她一看到他的表情，

① 斯库多：19 世纪以前的意大利的银币单位。

就知道肯定是有好消息。

“啊，你终于来了！我正担心你别出什么事情呢！”

“我担心写信不安全，就赶过来了。我已经尽快回来了。”

“你刚刚到吗？”

“是的，等一下马车就过来了。我过来告诉你，事情都办好了。”

“你是说贝利同意帮助了？”

“何止是同意帮助，他接管了所有事情——装箱、运输——所有的一切。枪支藏在货包里，直接从英国运过来。他的搭档，也是他的挚友——威廉姆斯会亲自在南安普敦安排货物出发，然后贝利会在里窝那想办法过海关。威廉姆斯刚刚动身去南安普敦，我一直送他到热那亚，所以我这么长时间才回来。”

“你们在路上讨论细节了吗？”

“是的，只要晕船不厉害的时候，我们就讨论。”

“你晕船吗？”她立刻问道。她记得以前有一次父亲带他俩出海玩，亚瑟一直晕船晕得厉害。

“晕，即使经常出海，还是晕船晕很厉害。但是在热那亚装箱的时候，我们长谈了一次。我觉得你应该认识威廉姆斯吧？他真是个好人，真诚可靠，通晓事理。贝利也是这样的人，他们两个人都是信得过的。”

“依我看，贝利答应你真是冒了很大的险。”

“是的，我提醒他了。他只是绷着脸说，‘与你有什么关系？’我就猜到他会这么说了。如果我在廷巴克图遇到他，我肯定会走上前去，说：‘早上好，英国人。’”

“不过我很好奇你是怎么说服他同意的，还有威廉姆斯，我怎么也不会想到他。”

“是的，最开始他很反对，不过不是因为危险，而是因为他觉得这根本不像交易，不过后来我把他说服了。好了，我们现在谈谈细节吧。”

牛虻回到家的时候，太阳已经下山了，花园里的山茶花垂在墙上，在暮色中看上去黯然失色。他摘了几支，走进屋。他打开书房门的时候，思蒂看到他，赶忙从角落里的椅子上跳下来，朝他跑去。

"哦，菲利斯，我以为你永远也不回来了呢！"

他的第一反应就是想责备她待在他的书房干什么，但是，一想到他已经三个星期没有见她了，他便伸出手，冷淡地说：

"晚上好，思蒂，最近好吗？"

她仰起脸等待他的亲吻，但是他却假装没有看到，径直从她身边走过。他拿起一个花瓶，把花放进去。之后，门打开了，他那条柯利犬冲进房间，围着他开心地又蹦又跳，汪汪地叫个不停。他放下手中的花，弯腰拍拍小狗。

"嗨，萨顿[①]，你好吗，伙计？是的，是我回来了。来，握手，乖！"

思蒂的脸色阴沉起来。

"我们去吃晚饭吧？"她冷漠地说，"你写信说今晚回来，我就在我的地方订了晚餐。"

他连忙转身，说道：

"真、真、真抱歉，还、还让你等我！我稍微收拾一下，马上就过去。你、你能帮我把这些花插到水里面吗？"

他来到思蒂预约的餐厅的时候，她正站在镜子前，把一朵花别到裙子上。很显然，她已经决定要开开心心的了，便拿着一小串红色的花蕾走向他。

"这个给你，让我帮你戴上吧。"

整个晚餐，他都尽力保持和颜悦色，跟她聊天，她也都开心地回应他。看到自己回来，她显得特别开心，而这却让他觉得尴尬。他一直都觉得，她独立地过着自己的生活，有一群意气相投的朋友和伙伴。他从未想到，她会思念他。她现在这么兴奋，肯定是他走后觉得孤独了。

"我们去阳台上喝一杯咖啡吧，"她说，"今晚挺暖和的。"

---

① 萨顿是"Shaitan"的音译，在英语中有"坏人"的意思。

“好啊，可以把你的吉他拿过去吗？你可以唱唱歌。”

她高兴地涨红了脸，他向来对音乐很挑剔，很少叫她唱歌。

在阳台上，沿墙有一张宽木凳。牛虻在角落里坐下，那里正好可以看到山上的风景。思蒂则坐在矮墙上，背靠着一根柱子，脚踏着木凳。看不看风景，她都无所谓，现在她只想看着牛虻。

“给我一支香烟，”她说，“你走之后，我好像就没有吸过了。”

“太棒了！今晚的幸福就差一根香烟了！”

她向前一倾，热切地望着他。

“你真的感到幸福吗？”

牛虻扬了扬眉毛。

“对呀，为什么不幸福呢？吃了一顿美味的晚餐，坐着欣赏全欧洲最美、美丽的景色，等下可以边喝咖啡，边听匈牙利民谣。我没做什么坏事，身体也很好。为什么不觉得幸福呢？”

“我知道你还需要什么？”

“什么？”

“这个！”她将一个纸盒子扔到他手里。

“烤、烤杏仁！吸、吸烟之前你怎么不、不告诉我啊？”他生气地问道。

“怎么了，宝贝？你可以吸完烟再吃啊。咖啡来了。”

牛虻一边喝着咖啡，一边吃着烤杏仁，就像一只小猫吃奶酪一样专注、满足。

“能回来喝一杯美味的咖啡正好，里窝那的咖啡可真是难以下咽！”他慢吞吞地说。

“既然你已经回来了，那就至少为了咖啡待在家里吧。”

“我待不了多久，明天又要走了。”

她脸上的笑容瞬间消失了。

“明天！为什么啊？你要去哪里啊？”

“两三个地、地方吧，有正事。”

他已经和琼玛商量好了，他必须要亲自去一趟亚平宁山区，为边界上的走私贩子安排好偷运枪炮一事。带着枪炮穿越教皇领地是一件很冒险的事情。但是如果要成功，就非得冒这个险不可。

“总是有正事！”思蒂叹了口气，然后大声地问，“这一去会很久吗？”

“不，大、大概两三个星期吧。”

“是不是那方面的正事？”她突然这么问。

“哪方面？”

“你一直冒着生命危险也要做的事——永远都是政治。”

“是与政、政治有点儿关系。”

思蒂把烟蒂丢掉。

“你骗我，”她说，“肯定又是去做那些危险的事情了。”

“我直、直接出发去地、地狱了，”他慵懒地回答，“你扯那个常春藤干吗？你、你那里有朋友需要我给你捎一些东西吗？但是，你也没、没必要全扯下来啊。”

她用力从柱子上扯下来一把常春藤，现在又生气地扔到地上。

“你去做危险的事情了，”她重复道，“但是你都不愿意真诚地告诉我！你觉得我只配被人愚弄、嘲笑吗？总有一天你会被绞死的，而你连一句再见都没有。你张口闭口就是政治、政治——我早就听腻了！”

“我、我也是，”牛虻一边说，一边慵懒地打着哈欠，“那我们就聊聊其他事情吧——你唱支歌吧。”

“把吉他给我吧，你想听什么？”

“就丢了马儿的那首民谣吧，你的嗓音很适合那首歌。”

她开始唱那首古老的匈牙利民谣，民谣讲述的是一个人先失去了自己的马，随后又失去了家园，然后又失去了心爱的人，最后安慰自己说，“在漠哈战场上失去的更多”。这首歌是牛虻最喜欢的歌曲之一，那凄惨悲伤的旋律、恬淡清新的斯多葛派精神，比任何一首轻柔的歌曲都更吸引他。

思蒂的歌喉优美动听，她唇齿间吐出来的音符清晰有力，充满着对生命的强烈渴望。她不擅长唱意大利或者斯拉夫的歌曲，德国的歌曲更不在行，但是她唱的匈牙利民歌非常婉转动听。

牛虻睁大眼睛，微张着嘴巴，听得入神。她之前从未像这次这样唱过，她唱到最后一句的时候，突然声音开始颤抖。

“啊，没关系！在漠哈战场上失去的更多——”

她突然泣不成声，用常青藤叶子遮住自己的脸。

“思蒂！”牛虻连忙站起身，从她的手中接过吉他，“你怎么了？”

她双手捂着脸，一直抽泣着。他拍一拍她的肩膀。

“告诉我怎么回事。”他温柔地说。

“别管我！”她呜咽着躲开，“别管我！”

他赶紧回到自己的座位上，等她平复自己的心情与抽泣。突然，他感觉自己的脖子被她的双手紧紧搂着，他看到她正跪在他身旁。

“菲利斯——别走！不要离开我！”

“那个我们稍后再讨论，”他一边说着，一边轻轻地把她的胳膊推开，“先告诉我你怎么这么难过，是被吓到的吗？”

她摇摇头，沉默不语。

“我做了什么伤害你的事情吗？”

“没有。”她举起一只手放在他的喉咙处。

“那是怎么回事？”

“你会被杀死的，”她最后轻声地说，“那天有一群人过来，我听其中的一个人说，你会出事的——当我问起你的时候，你还嘲笑我！”

牛虻吃了一惊，过了一会儿说道：“我亲爱的孩子，你想得太夸张了。某一天，我肯定会被杀死——这是革命人的必然下场。但是你觉得这、这次就会被杀，你毫无理由根据的啊。我和其他人一样，没有做什么更危险的事情。”

“其他人——其他人跟我有什么关系？如果你爱我，你不会就这样走掉，留我一个人长夜无眠，担心你是不是被捕了，或者一闭眼就梦到你惨遭杀害。你完全没有把我放在心上，我对你来说，还不如那条狗呢！”

牛虻站起身，缓慢地走到阳台的另一端。发生这种事情，他是始料未及、毫无准备的，他现在完全不知道怎么回答她。是的，琼玛说的对，他的生活已经成了一团乱麻，要想解开，谈何容易。

“来，坐下来，我们心平气和地谈谈，”过了一会儿，他走到她身边说，“我觉得我们之间产生误会了。如果你当时是认真的，我肯定不应该笑你的。试着简单地告诉我，你遇到什么麻烦了。然后，如果我们之间有什么误会的话，我们可以理顺清楚。”

“没有什么好理顺的，我能看出来，你一点儿都不关心我。”

“我亲爱的孩子，我们最好彼此坦诚相待，对于我们俩之间的关系，我一直很真诚，我觉得在这一点上，我从来没有骗过你——”

“哦，不要再说了！你确实很真诚，连假装一下我是你的什么人都不肯，完全把我当作妓女——一件分文不值的二手衣服，在你之前已经被很多人穿过了——”

“嘘，思蒂！我对任何人都没有那样想过。”

她脸色阴沉，坚持说道：“你从来都没有爱过我。”

“是的，我没有爱过你。听我说，尽量试着不要把我想得太坏。”

“谁说我把你想得很坏了？我——”

“等一下，这正是我想说的——我既不相信那些传统的道德准则，也不尊重它们。对我来说，男人与女人之间的关系很简单，就是个人喜好的问题——”

“还有钱的问题。”她轻蔑地笑了一声，插嘴说道。他向后退了一步，迟疑了一会儿。

“是的，那是这件事情丑陋的一面。但是，相信我，如果当初我知道你不喜欢我，或者不愿意做那种事，我是绝不会强迫你的，也不会利用你的处境劝说你去做。我一生中没有强迫任何一个女人做她不喜欢的事情，至于对别人的情感，我也从来没有对任何一个女人撒过谎。你应该相信我，我说的都是真的——”

他停顿了一会儿，但是她没有回答。

“我觉得，”他继续说，“如果一个男人在这个世界上感到孤独，并且需要——身边需要一个女人，如果他又恰好找到一个对他有吸引力的女人，并且那个女人也不讨厌他，那么他就可以开心友好地接受这个女人愿意给他的快乐，但是两个人没有必要发展更亲密的关系。我觉得我们之间的关系没有给谁带来伤害，并且也没有对某一方不公平，或者造成侮辱和欺骗。至于在我认识你之前，你已经和其他许多男人发生过关系，我从来没有考虑过。我只是觉得我们之间的关系对我们两个人来说都是愉快无害的，如果一旦有一方觉得厌恶了，可以随时离开。如果我理解错了——如果你现在想法变了，那么——”

他又停下来。

“那么？”她继续低着头，小声地说。

“那么就是我委屈你了，很抱歉，但是我不是故意这样的。”

“你‘不是故意’的，你‘觉得’——菲利斯，你是冷血动物吗？难道你这辈子没有爱过一个女人吗？难道你看不出我爱你吗？”

他突然打了一个冷战，已经很久没有人对他说“我爱你”了。她立即跳起来，搂住他的脖子。

“菲利斯，跟我走吧！离开这个可怕的国度，离开这些人，离开那些乱七八糟的政治！这与我们有什么关系？我们走吧，我们在一起会很快乐的。我们去南美洲吧，你以前在那儿住过的。”

身体上的恐惧让他惊醒，使他恢复自制力，他从脖子上推开她的双手，紧紧攥在手中。

“思蒂！试着去理解我对你说的话，我不爱你，就算爱你，我也不会跟你走的。我在意大利有要事在身，还有我的同志们——”

“还有一个你更爱的人！”她难过地哭喊着，“哦，我恨不得杀了你！你关心的根本就不是你的同志，而是——我知道是谁！”

“嘘！”他轻声说，“你太激动了，都开始产生幻觉了。”

“你觉得我猜的是波拉夫人？我可不是这么容易被骗的！你只是和她

谈政治，你关心她并不比关心我多多少。我说的是那个主教！”

牛虻大吃一惊，好像被打了一枪似的。

“主教？”他机械地重复着。

“秋天过来布道的那个蒙太尼里主教。他的马车路过的时候，你以为我没有看到你脸色吗？当时你的脸和我的手帕一样白！怎么了，我一提到他的名字，你抖得像一片树叶似的！”

他站起身，缓慢小声地说：“你根本不知道自己在说什么，我——恨那个主教，他是我最恨的敌人。”

“敌人？是也好，不是也罢，反正你爱他，胜过爱这个世界上的任何一个人。你敢看着我的眼睛说不是吗？”

他转过身，望向花园。她对自己刚才说过的话感到害怕，于是暗自地观察他，他的沉默变得越来越可怕。最后她悄悄走到他跟前，像一个受惊的小孩儿一样，怯生生地扯着他的袖口。他转过身，说道：

“是的。”

第十一章

“可是，不、不能在山里面跟他会面吗？对我来说，去布里希盖拉太危险了。”

“罗马尼亚的每一寸土地对你来说都很危险，但是，就是这个时候，布里希盖拉是最安全的地方。”

“为什么？”

“我等一下再告诉你，你先坐到那边去，不要让那个穿蓝色夹克的人看到你的脸，他很危险。是的，这场暴风雨太可怕了，我都好久没见过葡萄有这么糟糕的收成了。”

牛虻两个胳膊趴在桌子上，头埋在中间，像一个疲惫不堪的人，或者一个醉汉。那个穿蓝色夹克的危险人物走进来，迅速扫视一圈，只看到两个农民一边喝着小酒，一边谈论庄稼收成，还有一个趴在桌子上呼呼大睡的山民。这在马拉迪这种小地方，这一幕是很常见的。蓝色夹克显然觉得听那两个农民讲话也听不出什么，就一口气喝完他的酒，慢悠悠地走到外屋。他倚在柜台上，跟小酒馆老板有一茬没一茬地聊着，时不时地斜眼看看坐在里面的三个酒客。那两个农民继续喝着小酒，讨论着天气，牛虻则像一个熟睡的人一样，打着鼾声。

最后，那个密探觉得这个小酒馆没有什么可疑的，再待下去只是浪费时间，于是付了钱，出门继续沿着那条狭长的街道往下走。牛虻打着哈欠，伸个懒腰，睡眼惺忪地坐起来，用亚麻衬衣的袖子揉揉眼睛。

“装起来还真不简单。米歇尔，最近这伙人经常过来找麻烦吗？”他一边说，一边从口袋里掏出一把折叠式小刀，将桌上的黑麦面包切下来一大块。

“比八月的蚊子还烦人呢！不给人一分钟安宁，到处都是密探，晃来晃去的。以前他们不敢进山，但是现在他们三五成群地闯进去——对吧，吉诺？这也是我们安排你进城跟多梅尼基诺会面的原因。”

“好吧，但是为什么选在布里希盖拉啊？边界上的镇子密探最多了。”

“现在布里希盖拉是一个很重要的地方，挤满了全国各地的朝圣者。”

“可是那儿并不是朝圣必经之地啊。”

“那儿离去罗马朝圣的大道不远，复活节有很多朝圣者都绕到那里做弥撒。”

“我不、不觉得布里希盖拉有什么特别吸引人的。”

“那位红衣主教在那儿。他十二月份的时候去过佛罗伦萨布道，你忘了吗？就是那个蒙太尼里红衣主教。他们说他当时在那里轰动全城。”

“可能吧，不过我不听布道。”

“你知道吗，他都被誉为圣人了。”

“为什么？他做了什么事吗？”

“具体的不知道，大概是因为他把自己所有的收入都捐给穷人，每年只留四、五百斯库多给自己，活得像个穷牧师一样。”

“啊！”吉诺插嘴道，“不仅这些，除了捐钱，他还穷其一生照看穷苦人家，设法让所有的病人得到相应的治疗，整天听穷苦人家诉苦。米歇尔，我和你一样都不喜欢教士，但是蒙太尼里主教大人和其他主教不一样。”

“哦，他一点儿都不恶毒，倒是有点儿愚笨！”米歇尔说，“不管怎么样，人们都对他疯狂地着迷。最近又流行起来这个，朝圣者绕路到他那里去，祈求他的祝福。多梅尼基诺决定打扮成小商贩子，带着一篮便宜的十字架和念珠。那边现在流行买这个，然后让主教大人摸一摸，再挂在小孩儿的脖子上辟邪。”

“等一下，我怎么过去？也扮成朝圣者吗？我觉得这一身装扮很适合我，但是要是还穿着这个去布里希盖拉，就不太合适了吧。一旦被捕，就会成为对你们不利的证据。”

“你不会被捕的，我们给你找了一套绝妙的装扮，什么都有，连护照都有。”

“扮成什么？”

“一个年纪大的西班牙朝圣者——来自塞拉斯的忏悔强盗。去年他在安科纳生病了，我们的一个朋友出于同情把他弄到一艘商船上，送他去威尼斯，他在那里有朋友。他把自己的文件留下来，以表感谢。这些文件正适合你。”

“一个忏悔的强、强、强盗？那、那警察发现了怎么办？”

“哦，没事的！他在几年前就已经服满了划桨苦役的刑期，之后就去耶路撒冷之类的地方去朝圣，拯救自己的灵魂。他错杀了自己的儿子，悔恨交加，便投案自首了。”

“他已经很老了吗？”

“是的，不过给你找个白胡子和假发就好了。证件上的相貌描述每一点都很适合你，他是一位老兵，一只脚瘸了，脸上有一道伤疤，简直跟你一样，并且他也是西班牙人——如果你碰到了西班牙朝圣者，还可以跟他们畅聊呢。”

“那我在哪里和多梅尼基诺会面？”

“我给你看地图，你在这个十字路口加入朝圣者的人群，说你在山里迷路了。然后，当你到那里之后，你跟着其他人一起去集市，集市就在蒙太尼里主教住的宫殿前面。”

“哦，圣、圣人也住起宫、宫殿了！”

“他只是住在附加的房间里，剩下的部分被改作医院了。然后你们都在那里等着，等主教出来赐福，之后多梅尼基诺会带着篮子上前说：‘你也是朝圣者吗，老人？’然后你说：‘我是一个痛苦的罪人。’然后他放下篮子，用袖子擦擦脸，再然后你给他六个斯库多买一串念珠。”

“然后他就安排见面的地方吗？”

“是的，趁着人们看到蒙太尼里主教欢呼的那会儿，他有充足的时间把会面的地址给你。这个是我们的方案，如果你觉得不好的话，我们可以通知多梅尼基诺，再做安排。”

“不用了，这个方案很好，只要确保胡子和假发看起来很自然就好了。”

“你也是朝圣者吗，老人？”

牛虻坐在主教宫殿前的台阶上，抬起顶着蓬乱白发的头，用嘶哑颤抖并带有外国腔的声音说出接头暗号。多梅尼基诺摘下肩膀上的皮带，把盛满了敬神小玩意儿的篮子放到台阶上。成群结队的农民和朝圣者，有的坐在台阶上，有的在集市上四处晃荡，没有一个人注意到他们。但是为了保险起见，他们有一茬没一茬地聊了一会儿，多梅尼基诺说的是当地方言，牛虻说意大利语，偶尔还夹杂着几个西班牙单词。

“主教大人！主教大人出来了！”站在宫殿门口的人高声喊道，“让路！主教大人出来了！”

他们两个也都站起来。

“给你，老人，”多梅尼基诺一边把用纸包起来的小圣像塞到牛虻手中，一边说，“把这个也拿着吧，等你到罗马的时候为我祈福吧。”

牛虻把圣像揣进怀里，然后转身望向主教。他穿着大斋期穿的淡紫色法袍，头戴一顶红色帽子，正站在台阶的高处，伸出双臂，向人们赐福。

蒙太尼里慢慢地走下台阶，人们围着他，争先恐后地亲吻他的双手，还有许多人在他经过的时候跪下来，亲吻他的法袍。

“我的孩子们，愿安详与你们同在！”

听到这如银钟般洪亮清晰的声音，牛虻赶紧低下头，好让一头白发挡住自己的面孔。看到牛虻手中的拐杖都在颤抖，多梅尼基诺不禁敬佩道：“演得可真好！”

站在他们旁边的一个女人弯下腰，从台阶上把孩子抱起来，说："来，赛柯，主教大人会赐福予你，就像主耶稣基督给他的臣民赐福一样。"

牛虻向前走一步，又停下来。哦，太难了！所有的这些陌生人——这些朝圣者和山民——都能走向前跟他讲话，他也会用手抚摸孩子们的头发，甚至还会像以前对他说话那样，说一句"亲爱的"——

牛虻再次坐到台阶上，转过头，不想看到他。此刻要是能钻进什么缝里或者捂住耳朵不听他讲话该多好呀！的确，是谁也忍受不了这样——离得这么近，近到只有一步之遥，甚至伸出胳膊就能摸到曾经那双亲切的手。

"我的朋友，你想进去歇会儿吗？"那个温柔的声音在耳边响起，"你是不是着凉了？"

牛虻的心脏停止了跳动。有那么一刻，他大脑一片空白，没了知觉，只感到一股血流直上心头，压迫得他难以忍受，感到胸膛都快要被撕裂。接着血流又冲回去，在体内激荡燃烧。最后，他抬起头。一看到他，蒙太尼里那对严肃而又深邃的双眼立马变得温柔神圣起来，充满了同情与怜悯。

"朋友们，请往后退一点儿，"蒙太尼里转身对众人说，"我想跟他说两句话。"

人们叽叽喳喳地讨论着，纷纷往后退。牛虻咬着牙，一动不动地在那里坐着，眼睛直勾勾地盯着地面，肩膀上突然感到蒙太尼里轻柔的抚摸。

"你看起来好像遇到困难了，我能为你做些什么吗？"

牛虻摇摇头，一言不发。

"你是一位朝圣者吗？"

"我是一个痛苦的罪人。"

蒙太尼里的问题和接头暗号很像，这个巧合就像一根救命稻草一样，让绝望中的牛虻做出机械的回答。他感到放在他肩头的手像火一样燃烧着，他不禁开始颤抖起来。

主教弯下腰，离他更近。

“或许你想单独对我诉说？如果我能帮到你的话——”

牛虻抬起头，这是他第一次用如此坚定的目光直视蒙太尼里，他已经从刚刚的震惊中慢慢恢复了自制力。

“没用的，”牛虻说，“这件事已经没有希望了。”

一个警官从人群中走过来。

“打扰了，主教大人。我觉得这个老年人可能有点儿神志不清，不过倒不是什么坏人，他的证件齐全，所以我们不用管他。他因重罪服役监禁，现在经常去忏悔。”

“重罪。”牛虻一边慢慢地摇头，一边在口中重复着。

“谢谢你，警官，请站在旁边吧。我的朋友，如果一个人真诚地忏悔，就不会有什么事情是绝望的。今晚愿意到我那儿来吗？”

“主教大人愿意接见一个亲手把自己儿子杀死的罪人吗？”

牛虻的声音几近挑衅，蒙太尼里犹如被冷风吹过一样，颤抖着往后退缩。

“不管你做了什么，上帝都不允许我谴责你！”他庄严地说，“在他的眼中，我们都是有罪的，我们所谓的正直，只不过是破旧的外衣。如果你今晚来找我，我就会接见你，并祈祷着上帝有一天会同样接见我。”

牛虻突然激动地伸出双手。

“听听吧！”他说，“基督教徒们，大家都听听吧！如果一个人亲手杀死了自己的独生子——他的亲生骨肉，如果那个儿子爱他，信任他，他却用谎言和欺骗把自己的儿子推进死亡的陷阱，那么，那个人在尘世或者天堂还有救吗？我已经在上帝和世人面前坦白我的罪过，我已经接受并完成世人给我的惩罚，他们也已经把我释放，但是，上帝什么时候才会说‘足够’了呢？什么样的赐福才能带走上帝对我灵魂的诅咒呢？什么样的宽恕才能抵消我所犯下的罪孽呢？”

四周一片沉寂，人们都齐刷刷地望着蒙太尼里，看到他胸前起伏不定的十字架。

最后，他抬起眼睛，用颤抖的手给他赐福。

“上帝是仁慈的，”他说，“把你心灵上的负担放到他的宝座前吧。圣训有言：‘你不该藐视一颗破碎痛苦的心。’”

说完，他转身继续走向集市，时不时停下来与人们交谈，或者抱起他们的孩子们。

晚上，牛虻按照包裹圣像的纸上的线路图，找到指定的会面地点。那是当地一位医生的家，他是这个“小团体”中的积极分子。大多数密谋起义的人都已经到了，他们看到牛虻的到来，都很高兴。这又给牛虻提供一个新的证据——如果他需要证据的话，证明自己是一位得人心的领袖。

“再次见到你，我们都很高兴，”医生说，“不过要是能见到你离开，那就更高兴了。这真的是一个非常冒险的计划，最开始我是反对的。你真的确定那帮警察狗没有盯上你吗？”

“哦，当然盯、盯上我了，但是他们没、没有认出来我。多梅尼基诺把、把主要事情都搞定了。咦，他人呢？我没看到他啊。”

“他还没来，那就是说一切都很顺利了？那个主教大人给你赐福了吗？”

“赐福？哦，那都不算什么，”多梅尼基诺进门说道，“李瓦雷兹，你简直就像圣诞节蛋糕一样，充满了惊喜。你还有多少让人震惊的才华没有展示出来？”

“你在说什么啊？”牛虻懒洋洋地问，他正靠着沙发吸雪茄，他穿的还是朝圣服，只不过把假发和胡子摘掉放到旁边了。

“真没想到，你怎么能演得这么好，我这辈子还没见过演戏演这么好的呢！你几乎快把主教大人感动哭了。”

“到底发生了什么事？快说给我们听听，李瓦雷兹。”

牛虻耸耸肩，沉默不语。其他人看从他嘴里套不出什么话来，便求多梅尼基诺给大家解释。集市一事说完之后，大家都捧腹大笑，只有一个年轻的工匠没有笑，他突然说道：

“这的确很聪明，不过我看不懂，演这么一出戏对我们有什么好处。”

牛虻回答道："以后，我在这个区可以想去哪儿就去哪儿，想做什么就做什么，不会有任何一个人——不管是男人、女人，还是小孩儿，怀疑我的身份。就这么多好处。等到明天，今天的这出戏肯定在全镇传得沸沸扬扬的，如果有密探看到我，估计只会想：'这就是那天在集市上坦白自己罪过的疯子迪亚哥。'这肯定对我们有好处。"

"是的，我明白了。不过我还是希望没有愚弄主教大人，他太善良了，不应该用那种把戏愚弄他的。"

"他看起来像个好人。"牛虻懒洋洋地说。

"胡说，桑德罗！我们这儿不需要主教！"多梅尼基诺说道，"蒙太尼里本来有机会在罗马任职，如果当时他选择了去那里，今天就不会被李瓦雷兹愚弄到。"

"他没有去那里，是因为他不想抛下这里的工作。"

"更有可能是因为他不想被兰布鲁斯基尼手下的人暗杀了吧。这一点你可以相信我，罗马那边反对他过去。当一个红衣主教，尤其是这么受欢迎的一个，宁愿'选择待在'这样的被上帝遗忘的旮旯里，原因是不言而喻的——对吧，李瓦雷兹？"

牛虻正吹着烟圈，然后他往后一靠，一边看着四下散去的烟圈，一边说："或许是因为'一颗破、破碎忏悔的心'。好了，先生们，我们来讨论正事吧。"

于是，他们开始详尽地讨论已有的关于偷运和藏匿武器的计划，牛虻聚精会神地听着，时不时地打断他们，纠正不准确的说法和粗心的提议。每个人都说完之后，他提出几点实际可行的建议，没有分歧，大家都一致通过。然后，会议就圆满结束。他们决定，至少在牛虻安全返回塔斯加尼之前，会议不得拖到太晚，以免引起警方注意。十点多一点儿的时候，大家纷纷退场，只有医生、牛虻和多梅尼基诺留下来继续探讨一些特别的环节。经过一段长时间的热烈讨论之后，多梅尼基诺抬头看了看墙上的挂钟。

"十一点半了，我们不能再待下去了，免得巡夜的人发现我们。"

"他什么时候路过这儿？"牛虻问道。

"大概十二点，我得在他来之前到家。晚安，吉尔达诺。李瓦雷兹，一起回去吗？"

"不了，我觉得我们分开走会更安全一些。我还会跟你见面吗？"

"会，在加斯特尔波伦亚。我还没想好会装扮成什么，但是还是之前的接头暗号，你明天离开这儿吗？"

牛虻正在镜子前仔细地戴假发和胡子。

"明天早上，和其他朝圣者一起。后天我假装生病，在牧羊人小屋里休息，然后抄近路翻到山那边。我会在你到达之前赶到山那边的。晚安！"

牛虻到达谷仓，站在门口往里看的时候，教堂钟塔上的钟响了十二下。大谷仓被清理出来，为朝圣者们提供睡觉的地方。地板上躺满了熟睡的人，鼾声如雷。这里空气不流通，浑浊得难以呼吸。他抵触地往后一退，睡在这里肯定睡不着，还不如出去走走，看看有没有小屋或者干草垛什么的，至少安静通风一些。

这是一个晴朗明亮的夜晚，一轮皎洁的明月悬挂在淡紫色的天空。他漫无目的地在街上走着，痛苦地回想着早上的那一幕，后悔自己没有早一点儿反对多梅尼基诺来布里希盖拉开会的计划了。如果最开始他就坚持说这个计划太危险了，会议就会在其他地方召开了。那么，他和蒙太尼里都可以避免那场可怕荒唐的闹剧了。

神父的变化可真大！然而他的声音却一点儿也没变，和以前他说"亲爱的"的时候一样。

巡夜人的灯笼在街道的另一头出现了，牛虻赶紧拐进一条狭窄弯曲的小巷子。走了一会儿之后，他发现自己走到了教堂广场上，离主教宫殿的左边附加房很近。广场上洒满了月光，一个人也没有。但是他注意到教堂的一个侧门是虚掩的，估计是教堂的看门人忘了关了吧。已经这么晚了，里面肯定不会有什么人。他可以进去，在长凳上睡觉，肯定比睡在谷仓地板上舒服多了，然后明天在看门人来之前就溜走。就算有人发现他了，第一反应肯定是迪亚哥那个疯子在教堂角落里面祈祷，结果被关在里面了。

他在门口听了一会儿，然后走进去，尽管走路一瘸一拐的，但还是步履轻盈、悄无声息。月光透过窗子照进来，在大理石地板上投下宽宽的光带。特别是高坛那里，一切都清晰可见，仿若白昼。在祭坛台阶下面，有一个人双手合十跪在那里，是蒙太尼里主教。

牛虻赶紧缩回阴影处。要不要正好趁蒙太尼里还没有发现自己之前赶紧溜走呢？这无疑是最明智的事情——或许也是最仁慈的做法。可是，就算再走近一点儿，又能有什么坏处呢——再走近一点儿，再看一次神父的脸庞，现在没有了人群，也没必要再演早上的闹剧了。或许这是他最后一次机会，神父不会发现自己的，就悄悄地走上前看一眼——就这一次。看完就回去干自己的事情了。

他借着柱子的影子做掩护，悄悄地溜到高坛栏杆旁边，在靠近祭坛的侧门前停下来。主教宝座的影子很大，足以为他提供遮掩的地方，他在黑暗中蹲下来，屏住呼吸。

“我可怜的孩子！哦，上帝！我可怜的孩子！”

他断断续续地低声忏悔，声音中充满了无尽的绝望，牛虻听到不禁打了个冷战。接着他听到低声、沉重的哽咽声，他看到蒙太尼里绞着自己的双手，像是一个饱受痛苦的煎熬的人一样。

他没有想到事情会变得这么糟糕。多少次，他痛定思痛，对自己说：“不用为此事而烦恼了，那个伤口在很久以前就已经愈合了。”然而，这么多年过去了，他看到伤口裸露在外面，依然在滴血，在疼痛。现在想愈合它多么的容易啊！他只需要举起手，走向前，说一句：“神父，是我。”还有琼玛，和她头上的那一截白发。哦，他要是能宽恕该多好啊！他要是能把过去深深烙在心中的痛苦记忆忘掉该多好啊——忘掉那个拉斯卡水手，忘掉那个甘蔗种植园和马戏团表演！还有什么是比这个更凄惨的呢——愿意宽恕，渴望宽恕。但是，他深深地知道，这是不可能的——他不能宽恕，也不敢宽恕。

蒙太尼里最后站起来，在胸前划了个十字，转身离开祭坛。牛虻向后退到阴影的更深处，他不停地颤抖，唯恐被蒙太尼里发现，唯恐自己的心跳会出卖自己。之后，他长长地舒了一口气。蒙太尼里已经从他身边走过去了，离得很近，近到他的紫罗兰长袍都拂过他的脸庞——他走过去了，没有看到自己。

没有看到自己——哦，他到底做了什么事？这是他最后一次机会——这是个珍贵的时刻——他却让这个机会悄然溜走。他猛地走进亮光里。

“神父！”

他的声音回荡在教堂的穹顶下，又渐渐消失，他自己心里面也充满了疯狂的恐惧，他又一次缩回到阴影中。蒙太尼里一动不动地站在柱子旁边，睁大眼睛，充满了死亡的恐惧。沉默了多久，牛虻已经无从知晓，可能只是一瞬间，也可能是永远。他突然一惊，恢复了理智。蒙太尼里的身体开始左右晃动，好像要晕倒一样，他的嘴唇微微翕动，声音微弱得几乎听不见。

“亚瑟！”最后终于响起低沉的呼唤，“是的，水很深——”

牛虻走向前去。

“请原谅，主教大人！我以为是神父呢。”

“啊，是朝圣者吗？”蒙太尼里立刻恢复自制力，尽管牛虻从他手上戴的蓝宝石闪烁出来的光可以判断出来，他还在颤抖，“我的朋友，你需要帮助吗？现在已经很晚了，教堂夜间是要关门的。”

“主教大人，如果我做错了，我请求你的原谅。我看到门是开着的，就想进来祈祷。然后我看到一位神父在冥想沉思，我就在一旁等着，请他为我祝福。”

他拿出那个小小的锡制十字架，是他白天从多梅尼基诺那儿买的。蒙太尼里接过来，走到高坛，把它放到祭坛上。

“拿着吧，我的孩子，”他说，“让内心安宁吧，因为上帝是温柔仁慈的。去罗马吧，到那里请上帝的牧师——圣父——为你祝福。愿平静与你同在！”

牛虻低下头，接受赐福，然后转身，缓慢地走开。

“等一下！”蒙太尼里说。

他站在高坛边，一手扶着栏杆。

“当你到达罗马，接受圣餐的时候，”他说，“请你为一个痛苦极深的人——一个灵魂上感到天主的沉重之手的人祷告。”

他的声音中几乎饱含着泪水，牛虻的决心动摇了。如果再有一瞬间，他可能就会暴露自己了。但是他又想到了马戏团表演，然后他像约拿[①]一样，觉得恨是对的。

“我算什么？他能听我祈祷吗？一个麻风病人，一个被驱逐的人！如果我能像您那样，向他的宝座奉献上自己圣洁的一生——洁白无瑕的灵魂，没有不为人知的羞耻——”

蒙太尼里突然转身，打断道：

“我只有一样东西可以奉献——一颗破碎的心。”

几天后，牛虻从皮斯托亚回到佛罗伦萨。他一下车就直奔琼玛家，但是她不在家，于是给她留了一张便条，说第二天早上再去。然后他就回家，真诚地希望这次他的书房里没有思蒂。她带有妒意的责备，就像牙科医生的锉刀一样，如果今晚再次听到的话，肯定会严重刺激他的神经，让他受不了的。

“晚上好，比安卡，”女仆为他打开门的时候，他说道，“雷尼小姐今天来过吗？”

她一脸茫然地望着他。

“雷尼小姐？她已经回来了吗，先生？”

“什么意思啊？”他突然在门口的脚垫上停下来，皱着眉头问道。

“就在你走的那天，她也突然走了，什么东西都没带，一句话也

---

① 约拿（Jonah）：《圣经》中的人物，他一直恨耶稣。

没留。”

“就在我走的那天？什么？走了两、两周了？”

“是的，先生，同一天。她的东西还都乱七八糟地在那儿放着，邻居们都谈论的沸沸扬扬的。”

他站在门口没有讲话，转身走向通往思蒂住处的小路。她的房间依然如故，他送给她的礼物都放在老地方。他四处找找，也没有找到任何信件或者纸条。

“打扰了，先生，”比安卡伸头进来，说道，“有个老太婆——”

他生气地转过身，说：

“你还想干吗——跟踪我吗？”

“有个老太婆想见你。”

“她有什么事？告诉她我有事，不、不见。”

“先生，自从你上次走，她就几乎每晚都来这儿，问你什么时候回来。”

“问她想见我干吗？算了，还是我自己问吧。”

那个老太婆在客厅门前等他，她穿着很破旧，头上戴一条亮色的头巾，面色棕黄，皱巴巴地像一枚枸杞。看到牛虻进来，她连忙起身，用一双黑色的眼睛仔细打量他。

“你就是那个瘸腿先生吧，我替思蒂·雷尼过来给你捎个话。”她一边说，一边用犀利的眼神从头到脚打量他。

他打开书房门，先让她进来，然后进去之后，关上门，免得比安卡偷听。

“请坐，那、那么，告诉我你是谁吧。”

“我是谁跟你没关系，我是来告诉你的，思蒂·雷尼跟我的儿子一起走了。”

“跟——你的——儿子？”

“是的，先生。如果你找到一个情妇，却不知道怎么留住她，那么当别的男人把她带走的时候，你就不能怨天尤人了。我儿子身上流淌的是血液，不是什么牛奶或者清水，他是我们吉卜赛的男子汉。”

“啊，你是一个吉普赛人！思蒂又回到自己的族群里了？”

她看着他，眼神中充满了惊讶和鄙视，很显然，这些基督教徒就连被羞辱的时候都不生气，真是没有骨气。

“你看你那副德行，她会留在你身边？如果你们给的钱不少的话，我们吉卜赛女人可能会在年轻不懂事的时候，把自己给你们。但是吉卜赛的血液终究还是会流回到吉卜赛族的。”

牛虻面色不改，依然冷酷镇定。

“她是跟一群吉普赛人一起走的，还是单独和你儿子住在一起？”

这个老太婆突然哈哈大笑起来。

“你想去追她，然后让她再回到你身边吗？先生，为时已晚，你之前就应该想到的！”

“不是的，我只是想知道真实情况，如果你愿意告诉我的话。”

她耸耸肩，这么懦弱的一个人，简直都不值得去羞辱。

“真实情况就是，你离开的那天，她独自一人在街上游荡，然后遇到了我的儿子，并且用吉卜赛语跟我的儿子讲话。我的儿子一听是同族人，即便她穿着华丽的衣裳，仍然爱上了她，以及她那俊秀的脸庞，然后把她带回我们的帐篷里。我们族的男人就是这样！她坐在那里痛苦泪流，向我们哭诉她所有的烦恼，可怜的女孩儿，我们的心都为她疼痛，大家都努力去安慰她。最后，她脱掉她身上华丽的衣裳，换上我们族自己的服装，把她自己给了我的儿子，把我的儿子当作她的男人，成为我儿子的女人。他不会对她说‘我不爱你’‘我还有其他事情’之类的话。当一个女人年轻的时候，她需要一个男人。你算是男人吗？人家一个漂亮姑娘搂着你的脖子的时候，你都不亲吻她？”

“你刚刚说，”他打断道，“你替她过来捎个话。”

“是的，我们的帐篷继续前进了，我留下来，等你回来。她让我告诉你，她受够了你们的族人，受够了你们的斤斤计较以及冷酷无情。所以她想回到自己的族人身边，过自由自在的生活。她说：‘告诉他，我是一个女人，我曾经爱过他，正因为如此，不愿再当他的婊子。’那个姑娘选择离开，是对的。一个女孩儿凭借美貌赚点儿小钱，这并没有什么伤害——这是美貌的作用，但是一个吉卜赛女郎没必要去爱你们族的男人的。”

牛虻站起来，说：

“说完了吧？那么，请你告诉她，我觉得她做了正确的选择，我祝愿她幸福。这就是我要说的，晚安！”

他一直站着，纹丝不动，直到老太婆出了园子，门关上之后，他才坐下来，双手捂着脸。

又是一记耳光！难道不能留给他一点点自尊心，一点点尊重吗？是的，他知道自己早已陷入一摊污泥之中，被往来的世人践踏。他的灵魂，没有一处没被世人蔑视，没有一处没被打上世人嘲笑留下的烙印。而现在，这个吉卜赛女人——他在路边捡起的女人，就连她，手中都拿着皮鞭。

萨顿急不可耐地扒着门，牛虻站起身，开门放它进来。小狗看到主人，连忙冲上去，像以前那样，发疯似的撒欢儿。但是，不一会儿，它感觉不对劲，便在他身旁的毯子上乖乖地趴着，用凉凉的鼻子蹭着主人有气无力的手。

一个小时后，琼玛来找他。她敲了一会儿门，却没有回应。原来比安卡看牛虻没有吃晚饭的意思，便溜出去找邻居家的厨子玩了。比安卡出去的时候，没有关门，也没有熄灭客厅的灯。琼玛等了一会儿，因为她收到从贝利那儿寄来的重要消息，需要及时告诉牛虻，便决定进去看看牛虻是不是在里面。她进去便去敲书房的门，牛虻的声音从里面传出来：“你可以走了，比安卡，我什么都不需要。”

她轻轻地推开门，房间里很昏暗。她进来的时候，走廊里的灯投进来一束很长的亮光。她看到牛虻独自一人坐在那里，低着头，他的狗在他脚边已经睡着了。

她说：“是我。”

他突然惊醒，脱口而出：“琼玛——琼玛！哦，我正需要你！”

她还没来得及说话，他就“扑通”一声跪在她的脚边，把脸埋在她的裙摆里。他整个身体都像痉挛似的颤抖，那副样子比哭泣还要让人心疼。

她一动不动地站在那里，她什么忙也帮不上——什么忙也帮不上，这是最叫人痛苦的事情了。她只能站在那里，束手无策——能不让他痛苦，她死都愿意。此时此刻，如果她能弯下腰，用手臂抱着他，将他紧贴在自己胸前，用自己的身体保护他不再受到任何伤害和委屈，那么他肯定又成为她的亚瑟了，那么乌云也会四下散去，天空晴朗如初。

哦，不，不！他怎么可能忘记？不正是她将他自己推向地狱的吗？她，还有打了那记耳光的右手！

她错过了那一刻。现在牛虻已经匆忙站起来，坐在桌边了。他一只手捂住眼睛，使劲地咬着嘴唇，好像快要咬掉了一样。

他抬起头，安静地说：

“我刚刚吓到你了吧。”

她向他伸出双手，说：“亲爱的，我们的友情还不足以让你对我有一点儿信任吗？发生什么事了？”

“自己的私事，小事，你不必为此担心。”

“你听我讲，”她紧紧握住他颤抖的双手，继续说，“不是我的事，我从来不会去管。但是既然你已经主动给我这么多信任，何不把我当作你的妹妹，不要戴上冰冷的面具呢。如果面具能给你带来安慰，那你可以戴在脸上，但是为了你自己，也不要戴在灵魂上。”

他把头垂得更低，回答道：“那你得非常有耐心了，我恐怕是一个不听话的哥哥。但是你知道吗？上周我几乎都崩溃了，就像又回到南美洲一样。反正恶魔潜入了我的身体，并且——”他停下来。

她最后小声地说：“我不能替你排忧解难吗？”

他把头埋进她的臂弯，说：“上帝的手太沉重了。”

第三卷

第一章

之后的五个星期，琼玛和牛虻都为工作忙得不可开交，无暇顾及个人事情。武器被安全偷运到教皇领地之后，还剩下一个更艰难、更危险的任务——把武器从山洞和山谷里的秘密藏匿点偷偷转运到当地的各个中心，再运到各个村庄。整个地区到处都是密探。本来牛虻委托多梅尼基诺运送弹药，多梅尼基诺派了一个信使去佛罗伦萨，强烈请求帮助或者宽限时间。牛虻坚持工作要在六月中旬之前完成，但是在崎岖的山路上运输大量弹药并非易事，并且要随时提高警惕，躲避警方侦查，导致计划不断延期，多梅尼基诺感到越来越绝望。他信中写道："我现在真是困难重重。我不敢赶路，因为怕被密探发现；也不敢太拖延时间，怕不能按时完成任务。请你务必立即给我派一个得力的人手来帮我，或者告诉威尼斯那边，这边七月的第一个星期才能准备好。"

牛虻把信带给琼玛，她读的时候，他就皱着眉头盯着地板看，并倒着捋那只猫身上的毛。

"情况很糟糕，"她说，"我们不可能让威尼斯人等我们三个星期的。"

"当然不能了，这样要求就很奇怪了，多梅尼基诺应、应该知、知道的啊。我们必须要按照威尼斯那边的安排办事，而不是让那边按照我们的安排办事。"

"也不能怪多梅尼基诺，很明显，他也已经尽力了，人肯定做不到超越能力极限的事情啊。"

“错误不在多梅尼基诺身上，而是就一个人不好行事，要是两个人就好了。我们至少需要一个有责任心的人看守货物，然后另外一个人负责运输。他说的很对，他需要得力人手。”

“但是我们现在能为他提供什么帮助呢？佛罗伦萨也没有多余的人手了。”

“那我必、必须亲自走一趟了。”

她往后一仰，靠在椅子上，微微皱着眉头看着他，说：

“不行，你不能去，你去太冒险了。”

“如果我们找、找、找不到解决问题的方法，只能这样了。”

“那我们就再想想办法，不可能现在让你再去一趟的。”

牛虻的下嘴唇一角出现一条倔强的纹路。

“我不、不觉得这样不可能。”

“如果你再冷静思考一分钟，你就不会这么想了。你才回来五个星期，那边警察正在侦查那个可疑的朝圣者的事情，为寻找线索搜遍了整个地区。是的，我知道你很擅长乔装打扮。但是你要知道，不管是你装扮成山民，还是装扮成迪亚哥的时候，很多人都见过你。并且你再怎么装扮，也掩饰不了瘸腿或者脸上的伤疤。”

“世界上瘸腿的人多、多着呢。”

“是的，但是在罗马尼亚，没有多少像你这样的，不仅腿瘸了，脸上还有伤疤，左胳膊还伤成这样，并且还是蓝眼睛、黑头发。”

“眼睛没关系，我可以用颠茄改变颜色。”

“但是你改变不了其他东西。反正你现在不适合去，你带着这些明显的体貌特征过去，不是相当于睁着眼睛往陷阱里跳吗？你肯定会被抓的。”

“但是总得有、有人帮多梅尼基诺呀。”

“你现在在这个关键时刻过去，根本就不是帮忙，你要是被抓了，相当于计划全盘失败。”

但是牛虻是一个很倔强的人，很难说服，他们就这样没完没了的讨论下去，没有结果。琼玛开始意识到，他这个人虽然不大声争执，却异常固执，永远坚持自己的意见。若不是事关重大，她真的宁愿安静一会儿而屈服，也不想再争执下去。但是在这件事情上，她不允许自己屈服。在她看来，他所提议的山区之行所得到的实际好处并不非常重要，因此不值得去冒这个险。她不禁怀疑，他这么坚持，最主要原因并非出于政治的必要性，而是对危险和刺激的一种病态渴望。他已经习惯了冒险，有些冒险是没必要的，琼玛觉得他这种倾向是他任性的一种表现，应该予以冷静坚定的抵制。最后，她发现她所有的论点都不能动摇他要去的决心，就使出最后一招。

“我们都坦诚一点儿吧，都说实话。你这么决心要去，并不是因为多梅尼基诺的困难，而是另有图谋——”

“不是！”他激动地打断她，“他对我一点儿都不重要，我才不关心以后会不会见到他。”

他停下来，发觉琼玛已经看出来他自己出卖自己了。他们对视了一秒，又都低头不语。两个人都清楚是谁，却都没有说出来。

“我——并不是想去救多梅尼基诺，”他最后把半张脸埋在那只猫身上，结结巴巴地说，“而是我、我知道如果他得不到帮助，我们的工作极有可能会失败。”

她并没有理会他那没有说服力的托词，权当他没有讲话似的继续说下去：

“你就是喜欢冒险，所以才坚持要去的。你担心不安的时候就渴望冒险，就像你生病的时候就想吃鸦片一样。”

“不是我想吃鸦片，”他反驳道，“是其他人坚持给我服用的。”

“我敢说，你有点儿炫耀自己的忍耐力，觉得为了减弱生理上的疼痛，而请求鸦片会伤害你的骄傲。但是当你为了减轻精神上的不安的时候，你会选择拿生命去冒险，好像这样能彰显你的骄傲。不过，说到底，这样做很常见。”

他仰起小猫的头，看着小猫圆圆的绿眼睛说：“是这样吗，帕什特？你的主人说、说我的这些坏话都是对的吗？那岂不是我有错，大错特错了吗？你这个聪明的小猫，你是不是从来都不要鸦片啊？你的祖先在埃及被奉为神灵，没人敢踩、踩它的尾巴。我很好奇，如果我拿起你的爪子放在蜡烛上烧，你会怎么样呢？面对世间的疼痛，你还会是这样一副平静高贵的样子吗？那时候你会向我要鸦片吗？会吗？或许——让我赐你一死？不，小猫，我们无权只为图自己方便，而去寻死。我们可以诅、诅咒谩骂，如果这样能让我们舒服的话，但是我们决不能把爪子放下。”

“嘘！”她把小猫从他的膝盖上抱走，放到一只脚凳上，继续说，“我们等下可以再继续讨论这件事，我们现在必须要思考的是怎么帮助多梅尼基诺。怎么了，凯蒂，一位客人？我现在很忙。”

“夫人，是这个，莱特小姐派人送过来的。”

他们打开这个包得很严实的包裹，里面是一封写给莱特小姐的信，但是信没有拆封，信封上贴的是教皇领地的邮票。琼玛的老同学仍然住在佛罗伦萨，为了安全起见，她的重要信件都先寄给她们。

她快速扫一眼那封信，大概是亚平宁山区一所寄宿学校放暑假的事情，她指着信角上的两个小黑点，说：“这是米歇尔做的记号，这是化学药水写的，试剂在写字台的第三个抽屉。是的，就是那个。”

他把信平摊在桌子上，用小刷子刷一遍。信的真正内容在纸上显示出来，是一行亮蓝色的字，他看了之后往椅背上一靠，哈哈大笑起来。

“写的什么？”她连忙问，于是他把信递给她。

“多梅尼基诺已被捕，速来。”

她手里拿着信，坐下来，绝望地看着牛虻。

“那、那么，”他最后拖着长腔，用讽刺的口气轻声地说，“我肯定要去了，这下你满意了吧？”

“看样子你必须要去了，”她叹了口气，说道，“我也要去了。”

他抬起头，有点儿惊讶地问：“你也去？但是——”

“当然，我知道，佛罗伦萨一个人都不留不太好，但是当务之急是多派一个人手，所以其他事都要先放一放。”

“那边有很多人手。”

“但是并不是完全靠得住的。你刚刚自己也说了，这件事必须要由两个有责任心的人完成。如果多梅尼基诺一个人不能完成，你自己一个人肯定也完不成。不要忘了，像你这样时刻都面临危险的人，做这种工作受到更大的牵制，所以更需要别人的帮助。现在多梅尼基诺不能跟你搭档了，那就让我来吧。”

他皱着眉头想了一会儿。

“是的，你说的很对，”他说，“我们出发的越早越好。但是我们不能一起出发，如果我今晚出发，你可以乘明天下午的车。”

“去哪里？”

“我们来讨论一下吧。我觉得我最、最好直接去法恩扎，如果我今晚晚些出发，骑马到博尔戈圣洛伦佐的时候，换上其他装扮，然后继续骑。”

“也只能这样了，”她皱着眉头焦急地说，“但是这样非常冒险。你走得这么匆忙，还要靠博尔戈那里的走私贩子给你化妆。在你偷越边界之前，至少应该有三个整天来回兜圈子，免得被人发现踪迹。”

“你不用担心，”他微笑地回答，“我即使被捕，那肯定也是之后的事情了，不可能在边界上的。我一旦进山了，就跟在这儿一样安全，在亚平宁山区，没有一个走私贩子会出卖我的。我不太确定的是，你用什么办法越界呢？”

“哦，那个很简单！我可以借路易斯·莱特的护照，就当是出去度假。在罗马尼亚，没有人认识我，但是每一个密探都认识你。”

“幸、幸运的是，每个走私贩子也都认识我。”

她拿出手表看了看。

“两点半了，如果你凌晨走的话，我们还有一个下午和一个晚上的准备时间。”

“那我现在最好回去收拾一下，找一匹好马，我骑马去圣洛伦佐，那样安全一些。”

“但是租马一点儿也不安全，租马的人会——”

“我不租，我认识一个人，他会借他的马给我。他以前帮过我，很值得信任。两个星期后，我会差一个牧羊人帮我骑回来。我五点或者五点半的时候会回到你这儿。这段时间，我希、希望你去找马蒂尼，然后把事情都告诉他。”

“马蒂尼！”她转身，惊讶地望着他。

“是的，我们必须信任他——除非你能想到其他人。”

“我不太明白你的意思。”

“我们必须要有一个信得过的人在这儿，以免发生意外或者特殊的困难。这里的朋友当中，马蒂尼是我最信任的人。当然，里卡尔多也会为我们尽心尽力，但是我觉得，比起其他人，马蒂尼更稳重。不过，你比我更了解他，你看怎么着吧。”

“从各方面考虑，马蒂尼都是值得信赖、办事利索的人，关于这一点，我没有任何怀疑。并且我觉得他肯定愿意尽心尽力地帮助我们。但是——”

他立刻明白了她的意思。

“琼玛，如果你发现一个同志因担心会伤害你或者让你伤心，而没有在最需要帮助的时候，向你求助，你会是什么感受呢？你会觉得那是出于善意吗？”

“那好吧，”她停顿了一会儿说，“我现在就派凯蒂去请他过来，然后我去路易斯家拿护照，她答应过我，无论我什么时候需要，都会借给我。钱呢？我要去银行取钱吗？”

“不用，免得浪费时间。我会从我的账户里取钱，足够我们用一段时间的。如果用完了，就再用你的。那就五点半，到时候你会在这儿吧？”

“嗯，是的！我那时候肯定已经回来了。”

牛虻再次回到琼玛家，已经是超过约定时间半个小时了，他看到琼玛和马蒂尼一起坐在阳台上，他立刻察觉出来，他们的谈话并不愉快。他们两个都还在余怒之中，马蒂尼更是异常得沉默阴郁。

“东西都准备好了吗？”她抬起头问。

“嗯，都准备好了。我给你带了些钱，可以路上用。马也准备好了，会在一点钟的时候在罗索桥的栅栏外边等候。”

“一点会不会太晚了？你要在早上人们还没有起床的时候就到圣洛伦佐。”

“我会的，这是匹好马，跑起来很快。我也不想太早离开这儿，免得被人发现。我等下不回家了，门口有一个密探在外面监视我，他觉得我一直在里面。”

“那你出来，他没有发现吗？”

“我是从厨房窗户爬出来的，然后跳到后花园，再从邻居家果园那里翻墙出去的，所以我才晚到了差不多半小时。我要避开他，我让马的主人在书房坐一晚上，只要那个密探透过窗户看到亮光和人影，就会觉得整晚我都在写东西，就不会起疑心。”

“那你在去罗索桥之前，就一直在这儿等吗？”

“是的，我今晚不想出去，免得在街上被人发现。来，抽根雪茄，马蒂尼。我知道波拉夫人是不会介意的。”

“我也没时间介意了，我要下楼帮凯蒂准备晚餐了。”

她走后，马蒂尼站起来，手背在后面踱来踱去。牛虻坐在那里，一边抽烟，一边沉默地看着窗外的蒙蒙细雨。

“李瓦雷兹！”马蒂尼在他面前停下来，眼睛盯着地板，说道，“你到底要把她拖到什么事情里面去？”

牛虻拿开嘴上叼着的雪茄，吐出一长缕青烟。

“这是她自己选择的，没有人强迫她。”

“是的，是的——我知道，但是，你快告诉我——”

他停下来。

“能告诉你的，我都会告诉你。”

“那好——我不知道山里的那些事情的细节——你是不是要带她去参加一项非常危险的工作？”

“你想听实话吗？”

“想。”

“实话就是——是的。”

马蒂尼又转过身，继续踱来踱去。过了一会儿，他又停下来。

“我想再问你一个问题。如果你不想回答，你当然可以不用回答；但是如果你回答，请一定要诚实回答。你是不是爱上她了？”

牛虻有条不紊地弹了下雪茄上的烟灰，然后继续抽烟，一言不发。

“就是说——你不想回答？”

“不是的，我只是觉得我有权利知道你为什么问这个问题。”

“为什么？天啊！难道你看不出为什么吗？”

“啊！”他放下雪茄，不慌不忙地注视着马蒂尼，最后缓慢温柔地说，“是的，我爱上她了。但是你不要以为我会向她求爱，也不用担心，我只是去——”

他的声音越来越微弱，最后几乎听不到了。马蒂尼向前走一步，问道：

“只是去？”

“去死。”

他冷静地、目不转睛地望着前方，仿佛已经死了。他再次说话的时候，声音平淡呆滞，毫无生气。

“你千万不要告诉她，让她事先就一直担心着，但是我是不可能活着回来了。这对任何人来说，都是一件危险的事情，她知道，我也知道。但是那些走私贩子会尽全力保护她，不让她被捕。他们虽然粗俗了些，但都是好人。而我呢，脖子上已经套上绳子了，等过了边界，绳套就拉得更紧了。”

“李瓦雷兹，你这话是什么意思？我知道，这很危险，特别是你的情况，会更危险。但是你以前也经常过边界啊，并且每次都很成功。”

“是的，但是这一次会失败。”

“为什么？你怎么知道的？”

牛虻疲倦地笑了笑。

“你知道那个德国传说吗？有一个人他看到了一个和他一模一样的幽

灵，然后他就死了。没听过？当时他独自一人住在一个荒无人烟的地方，那个幽灵在午夜时分出现在他的面前，紧握拳头。上次我在山里面的时候，遇见我的幽灵了，所以这次我过了边界，就永远不会再回来了。”

马蒂尼走上前，把一只手放在他的椅子上。

“你听我讲，李瓦雷兹。你说的那些玄乎的东西，我一点儿都不懂。但是有一点我很确定——如果你有这样的预感，那就说明这次你不适合去。如果你带着肯定会被捕的信念去，那就肯定会被捕。你肯定生病了，或者身体不舒服，才会想到那些乱七八糟的事情。要不然你别去了，让我去吧。我可以完成那里的工作，你可以跟你手下的人解释一下——”

“然后让你去送死？可真是聪明！”

“哦，我不一定被捕啊！那里的人都认识你，但是不认识我啊。并且，就算我死了——”

他停住了。牛虻抬起头，疑问地看着他。马蒂尼的手垂在他身边。

“如果我死了，她肯定不会像思念你那样深切地思念我，”他镇定自若地说，“李瓦雷兹，并且这是一个公共事件，我们应该从功利主义的角度来思考——为最多数人谋取最大的利益。你的‘终极价值’——那些经济学家就是这么叫的吧——比我的高，尽管我不怎么喜欢你，但是我还是能看得出来这一点。你不一定比我好，但是你比我更重要，你有更多的价值，你的死会带来更多的损失。”

他说话的口气是那么客观，好像是在谈论股票交易似的。牛虻抬起头，打了一个冷战。

“你愿意让我一直等待，直到我的坟墓自行打开把我吞进去吗？‘如果我死了，我会把黑暗当作我的新娘——①’你看，马蒂尼，我们又在胡说八道了。”

“你确实在胡说八道。”马蒂尼生气地说。

“是的，不过你也是。看在上帝的分上，不要搞得像唐·卡洛斯和波

① 引自莎士比亚戏剧《一报还一报》（Measure for Measure）第三幕第一场。

萨侯爵[①]一样，玩一套罗曼蒂克的自我牺牲了。现在已经是十九世纪了，如果是我的工作，就算是去送死，跪着我也要去完成。”

“那照你的意思，如果活着是我的事，我就要妥协了？李瓦雷兹，你一直都是幸运的。”

“是的，”牛虻简洁明了地说，“过去一直是幸运的。”

他们沉默不语地抽了一会儿烟，然后开始讨论工作的事情。当琼玛上楼叫他们吃晚饭的时候，他们两个不管是表情还是表现，都像平常一样，仿佛没有刚刚的谈话一样。晚饭后，他们坐下来讨论计划，部署安排工作，直到十一点钟。然后马蒂尼站起身，拿起自己的帽子。

“李瓦雷兹，我现在回家一趟，等下给你拿一件骑马专用的斗篷，你穿上它肯定更不容易被发现。我正好也出去打探一下，确保附近没有密探了再出发。”

“你打算送我到罗索桥吗？”

“是的，如果有人跟踪你，四只眼睛肯定比两只眼睛管用。我等下十二点的时候回来，别一个人出发，等我一起。琼玛，我把钥匙带着了，免得按门铃的时候吵醒邻居。”

她抬起头望着他，她明白，马蒂尼只是找个借口，好让她和牛虻单独相处一会儿。

“你和我明天可以再谈谈，”她说，“我早上收拾好行李之后，还有时间。”

“哦，是的，时间多着呢！李瓦雷兹，还有几个小事我想问问你，不过等下可以在路上讲。琼玛，你最好叫凯蒂先睡觉，你们两个也轻点儿声。再见，等下十二点见。”

他微笑着点了点头，便砰的一声把门带上，好让邻居们都以为波拉夫人的客人都离开了。

琼玛去厨房跟凯蒂道声晚安，端着一杯清咖啡回来了。

---

① 德国诗人海涅的悲剧《唐·卡洛斯》(Don Carlos) 中的两个角色。

“你想躺下来休息一会儿吗？”她说，“等下你启程了就不能睡觉了。”

“哦，亲爱的，不用！我可以到圣洛伦佐之后，等换好装了再睡觉。”

“那就喝点儿咖啡吧。等一下，我去给你拿点儿饼干。”

她在食品柜旁边跪下来，牛虻突然弯下腰，紧挨她的肩膀。

“你这里有什么啊？奶油夹心巧克力和英国太妃糖！哇，这简直是国王级待遇！”

她抬起头，看到牛虻兴奋的样子，笑着说：“你也喜欢吃甜食？这些都是给塞萨雷准备的，他就跟个小孩子一样，什么糖都喜欢吃。”

“真、真、真的吗？那你明天再给他准备一、一些吧，我要把这些带走。我要把这些太妃糖都放、放到口袋里，让我不再为生命中消逝的快乐而悲伤。我真、真希望我被绞刑的时候，他们能给我一点儿太妃糖尝尝。”

“哦，至少先装到纸盒子里面，再放进口袋吧！要不然，糖会变得黏糊糊的！巧克力也放进去吗？”

“不，我现在就要吃巧克力，和你一起吃。”

“但是我不喜欢吃巧克力。你过来，正常一点儿，坐下来。恐怕在你或我被杀之前，我们是没有机会可以这样安静地坐着聊天了，并且——”

“她不、不、不喜欢吃巧克力，”他喃喃地说，“那我就独自享用了！像不像是死刑前的最后一顿晚餐[①]？你今晚要满足我所有的想法。首先，我想让你坐在这张安乐椅上，然后听你的话，我躺下来，但是我要躺在这里，这样很舒服。”

于是，他在她脚边的地毯上躺下来，把胳膊肘支在她的椅子上，抬头望着她的脸。

“你的脸色好苍白啊！”他说，“肯定是因为你太悲观了，并且还不喜欢巧克力——”

“能严肃五分钟吗？毕竟这是生死的问题。”

---

① 英国通常在给犯人执行死刑前，让他们享用一顿丰盛的晚餐。

“亲爱的，我连两分钟都严肃不起来，生死在我看来都不算什么。”

他握住她的双手，用指尖抚摸她。

“别这么严肃，密涅瓦[1]！你这样我马上就会哭的，然后你肯定就会觉得抱歉了。我真希望你再笑一次，你的笑容让人很愉、愉悦。好了，别责备我了，亲爱的！我们一起吃饼干吧，就像两个听话的小孩儿那样，不争不吵，不抢不闹——因为我们明天可能就死了。”

他从盘子里拿一块饼干，小心翼翼地一分为二，连里面的夹心都分得很平均。

“这也是一种圣餐，跟那些虚伪的人在教堂里吃的一样。‘拿着，吃吧，这是我的肉体。’[2]并且我们还要共、共饮一杯酒，对的，就是这样。‘为纪念——’”

她放下杯子。

“不要这样！”她哽咽着说。他仰起脸，又握紧她的手。

“嘘！那我们安静一会儿吧。如果我们中有一个人死了，另外一个人要铭记这一刻。我们会忘记这个在我们耳边喧嚣的纷乱世界，我们会一起手牵手离开，我们会来到死亡的神秘殿堂，躺在罂粟花丛中间。嘘！让我们安静一会儿吧。”

他把头靠在她的腿上，遮住脸。沉默中，她弯下身子，把手放在他长满黑发的头上。时间就这样悄悄流逝，他们两个既没有动也没有说话。

“亲爱的，快十二点了。”她最后说。他抬起头。

“我们还有几分钟的时间，马蒂尼马上就回来了。或许，我们以后再也见不到对方了，你没有什么要对我说的吗？

他慢慢地站起身，走到房间的另一头。沉默一会儿之后，他小声地说：

“我有一件事要说，有一件事——想告诉你——”

---

① 密涅瓦（Minerva）：罗马神话中的智慧女神，艺术和贸易的保护神，在战争中可引导人们逢凶化吉。

② 耶稣在最后的晚餐中跟弟子们说的话。

他停下来，坐到窗边，双手捂着脸。

“这么久过去了，你终于肯仁慈一回了。”

她温柔地说。

“我一生中没见过太多仁慈。最开始——我以为——你不想知道——”

“现在不那么觉得了吧。”

“现在告诉我真相吧，”她小声地说，“你想想看，如果你被杀了，我还活着——那我这辈子都不会有机会再知道——永远不会知道——”

他抓住她的手，紧紧握着。

“如果我被杀了——你知道的，当我去南美洲的时候——啊，马蒂尼回来了！”

他猛然一惊，甩开她的手，赶紧打开房门。马蒂尼正在门口的毯子上擦鞋子。

“还是一如既往的准时，简直就是活、活闹钟！这就是那个骑、骑、骑马专用的斗篷吗，马蒂尼？”

“是的，还有一些别的东西。我已经努力不让它们淋雨了，但是外面雨下得太大了。恐怕，你今夜会骑得很不舒服。”

“哦，那没关系。街上还有密探吗？”

“没有了，所有的密探好像都回家睡觉了，不过这也不奇怪，毕竟今晚天气这么恶劣。那是咖啡吗，琼玛？外面很潮湿，李瓦雷兹出发前最好喝点儿热的，免得感冒了。”

“这是清咖啡，很浓。我去煮点儿牛奶吧。”

她转身去厨房，紧紧地咬着牙齿，握着拳头，好让自己镇定下来。等她端着牛奶回来的时候，牛虻已经披上了斗篷，正在系马蒂尼给他带来的绑腿的皮套。他站着喝了一杯咖啡，拿起那顶骑马戴的宽边帽。

“该出发了，马蒂尼。安全起见，我们去罗索桥之前，必须先兜个圈子。那么，先再见了，夫人。如果不出意外的话，我们周五在福尔利见。等一下，我、我把地址写给你。”

“他从口袋里掏出一个小笔记本，撕下一页，用铅笔写了几个字。”

“我已经有地址了。”她平静地说。

“已经有了吗？还是给你吧。走吧，马蒂尼，嘘——嘘——嘘！别把门弄得咯吱响！”

他们悄悄溜下楼梯，待他们关上大门后，她才回到房间，机械地打开他放到她手里的纸条。只见地址下面写道：

到那边后，我会把一切都告诉你。

第二章

今天是布里希盖拉逢集的日子，乡民们都从各个村庄赶到这里，带着他们的猪、家禽和奶制品，有的还赶着不太温顺的牛群。集市上人山人海，大家嬉戏打闹，为了买到物美价廉的干无花果、蛋糕和葵花籽而讨价还价。炎炎烈日下，棕色皮肤的小孩子们光着脚趴在人行道上，他们的母亲们则在一旁的树下坐着卖一篮篮黄油和鸡蛋。

蒙太尼里主教大人出来祝福大家"早安"。一群闹哄哄的小孩儿一看到他，便立马蜂拥而上，把主教大人团团围住。他们手里都举着山坡上采来的野花，有鸢尾花、红罂粟花和幽香的白色水仙花，想献给主教大人。一般来说，如果一个不那么受到爱戴的人家里种满了花花草草的，大家肯定会嘲笑他。但是蒙太尼里主教就不同了，大家从不对他喜爱野花的嗜好指指点点，都觉得是智者的一点儿小嗜好，只要无伤大雅就无碍。

"早上好，玛鲁西亚，"他停下来，一边轻轻拍着一个小孩儿的头，一边说，"你比我上次见到你的时候，长高了很多呢，你奶奶的风湿病怎么样了？"

"她最近好多了，主教大人，但是我母亲又得病了。"

"啊，是吗，我也为你感到难过。告诉你妈妈，让她有空的时候过来找佐丹尼医生看看，我可以为她找个住的地方。或许，换个地方对她的身体会有好处呢。啊，路易吉，你看起来好多了，你的眼睛好了吗？"

他一边继续往前走，一边与山民聊天。他总能记得这些孩子们的姓名和年龄，以及他们家人的身体状况。他会停下来问好，用怜悯的口气关心身体康复了没有，或者问问那头在圣诞节得病的牛怎么样了，或者上次在集市上被马车压坏的布娃娃怎么样了。

他回到宫殿的时候，大家就开始买东西了。一个穿着蓝色衬衫的瘸子走到一个小摊前，说着蹩脚的意大利语，买一杯柠檬汁。他一头蓬乱的黑发垂到眼睛，左脸颊有一道深深的伤疤。

“你不是本地人吧。”那个女摊主一边倒柠檬汁，一边抬头问他。

“不是的，我来自科西嘉岛。”

“过来找活儿干的？”

“是的，快到收割干草的时候了，那天一位拉文纳附近的农场主来到巴斯蒂亚告诉我那儿有很多活儿干。”

“希望你早日找到，不过这一带最近不大太平啊。”

“但是科西嘉岛更不好，大妈，真不知道我们这些穷苦人该怎么办呀。”

“你一个人过来的吗？”

“不是的，我有一个同伴，他在那儿呢，就是那个穿红衬衫的。嗨，保罗！”

米歇尔听到有人叫他，便晃晃悠悠地走过去，双手插在口袋里。他的装扮很像一个科西嘉岛人，尽管他为了不被认出来，戴了一顶红假发。至于牛虻，他简直就是个科西嘉岛人。

他们一起在集市上闲逛，米歇尔吹着口哨，牛虻肩上扛了一捆东西，拖着脚跟往前走，这样可以显得不那么瘸。实际上，他们在等一个信使，叫他传达一个重要的命令。

米歇尔突然小声地对牛虻说：“那就是马尔科内，拐角那个骑马的。”牛虻仍然扛着他的东西，朝马尔科内走去。

“先生，你需要收干草的人吗？”他一边说，一边用手摸摸他那顶破帽子，然后伸出一根手指去摸缰绳。这是他们事先说好的暗号。那位骑马的人看起来像是一个乡绅的管家，他跳下马，把缰绳扔到马背上，然后说：

“伙计，你会干什么活儿？”

牛虻一边玩弄着帽子，一边说：“先生，我会割草，还会修剪篱笆。”他又紧接着说，“你必须在凌晨一点的时候，在那个圆洞的洞口准备好两匹好马和一辆马车。我会在洞里面等你——我还会刨地和——”

“够了，够了，我只需要一个割草的。你以前出来帮过工吗？”

“先生，出来过一次。你来的时候务必全副武装，我们有可能会遇到武装巡逻队的。别走林子里的那条路，从另一条路更安全。如果路上遇到了密探，别停下来跟他周旋，直接开枪——我很高兴为你效力，先生。”

“是的，但是我需要一名更有经验的割草人。不行，我今天没带零钱。”

一个衣衫褴褛的乞丐，一路哀嚎着，没精打采地走向他们。

“看在圣母玛利亚的分上，可怜可怜我这个倒霉的瞎子吧——快离开这里，武装巡逻队的马上就要来了——天堂最神圣的女王，贞洁的圣母啊——李瓦雷兹，他们就是过来抓你的，再过两分钟就到了——你们会有好报的——你要赶紧冲出去，路口都有密探，想要偷偷溜走恐怕是不可能的了。”

马尔科内把缰绳塞到牛虻手中，说：

“快！冲出去，跑到桥边，把马放走，你可以藏到山洞里面。我们都带了武器，可以抵挡十分钟。”

“不行，我不能让你们被捕。我们集合起来，跟着我依次开枪。都向马匹那边移动，它们就拴在宫殿的台阶旁边。把短刀准备好，我们边打边退，等我扔下帽子的时候，就把缰绳割断，随后跳上最近的马匹，这样我们就能全部逃到树林里。”

他们谈话声音很低，即使是从身边路过的人也想不到他们在谈论什么比割草更危险的事情。马尔科内牵着他那匹母马的缰绳，走向宫殿台阶旁拴马的地方。牛虻若无其事地跟在旁边，那个乞丐跟在他们后面，一直伸出双手，苦苦哀求。米歇尔吹着口哨跟了上来，擦身而过的时候，乞丐对他发出警告，并把命令从容地传递给在树下啃着生洋葱的三个农民。他们立即站起身来，跟在他后面走。没一会儿的工夫，他们七个人全都走到宫殿的台阶旁，没有一个人注意到他们。他们每个人手中都握着藏在身上的手枪，并且很容易就能够到拴在离自己最近的马匹。

“在我动手之前，你们千万不要暴露，”牛虻平缓清晰地说，“他们不一定认出我们。在我开枪时，你们才能依次开枪。不要对着人开枪，打瘸他们的马腿——这样他们就没法追我们。三个人开枪的时候，其余三人上子弹。如果有人挡在你和马之间，打死他。我骑那匹花马。我一扔帽子，就各自上马，无论发生什么都不要停。”

“他们来了。”米歇尔说。牛虻转过身，看到正在讨价还价的人们突然停下来。

十五名武装士兵缓慢地骑进集市，集市上人山人海的，他们步履艰难。这时人们的注意力全都集中在那些士兵身上，要不是广场拐角的那些密探，他们七个革命党人完全可以趁现在偷偷溜走。米歇尔走进牛虻，说：

“我们不能趁现在逃走吗？”

“不行，现在我们已经被密探包围了，并且其中一个已经认出我了。他刚刚派一个人告诉上尉我的位置，我们唯一的希望就是把他们的马打瘸。”

“那个密探是谁？”

“我等下第一个开枪打的那个人。你们都准备好了吗？他们已经打开一条通道，准备冲过来了。”

“让开！”上尉喊道，“我以陛下的名义命令！”

人们惶恐地纷纷后退，随即士兵们立刻朝着站在宫殿台阶上的那群人冲了过去。牛虻从衬衫里掏出一把手枪，开了一枪，不是对着前进的士兵，而是朝着那个接近马匹的密探。那人被打断了锁骨，应声倒下。一枪响过，迅速依次响起六枪。同时，七名革命者从容地靠拢拴着的马匹。

骑巡队的一匹马被打中，踉踉跄跄地倒下去。另一匹马惨叫一声，随即也倒下去。惊恐万分的人们发出阵阵尖叫。指挥官这时已经踩着马鞍站起来，他把刀举过头顶，大声喊道：

“这边，兄弟们！”

他在马鞍上晃了一下，往下一沉，一道小小的血流顺着上尉制服留下来。原来牛虻已经瞄准他，开了一枪。不过他挣扎着坐在马鞍上，抓紧马鬃，凶狠地喊道：

“杀了那个瘸腿的死鬼，不能活捉，就杀了他！他就是李瓦雷兹！”

“再给我一把枪，快！”牛虻对其他人说道，“快走！”

他赶紧扔下帽子。动作很及时，因为那些士兵已被激怒，已经挥着刀逼到他面前。

“把武器放下，全都放下！”

蒙太尼里主教突然出现在两队人马中间，一个士兵恐惧地喊道：

“主教大人！我的天啊！你会被伤害到的！”

蒙太尼里却又走近一步，正对着牛虻的枪口。

这时五名革命党人已经上了马背，奔向崎岖的街道。马尔科内跳上他那匹母马，就在他骑马离去的瞬间，他回头看看他的领袖是否需要帮忙。那匹花马就在眼前，只需要几秒钟的事，所有人都会安全逃离。但是就在那个穿红法衣的人走近一步的时候，牛虻突然动摇了，拿着枪的那只手垂了下去。这一刻决定了一切。他立即被包围起来，摁倒在地，一名士兵挥起刀背敲落他的手枪。马尔科内踩着马蹬猛踢马肚子，身后响起骑巡队的马匹嘶鸣，蹄声如雷，响彻山坡。待在这里被抓不仅帮不上忙，反而会更糟。他在策马驰去的时候，回头对准最近的追兵开了一枪，这时他瞥见牛虻满脸是血，被踩在马匹的蹄下和士兵密探的脚下。他听见追捕者残忍的辱骂，以及胜利和愤怒的呼喊。

蒙太尼里没有注意到发生了什么，他已经离开台阶，走到人群里去安抚受到惊吓的人们。当他停下来俯身去看那个受伤的密探的时候，人群中再次响起惊叹声，他抬起头，看到士兵们用绳子绑住那个被捕人的手，拖着他穿过广场。他艰难地喘着气，因痛苦和疲惫，脸色变得青灰。但是最后他扭过头望着主教，苍白的嘴唇微笑着，他轻声说道：

“恭、恭喜你，主教大人。”

五天后，马蒂尼赶到福尔利。他从邮局收到琼玛寄来的一个印刷品包裹，这是他们事先约定好的暗号，如果收到这个，就说明是发生了紧急情况需要他。他想起来阳台上的对话，立刻就猜出发生了什么事。一路上，他都对自己说，牛虻肯定没出事，一个神经质又想象力丰富的人的幼稚迷信想法是荒谬不可信的，但是他越劝自己，越不能说服自己。

“我已经猜到发生什么了，是不是李瓦雷兹被捕了？”他刚进琼玛房间，就这么说道。

“他是上周四在布里希盖拉被捕的，他拼命自卫，打伤了巡逻队的上尉和一个密探。”

“武装抵抗！那就严重了！”

“反正都一样，他早就是个重大嫌疑犯了，多开一枪对他的处境没什么影响。”

“你觉得他们会拿他怎么办？”

听到这个问题，琼玛的脸色变得更加苍白。

“我觉得，”她说，“我们不能等到知道了他们的意图再计划对策行动。”

“你觉得我们应该去营救？”

“必须营救。”

他转过身，背着手，开始吹起口哨。琼玛让他一个人先思考思考，她依然坐着，仰头靠着椅背，悲伤茫然地望着远方。她的表情看起来像杜勒的雕刻作品《悲哀》[①]。

“你跟他碰面了吗？”马蒂尼停下来问。

---

① 杜勒（Albrecht Durer）：德国文艺复兴时期的代表画家和雕刻家，他是德国现实主义画派的奠基人。《悲哀》（Melancolia）是其铜板雕刻的优秀作品之一。

“还没有，本来计划明天上午在这儿见面的。”

“是的，我想起来了。他现在在哪儿？”

“关在堡垒里了，看守很严，据说还给他戴了镣铐。”

他不以为然地说：

“哦，那没关系，只要有一把锋利的锉刀，多少镣铐都能打开。只要他没有受伤——”

“他好像受了点儿伤，但是具体伤势怎么样，我们都不知道。我觉得你最好听听米歇尔讲述一下当时的情况，他在被捕现场。”

“他怎么没被捕呢？他让李瓦雷兹一个人留下，自己逃跑了？”

“不是他的错，他和所有人一样，奋战到底，严格执行李瓦雷兹的命令。在这一点上，他们所有人都是尽心尽力的。唯一一个在最后一刻出差错的就是李瓦雷兹他自己。我觉得这件事有些蹊跷。等下，我叫米歇尔过来。”

她走出房间，不一会儿便带着米歇尔还有一个宽肩膀的山民回来。

“这是马尔科内，”她介绍道，“你以前听说过他，他也是一名走私贩子。他刚到这儿，或许能告诉我们更多的信息。米歇尔，这是塞萨雷·马蒂尼，我跟你提过他。你能告诉他当时的具体情况吗？”

随后，米歇尔便简单讲述了当时与巡逻队的刀枪对决。

“我不明白是怎么回事，”他最后总结道，“如果知道他会被捕，我们中的任何一个人都不会离开他的。但是他的命令很明确，我们没有想到，他扔下帽子后，会等巡逻队的去包围他。他离那匹花马很近——我看到他割缰绳了——我上马之前还亲手递给他一个装好子弹的手枪。我唯一能想到的就是，他因为有点儿腿瘸，上马的时候失足了。但是就算那样，他也可以开枪啊。”

“不，不是那样的，”马尔科内打断他，“他根本就没打算上马。我是最后一个走的，因为当时我的母马听到枪声受惊了。我回过头看他是否安全，要不是那个主教，他肯定能安全逃走的。”

“啊！”琼玛惊叫了一声。马蒂尼也惊讶地重复道：“主教？”

“是的，他突然挡到枪口前面——他被迷惑了！当时李瓦雷兹肯定被吓了一跳，因为他放下拿手枪的那只手，然后另一只手这样——”他一边说，一边用左手背遮住眼睛，继续说道，“看到他那样，他们当然冲过去把他抓住了。”

“我想不通，”米歇尔说，“这种在关键时刻昏了头的事情，不像是李瓦雷兹的风格啊。”

“或许他把手枪放下是不想杀害一个手无寸铁的人。”马蒂尼插嘴道。米歇尔不以为然地耸耸肩，说道：

“手无寸铁的人不应该干涉别人打仗的事情。战争就是战争。如果李瓦雷兹一枪把主教打死，而不是像一只驯服的小兔子那样被抓，那这样世界上就多一个诚实的人，少一个传教士。”

他说完转过头，咬着自己的胡子，他愤怒得差点儿哭出来了。

“不管怎么说，”马蒂尼说，“事情已经这样了，再继续讨论事情是怎么发生的也无济于事，只会浪费时间。现在我们应该思考的是怎么让他越狱，我想你们应该都愿意冒这个险吧？”

米歇尔根本就不屑于回答这个多余的问题，他冷笑一声，说道：“要是有人不愿意，就算是我的亲兄弟，我也会杀了他。”

“那好——首先，你们有堡垒的平面图吗？”

琼玛打开一个抽屉，拿出几张纸。

“我已经把平面图都画好了。这是堡垒的底层，这是塔楼的上下层，这张是壁垒的平面图。这些是通往山谷的道路，这些是山里的小路和藏身之地，这里是地下通道。”

“你知道他被关在哪座塔楼里吗？”

“东边的这个，被关在这个有铁栅栏的圆屋子里。我已经在平面图上标志出来了。”

“你从哪儿得来的消息？”

“一个绰号叫‘蛐蛐儿’的人，他是里面的卫兵，他是我们这边一个叫吉诺的人的堂兄。”

“你查得挺快的。”

“现在要分秒必争了。事情发生后，吉诺立马来到布里希盖拉。有些平面图是我们之前就有的，这些藏身的地方是李瓦雷兹画的，你可以认出来这是他的笔迹。”

“看守堡垒的卫兵都是些什么人？”

“这个还不清楚，蛐蛐儿刚到这个地方，对其他卫兵还不了解。”

“我们必须先问问吉诺，蛐蛐儿是什么样的人。当局有什么意图呢？李瓦雷兹是在布里希盖拉受审，还是被送到拉文纳？”

“不知道。拉文纳是这个教省的省府，依照法律规定，重大案件只能在那里的初审法庭受理。但是，在这四个教省里面，法律是无足轻重的，送不送过去要取决于当局的个人倾向。”

“他们不会把他带到拉文纳的。”米歇尔打断道。

“为什么这么觉得？”

“我敢肯定，布里希盖拉地区的军事总督费利亚上校是李瓦雷兹打伤的那个指挥官的叔叔，他是一个报复心极强的禽兽，不可能放过这次折磨敌人的机会的。”

“你觉得他会一直把李瓦雷兹关在这儿？”

“我觉得他会找罪名把他绞死。”

马蒂尼迅速瞥了琼玛一眼，她脸色苍白，但是并没有因为听到这句话而有异样，很显然，她早已做好这种结果的心理准备。

“没有正式手续，很难直接定罪吧，”她小声地说，“不过他可能找借口设立军事法庭，如果事后上级问到，就说是本城治安需要。”

“那主教呢？主教会同意吗？”

“他无权过问军事。”

“是的，但是他影响力很大。总督不可能不事先咨询他，就贸然行动的。”

“蒙太尼里不会同意的，”马尔科内打断道，“他向来很反对军事审判的这种行为，只要他被关在布里希盖拉，就不会发生太严重的事情，主教向来站在犯人这边。我担心的是他们会把他送到拉文纳。一旦被送到那里，一切都完了。”

“我们决不能让他送到那里，”米歇尔说，“我们可以在路上把他救出来。不过，把他从堡垒里救出来是另外一回事。”

“我觉得，”琼玛说，“要是等到被送到拉文纳的途中再去营救，为时已晚。我们必须在布里希盖拉行动，刻不容缓。塞萨雷，你和我最好把堡垒的平面图再看一遍，看能不能想出什么办法。我现在已经有一个想法了，但是有一点没法解决。”

“走吧，马尔科内，”米歇尔站起身说，“我们先走，让他们两个先想想办法。我今天下午要去费尔南多，你和我一起去吧。温琴佐还没有把弹药送来，按计划他们昨天就应该到了。”

米歇尔和马尔科内走了之后，马蒂尼默默地走向琼玛，伸出手，琼玛把手放进他的手心。

“塞萨雷，你一直是一个好朋友，”她最后说道，“在患难之时伸出援助之手。现在我们来讨论一下计划吧。”

第三章

“主教大人，我再次提醒您，您的拒绝将危及本城的治安，请您三思！”

因为主教是教会高层人员，总督尽量保持语调的尊重，但是仍然掩盖不了声音中的愤怒。他最近心情很糟糕，妻子欠下巨债，过去三个星期也过得很不顺心。这里的百姓桀骜不驯，整日愤愤不平，愈演愈烈。这个地区简直就是一个蜂巢，塞满了阴谋和私藏的武器。那支吃白饭的卫戍部队也并非忠心耿耿，很叫他怀疑。现在这又来一个主教，他跟他的副官说，这“简直就是固执的化身”。他还要对付那个活生生的魔鬼的化身——牛虻，这一切都已经把他逼到崩溃的边缘。

那个“跛脚的西班牙恶魔”打伤了总督最喜爱的侄子和最有能力的密探后，在监狱里又开始施展他在集市上的那套诡计，他唆使守卫，恐吓审问官，简直“把监狱变成了杂耍场”。他在堡垒里待了三个星期，布里希盖拉的当权者都已经对这个人伤透了脑筋。他们一次又一次地审问他，为逼他招供，使出一切威胁利诱的手段，用尽了所有能想得到的办法，但是却没有丝毫效果，他还是和那天被捕的时候一模一样。他们开始意识到，或许送到拉文纳是更好的选择，可是为时已晚。当总督向教省汇报这一逮捕的时候，就请求特许他亲自接手这一案件。如果现在再撤回，岂不是间接承认了自己不是牛虻的对手，这简直就是耻辱。

正如琼玛和米歇尔料到的那样，这位总督觉得唯一一个好的解决办法就是成立军事法庭。而蒙太尼里主教却偏偏固执己见，不同意这个方案，这又使总督的烦恼再次膨胀，达到极限。

“主教大人，”他说，“我觉得如果您知道我和我手下的士兵因为这个人吃了多少苦头，你可能就不这么反对了。您不同意审判程序中的非常规做法，我完全理解并且尊重您的观点。但是这个案件非同寻常，所以必须要采取非常规的措施。”

蒙太尼里回答道：“没有一个案件需要不公平的手段。用秘密军事法庭来审判一个公民，这既不公平，也不合法。”

“主教大人，这个案件性质非常恶劣，这个罪犯犯下了许多大罪。他参与了那次臭名昭著的萨维尼奥暴动，要不是他后来逃到塔斯加尼了，由斯宾诺拉大人指派的军事委员会早把他处死或者送去服划船的苦役了。那次之后，他也没有停止过阴谋活动。据说他是国内破坏性最大的一个秘密团体的骨干分子。他还是三个秘密警察暗杀事件中的重大嫌疑犯，即使没有密谋，也一定是默许了刺客的计划。可以说，他是在向教皇领地偷运军火的时候被抓的。他还进行了武力的反抗，重伤两名军官。现在，他已经严重威胁到这个地区的和平和治安。所以，处理这样一起案件，完全可以采取军事法庭的措施。”

“不管这个人做了什么，”蒙太尼里回答道，“他依然有接受依法审判的权利。”

“主教大人，走常规法律程序要很长时间，而这个案件，要分秒必争。撇下其他隐患不说，我一直都担心他越狱。”

“如果有这样的隐患，那就需要你严加看守。”

“主教大人，我已经尽我最大的努力了。我只能靠那些卫兵看守，但是那些卫兵好像都被他们迷惑了。我三个星期内换了四拨看守的卫兵了，整天惩罚那些卫兵，我自己都够了，却依然毫无用处，他们还是为他传送信件。他好像是个魅力十足的女人，这些傻瓜简直都爱上他了。”

“太奇怪了，那他肯定有什么过人之处。”

“他的恶劣行为是比较过人——请原谅，主教大人，但是说真的，这个人足以考验一个圣人的耐心。说出来你可能不信，但是我不得不亲自审讯，因为其他审问官都受不了他了。”

“为什么呢？”

“很难解释，主教大人。不过如果您亲自去看一下，您就会明白了。不知道的还以为审问官是罪犯，他是审问官呢。”

“但是他能做什么恶劣的事情呢？当然，他可以拒绝回答你的问题，但是除了沉默，他没有什么武器啊。”

“他还有一张像剃刀一样锋利的嘴巴。主教大人，我们都是凡夫俗子，大多数人都犯过错误，也不想把错误张扬出去。这是人之常情啊。但是把别人二十多年前犯的错误拿出来，是很难堪的啊。”

“李瓦雷兹把审问官之前的个人错误说出来了？”

“是的——那个可怜的审问官曾经是一个骑兵军官，负债累累，便从团队基金里借了一点儿钱——”

“就是盗用委托给他保管的公款，是吗？”

“当然这样做不对，主教大人，但是他的朋友们很快帮他还了，这件事也就不了了之了——他出身很好——之后再也没犯过错。我也不知道李瓦雷兹是怎么知道这件事的，但是他一开庭就把这事抖出来——还是当着下属的面！说的时候还是一副天真的样子，好像是在做祷告似的。现在全区的人都知道这件事了。如果主教大人能在审问的时候旁听一次，你就会发现——当然不必让犯人知道，可以躲在旁边——”

蒙太尼里转过身，用异样的眼神盯着总督。

“我不是警察密探，”他说，“我是教会的使臣，偷听不是我的工作。”

“我不是有意冒犯您——”

“我觉得，我们继续这样讨论下去毫无益处。你把犯人带过来，我跟他聊聊。”

“我斗胆建议您不要这样，这个犯人非常不可救药。这次最好不拘泥于法律条文，在他还没有做出更坏的伤害之前，赶紧把他除掉，这是最安全明智的选择。虽然刚刚主教大人已经表态，但我仍要再次斗胆提议，毕竟，教皇特使将本城的治安责任交给我——”

蒙太尼里打断他：“上帝和教皇陛下也赋予我责任，那就是不允许该教区有任何不光明正大的行为。上校，既然你逼我就此事表态，那我就要行事作为主教的特权了。我不允许该区在和平年代设立任何秘密军事法庭。明天早上十点，我要在这儿单独接见那个犯人，其他人不得干扰。”

“悉听尊便，主教大人。”总督一肚子气，却还得毕恭毕敬地回答。离开后，他自言自语道：“又是个固执的人，他俩简直是一对。”

他没有告诉任何一个人主教要接见犯人的事情，直到前往宫殿，才把镣铐打开。他对受伤的侄子说，贝拉姆那头驴子[①]的杰出子孙一意孤行，就已够让人受不了，可是还要多加小心，免得那些士兵和李瓦雷兹及其党羽串通一气，计划在途中逃走。

当牛虻被押进蒙太尼里的房间时，他看到蒙太尼里在伏案写作，桌子上堆满了文件。他忽然想起很多年前的一个仲夏午后，他坐着翻阅布道手稿的时候。书房很相似，为了阴凉，百叶窗也是紧闭的，窗外传来水果小贩的声音：“草莓！草莓！”

他愤怒地把眼前的头发甩到脑后，然后笑了笑。

蒙太尼里放下文件，抬头看了看他，对卫兵说：

“你们可以在大厅等着。”

领队的士兵紧张地低声说道：“主教大人请原谅，但是上校觉得这个犯人很危险，所以最好——”

蒙太尼里的眼睛突然闪过一道光芒。

“你们可以在大厅等。”他平静地重复道。领队的士兵怯生生地敬个军礼，结巴着道歉后，带着其他士兵离开房间。

“请坐。”门关上之后，主教对牛虻说。牛虻坐下来，没有讲话。

---

① 出自《圣经》故事，贝拉姆是一位先知，他因诅咒以色列人，被他所骑的驴子用人语叱骂。

"李瓦雷兹先生，"过了一会儿，蒙太尼里说道，"我想问你几个问题，如果你愿意回答的话，我会非常感激你的配合。"

牛虻笑着说："我现、现在的主、主要职责就是被问问题。"

"不回答吗？我听说过，不过那些问题都是官员审问你的，他们的职责就是用你的答案当证据。"

"那主教大人您的问题呢？"他说的话倒没有什么，但是语气中隐藏着一种侮辱。主教立刻就感觉到了，但是他的脸色依然严肃慈祥，他回答道：

"我的问题呢，不管你回答与否，都会保密。如果问题涉及你们的政治秘密，你当然不必回答。至于其他问题，尽管你我并不相识，我还是希望你能暂时放下你的固执，回答一下。"

"愿、愿意效劳。"他稍微欠了欠身子，脸上的表情即使贪得无厌的人看了也会有所收敛。

"首先，据说你走私弹药进入本区，你打算用这些东西做什么？"

"杀、杀、杀老鼠。"

"回答的太可怕了，如果有人跟你想法不同，在你眼里，都是老鼠吗？"

"有一、一些是。"

蒙太尼里往后靠在椅背上，沉默地看着他看了一会儿，突然问道：

"你手上的那是什么？"

牛虻瞥了一眼左手，回答道："很久以前老鼠咬的旧伤。"

"不好意思，我说的是另一只手。那个新伤。"

牛虻瘦长灵活的右手被严重割伤擦伤，他举起右手，只见手腕肿得很粗，还横着一道又深又长的青黑色血痕。

"这个啊，小、小意思。"他回答道，"我那天被捕的时候——这还多亏了您——"他说着又欠了欠身子，继续说道，"一个士兵踩的。"

蒙太尼里拿起手腕，仔细看了看，他问："三个星期过去了，怎么变成这个样子了？全发炎了。"

“大概是镣铐压的吧。”

主教抬起头，双眉紧锁。

“你手上有伤，他们还给你戴镣铐吗？”

“这、这很正常，主教大人。新伤口就是用来折磨的，旧伤口再怎么戴也不至于很疼，最多痛一下，但是新伤口，痛、痛得像火烧似的。”

蒙太尼里又仔细打量一下他，然后站起身，打开一个盛满医疗用品的抽屉。

“把手给我。”他说。

牛虻面无表情地伸出手。蒙太尼里先清洗一下伤口，然后轻柔地绑上绷带。很明显，他经常为别人包扎伤口。

“我会跟他们谈谈镣铐的事情的。”他继续说，“现在我想再问你一个问题，你打算怎么办？”

“这、这个问题很简单，主教大人。能逃就逃，逃不走就死。”

“为什么要‘死’呢？”

“因为如果总督没能成功击毙我的话，我就会去服苦役，那、那样我身体会撑不住，一样会死。”

蒙太尼里用胳膊支在桌子上，陷入沉思。牛虻不打扰他，往后一靠，眯着眼睛，懒洋洋地享受卸下镣铐带来的片刻舒适。

“假设，”蒙太尼里又开始说道，“你成功逃走了，那你打算做什么？”

“主教大人，我已经跟您说过了，我会去杀、杀老鼠。”

“你会去杀老鼠。就是说，如果我现在让你逃——假设我有这个权利的话——你会用你的自由去制造，而不是去阻止暴力和流血事件吗？”

牛虻抬头看看挂在墙上的十字架。

“‘不是和平，而是剑’[1]——至、至少我应该和善良的人一起。不过，

① 出自《圣经》，耶稣有一次对使徒们说：“你们不要以为我带着和平来到世上，我带来的不是和平，而是剑。”

就我来说，我倾向于手枪。”

“李瓦雷兹先生，”主教沉着镇定地说，“到目前为止，我还没有羞辱过你，或者轻蔑你的信仰和朋友。我也希望你能同样礼貌地对待我？还是你想让我觉得，无神论者不能成为谦谦君子？”

“啊，我差、差点儿忘了，在所有的基督教美德当中，主教大人把礼貌看得最重要。我还记得你在佛罗伦萨的布道，那时候我正跟你那位匿名辩护者辩、辩论呢。”

“这也是我想跟你谈论的一点。你当时对我尤其刻薄，你能解释一下原因吗？如果你只是不喜欢教士，觉得我正好出现了，方便攻击，那么就另当别论。你采取什么方式进行政治争论，是你自己的事情，我们今天不谈政治。但是我那时候觉得你对我怀有敌意，如果是这样，那我非常想知道我是否曾经做过什么对不起你的事情，或者是哪方面的原因，让你有这种情绪。”

做过什么对不起他的事情！牛虻举起扎着绷带的手摸着喉咙，他轻轻地笑了一声，说道：“主教大人，我想引用一下莎士比亚的话——‘就像那个人一样，他不能容忍一只无害又必需的小猫。’[①] 我讨厌传教士，一看到法袍，我就牙、牙疼。”

“哦，如果是这样的话——”蒙太尼里不以为然地继续说道，“不过，攻击是一回事，扭曲事实就是另外一回事。你在回应我那次布道的文章里声称，你知道那个匿名作者是谁，你犯了一个错误——我不是说你故意造谣——你说的不是事实。直到今天，我自己都不知道那个匿名作者是谁。”

牛虻像一只懂事的知更鸟一样，把头扭到一边，认真地看着他，然后突然往后一仰，放声大笑。“多、多、多么纯洁啊！哦，你这个单纯、天真的阿卡迪亚人——你从来没有猜过吗？你从、从来没见过恶魔吗？”

蒙太尼里站起来说：“难道说，都是李瓦雷兹先生你一个人写的？”

“这样做很不厚道，我知道，”牛虻抬起天真的蓝色的大眼睛，回答

① 出自莎士比亚戏剧《威尼斯商人》。

道，“你还全、全、全盘照收了，就好像是牡蛎一样，一口吞下。这样做确实不好，但是，哦，真、真的好有趣！”

蒙太尼里咬着嘴唇，又坐下来。他就知道，牛虻肯定会故意叫他生气，所以最开始便下定决心，无论他说什么做什么，都要保持镇定，不能发脾气。但是他现在开始明白，总督为什么那么愤怒了。如果一个人连续三个星期都每天审问他两个小时，那这个人愤怒地骂几句，是完全能理解的。

“我们不谈这个了，”他平静地说，“我今天想见你的主要目的，是我作为主教还是有一定的发言权的，如果我想行使我的特权，还是能够影响你的审判的。我的特权的唯一用途就是干涉他们对你使用暴力，这与阻止你对他人使用暴力是没有多大关系的。所以，我把你叫过来，一是想问问你有没有什么不满意的——关于镣铐的事情，我会跟他们反映，但是或许还有其他事情——二是在表达我自己意见之前，亲自看看你到底是什么样的人，我觉得这样做更合适一些。”

“主教大人，我没有什么不满意的。战争就得遵循战争的惯例。我不是三岁小孩儿，都走私军火了，还指望政府关切地拍拍我的头。他们肯定会想置我于死地，这才是正常的。至于我是什么样的人，你不是有一次听过我煽情的忏悔吗？那还不够吗？要、要不然，我再来一次？”

“我不明白你的意思。”蒙太尼里一边冷漠地说，一边拿起一支铅笔，在指尖转来转去。

“主教大人肯定没有忘记那个老头儿迪亚哥吧，那个朝圣者？”他突然改变自己的嗓音，用迪亚哥的声音说，“我是一个痛苦的罪人——”

蒙太尼里手中的铅笔突然断了，他说：“你太过分了！”

牛虻仰头轻轻地笑一声，看着主教在房间里沉默地踱来踱去。

“李瓦雷兹先生，”蒙太尼里最后在他面前停下来，说，“你竟然对我做出这种事情，但凡是个人，即使是对最凶残的敌人，也不会做出这种事情。你偷窥我的创伤，还竟然嘲弄我的伤口，把自己的玩笑建立在别人的伤痛之上。我再次请求你告诉我——我是否曾经做过什么对不起你的事情？如果没有的话，你为何这般无情地捉弄我？”

牛虻往后靠在椅垫上，抬起头，用不寒而栗又神秘莫测的笑容看着他。

“主教大人，我觉、觉得好玩儿，你对这件事挺上心的，让我想、想起——马戏团的表演——”

蒙太尼里嘴唇发白，转身按响铃声。

卫兵进来了，他说：“可以把罪犯带走了。”

他们走后，他坐在桌边，愤怒地颤抖着，久久不能平复。然后他拿起一叠各个小教区教士送来的报告。

可是他又把报告推开，趴在桌子上，双手掩面。牛虻好像在这个房间里留下了可怕的影子，魔鬼般的痕迹。蒙太尼里坐在那里，不断地发抖蜷缩，不敢抬头，生怕看到面前的幻影，尽管他知道并不存在。那个幽灵只不过是他因神经过度紧张而产生的幻觉罢了，但是他却总能看到那个可怕的魅影——那只受伤的手、那个笑容、那个残忍的嘴巴、那双深邃神秘如海水的眼睛——

他赶紧摇摇头，把自己从幻觉中拉出来，开始工作。一整天，他都不让自己闲下来，免得让这件事打扰他。但是深夜当他准备走进卧室休息的时候，突然在门槛上停下来，感到一阵恐惧。万一在梦里看到他怎么办？他赶紧恢复了理智，在十字架前面跪下来祈祷。

但是还是彻夜未眠。

第四章

尽管蒙太尼里很生气，但是他没有忘记自己的承诺，他强烈反对他们给牛虻戴上镣铐。那个倒霉的总督，此时已经无计可施，在绝望之中，一怒之下把牛虻戴的所有镣铐都通通打开。他对副官抱怨说："还不知道主教大人下一步又反对什么呢！如果他觉得手铐都算'残忍'了，那他说不定还叫我把铁栅栏撤掉，还叫我给李瓦雷兹吃点儿牡蛎和蘑菇呢！我年轻那会儿，犯人就是犯人，就得当犯人对待，大家都觉得犯人像小偷一样卑鄙无耻。现在造反竟然成了时髦，主教大人好像还有意鼓励这些无赖！"

"我不知道他凭什么干涉我们的事？"副官不解地说，"他又不是教皇的使节，没有权利干涉民政和军事。依照法律——"

"谈法律有什么用？自从新教皇打开牢门把犯人都放出去，让那些恶棍都跟我们作对，你还能指望谁尊重法律啊！简直是疯了！前任教皇在位的时候，蒙太尼里整日悄无声息的，现在他成了红人了，当然要耍耍威风，为所欲为。我怎么能跟他作对呢？说不定他还有梵蒂冈那边的密旨。现在局势动荡不安，谁都说不准明天会发生什么。在过去，人都知道自己应该干吗，但是现在——"

总督感慨地摇摇头，这个世界对他来说，太难理解了。就连主教都开始过问狱政琐事，大谈政治犯的"权利"了，这个世界太复杂了。

牛虻呢，则是一副歇斯底里的精神极度兴奋的状态回到堡垒的。与蒙太尼里的会面已经叫他的忍受力逼到崩溃的边缘，他最后说的那些关于马戏团的狠话完全是绝望中脱口而出的，他只是想早点儿结束谈话，要不然再过五分钟，他可能就声泪俱下了。

同天下午他被叫去审问，每一个问题他都没有作答，只是发出阵阵狂笑。最后，总督一点儿耐心也没有了，开始暴跳如雷，破口大骂，而牛虻并没有收敛，反而比之前笑得更猖狂了。倒霉的总督勃然大怒，威胁要对这个倔强的犯人执行酷刑。不过最后，他总结出很多年前詹姆斯·伯顿也总结出的经验，跟这样一个神经病争论完全是浪费生命，徒伤肝火。

牛虻又被押回牢房，他在草垫上躺下，完全陷入绝望与悲伤之中。他每次狂笑之后便会如此。他一动不动地一直躺倒晚上，大脑放空。经过早上激烈的情感起伏，他现在已经进入到一种奇怪的、半麻木状态。他已感觉不到灵魂，只觉像一块木头。伤痛对他来说，只不过是一个迟钝机械的重担，压在这块木头上。事实上，这一切是以什么方式结束的都已经无所谓了。对任何一个有知觉的人来说，唯一要紧的就是摆脱这难以忍受的痛苦。至于怎么摆脱，是换个环境，还是让感知的能力消失，都已经不重要了。或许他能成功逃走，或许他会被杀死，不管哪一种结局，他都不会再见到神父了，这让他感到精神上的空虚和苦恼。

一个看守带来了晚饭，牛虻抬着沉重的眼皮，漠不关心地看了一眼。

“现在几点了？”

“六点。先生，你的晚饭，”

看到那些既不新鲜又有一股霉味的乱七八糟的东西，他就觉得恶心，把头扭到一边。他不仅心情沮丧，身体也不舒服，一看到吃的就觉得更难受。

“如果你不吃点儿东西，会生病的。”看守连忙说，“多少吃点儿面包吧，对身体有好处。”

那个人说话异常恳切，拿起一块浸湿的面包，又放回盘子里。作为革命党人的牛虻被职业敏感唤醒，他立刻猜出来面包里面肯定藏了什么东西。

“放那儿吧，我等下吃一点儿。”他漫不经心地说。牢门是开着的，站在楼梯上的看守能听到他们的谈话，所以说话要小心。

门关上之后，他确保没有人在监视孔看他之后，便拿起面包，仔细地掰开。里面果然有他料到的东西——一包小锉刀，用一张纸包着，上面写了几个字。他小心翼翼地摊开纸，拿到稍微有点儿亮光的地方。纸张很薄，字写得又挤又小，所以很难辨认。

“门没有关，今晚没有月光。锉得越快越好，在两点多的时候通过走廊。我们把一切都准备好了，以后可能就没有机会了。”

他激动地把纸揉碎。所有的准备都做好了，他只要把窗户铁栅栏锉断就好了。正好镣铐拿掉了，多幸运啊！不用锉镣铐了。有多少条栅栏？二、四，一个要锉两头，那就是八次。哦，如果锉得快的话，大半夜的时间肯定能搞定——琼玛和马蒂尼准备得可真快——装扮、护照、藏身地点？他们肯定为了准备这些忙得马不停蹄的——最后还是用了她的方案。他突然觉得自己有点儿傻乎乎的，不禁笑了出来。只要是个好方案，谁想出来的有什么关系吗？不过一想到是琼玛想出来的走地下通道的办法，他还是情不自禁地感到开心。最开始，走私贩子提议用绳子从墙上爬下去。她的方案更复杂困难，但是不会危及东墙那边放哨的卫兵的性命。因此，当两个方案摆在他面前的时候，他毫不犹豫地选择了琼玛的方案。

具体安排是这样的：那位绰号叫“蛐蛐儿”的看守朋友要抓住机会，瞒着其他士兵，打开院子通往壁垒下面的地下通道的铁门，然后把钥匙挂回卫兵室的钉子上。接到指令以后，牛虻就要锉断窗户的栅栏，把衬衫撕成布条，编成一根绳子，然后顺着绳子落到院子东边的那堵宽墙上。在哨兵瞭望另外一个方向时，他就要沿着墙头匍匐前进。如果那个人朝这边张望时，他就紧贴墙头趴着不动。东南角是一个坍塌一半的塔楼，塔楼几乎是被茂密的常青藤支撑在那里。但是好多大块的石头坍塌，堆在院子的墙边。他可以顺着常青藤和院子墙边的石堆从塔楼爬下去，走进院子，然后轻轻地打开那个没有上锁的铁门，走过过道，便进入与其相连的地下通道。几百年前，这条地下通道是一道秘密走廊，连接这个堡垒与附近山上的一个塔楼。如今地下通道已经废弃不用了，而且多处已被落进的石头堵塞。只有走私贩子知道山坡上有一个藏得严实的洞穴，是他们掘开洞穴，使它与地道相连。没人怀疑违禁的货物会被藏在堡垒的壁垒下面，有时候藏上好几个星期都不会被发现。那些海关官员只知道去那些愤怒的山民家里搜查，结果总是徒劳无获。牛虻将从这个洞爬到山坡上，然后摸黑走到一个偏僻的地方，马蒂尼和一个走私贩子会在那里等他。这次行动最大的困难是，并不是每晚巡逻之后，都有机会打开铁门；并且在天气晴朗的夜晚爬下窗户，有被哨兵发现的危险。现在有这么好的一个机会，一定不能错过。

他坐下来，打算吃点儿面包。这个不像监狱里的其他食物，至少不会让他恶心。并且为了保持体力，他必须要吃点儿东西。

他最好躺下来，稍微睡一会儿，毕竟夜里还要干体力活儿。况且十点之前锉栅栏也不安全。

看样子，神父也想着让他逃跑啊！也倒像是神父的为人，然而他是永远也不会同意那样做的。这种事就是不行！如果他成功逃走了，那也是他自己的努力和同志们的帮助，他也不想得到教士的帮助。

好热啊！肯定是快要打雷了，空气闷热，让人喘不过气来。他在草垫上辗转反侧，一会儿把绑着绷带的右手放在头下当枕头，一会儿又抽出来。右手灼烧般地疼痛抽搐着，所有的旧伤都开始隐隐作痛。这是怎么回事？哦，荒谬至极！这只不过是雷雨天气罢了。他一定要在开工之前休息一会儿。

要锉八次，每一根都是那么粗大那么坚硬！还有多少根没有锉？肯定没有多少了。他肯定已经锉好几个小时了——什么时候才能锉完啊——是的，锉得胳膊都开始疼了。疼得好厉害！疼进骨髓里！肯定不是因为这个，这边身子疼得这么厉害。哦，那条瘸的腿也在灼烧疼痛——难道也是因为锉栅栏锉的吗？

他猛地一惊！不，他没有睡着，他在睁着眼睛做梦——梦到锉栅栏，但其实还没有开始动手呢。铁栅栏依然在那里，坚实如故。不远处，钟塔敲响了十下，他必须要动手了。

他看了下监视孔，确保没有人后，从胸口拿出一只锉刀。

不，他完全没事——完全没有！都是想象而已。一边身子疼是因为消化不良，或者是受凉了，或者其他类似的原因。也难怪，三个星期了，在牢房里吃难以下咽的食物，呼吸浑浊的空气，身体不舒服也很正常。这浑身的疼痛与抽搐，一部分是因为神经紧张，一部分是因为缺乏锻炼。真笨，之前怎么没有想到呢！

不过，他还是想坐下来休息一会儿，让身体恢复一下再工作。一两分钟肯定就好了。

坐着更难受。他坐着不动的时候，疼痛难忍，由于害怕，脸色发灰。不行，他必须要坐起来干活儿了，这样就不疼了。能不能感觉到还要看自己想不想感觉。他不想感到疼痛，他要把疼痛压下去。

他站起来，大声地对自己说：

“我没有生病，我也没有时间生病。我还有锉断这些栅栏，不能生病。”

说完他就开始动手了。

十点十五——十点半——十点四十五——他不停地锉啊锉，每锉一下，每响一次摩擦声，就好像有人在锉自己的身体和大脑。“不知道哪一个先锉断了，”他笑着对自己说，“是我呢，还是这些栅栏？”然后他咬咬牙，继续干活儿。

十一点半了，他还在锉栅栏。这时，他的手已经僵硬肿痛地连锉刀都握不住了。不行，他不敢停下来休息。如果他停下手上这可恶的活儿，就肯定没有勇气再继续了。

哨兵在门外走动，卡宾枪的枪托碰到了过梁。牛虻停下来，四下看了看，锉刀仍在举起的那只手里。他被发现了吗？

一个小圆球从监视孔里弹出来，滚到地面上。他放下锉刀，弯下腰去捡那个小圆球。是一个纸团。

弯腰变得好漫长，一波波黑浪冲向他——咆哮着——

啊，是的！他只是弯下腰去捡一个纸团。他只是有点儿头晕，很多人停下来的时候都会这样，他完全没事——完全没有。

他捡起纸团，拿到亮光处，然后不慌不忙地打开。

“不管发生什么，今晚务必出来。蛐蛐儿明天调走，这是唯一的机会。”

他像撕碎之前那个纸条一样，把这张纸条撕碎。拿起他的锉刀，一声不响地继续闷头干活儿。

一点了，他已经锉三个小时了，八处已经搞定了六处。还有两个，就能爬出去了——

他开始回忆之前犯病的情景。上一次是新年的时候，至今想起那难熬的五个夜晚还感到浑身发抖，但是那一次没有来得这么突然，他也没想到这次怎么来得这么突然。

他丢下锉刀，茫然地伸出双手，在极度绝望中，开始祷告。这是他自从成为无神论者之后的第一次祷告，向任何事物祷告——向虚无祷告——向所有事物祷告。

“千万不要是今晚！哦，让我明天再犯病吧！明天怎么折磨我都行——只要不是今晚！”

他双手按着太阳穴，一动不动地站了一会儿。然后他再次拿起锉刀，继续干活儿。

一点半，他开始锉最后一根栅栏。他的衬衫袖子已经被咬成碎片，他的嘴唇上沾满了鲜血，眼前也是一片红雾，大颗大颗的汗珠从额头冒出来，他继续锉啊，锉啊，锉啊——

日出后，蒙太尼里才睡着。一夜的痛苦和无眠让他筋疲力尽，他平静地睡了一会儿之后，就开始做梦。

最开始，梦境模糊不清，纷乱迷离。破碎的影像，光怪陆离的幻象，转瞬即逝，支离破碎。但是一切都充满了挣扎和痛苦，都笼罩着无可名状的恐惧。接着，他又做起了失眠的梦，那个他多年来摆脱不掉的梦魇。即使是在做梦的时候，他也知道这些都是他曾经经历过的。

他在一个很大很空旷的地方徘徊，想找一个安静的地方躺下来睡觉。可是每个地方都有人走来走去，他们大声交谈，有说有笑，有的人在祈祷，摇铃铛，撞击金属等。有时候，他会走开，远离这些喧嚣，在草坪上躺下来，有时躺在木凳上，有时躺在石头上。他会闭上双眼，举起双手，挡住亮光，然后对自己说："现在我要开始睡觉了。"然后那群人就会一窝蜂地跑过去，大喊大叫，呼唤着他的名字，请求他："醒醒！快醒醒！我们需要你！"

他又来到一个很大的宫殿，里面布满了华丽的房间，陈设华丽齐全，床、沙发、躺椅应有尽有。时值夜晚，他对自己说："终于，我终于找到一个安静的地方睡觉了。"但是当他选了一间昏暗的房间，躺下来准备睡觉的时候，有一个人端着灯进来，把无情的灯光照进他的眼里，那人说："起来，有人找你。"

他站起身，继续游荡，步履蹒跚地像一只奄奄一息的动物。他听到时钟敲响一下，意识到一半的夜晚已经过去了——珍贵的夜晚本来就很短暂。两点、三点、四点、五点——等到六点的时候，全城的人就会醒来，就不会再有安宁了。

他走到另外一个房间，正打算在床上躺下，突然有个人从枕头上惊醒，大声喊道：

"这张床是我的！"于是，他又沮丧地离开了。

时间一点一点过去了，他还是在游荡，从一个房间走到另一个房间，从一座房子走到另一座房子，从一个长廊走到另一个长廊。可怕的昏暗黎明越来越逼近了，时钟已经敲响五下，夜晚已经接近尾声，而他还没有休息。又是一天——又是一天！

他走在一条长长的地下通道上，低矮的拱顶通道似乎遥遥没有尽头。里面点着耀眼的油灯和吊灯，透过格栅的洞顶，传来了跳舞的声音、笑声和欢快的音乐声。在上面，那个活人生活的世界里，他们无疑在欢度节日。哦，找个地方藏起来睡觉吧，一块儿小的地方——就算是坟墓也可以！他说着说着，跌进了一个敞开的坟墓。一个敞开的坟墓，散发着死亡和腐烂的味道。哎，没关系，只要能睡觉就行！

“这个坟墓是我的！”是格拉迪斯的声音。她抬起头，透过腐烂的寿衣看着他。然后他跪下来，伸出双手向她请求：

“格拉迪斯！格拉迪斯！可怜可怜我吧，让我爬进这个小空间里睡一会儿吧。我不乞求你爱我，我不会碰你，不会跟你说话。只要能在你身旁躺下睡一会儿就行！哦，我的爱，我已经很久没有睡觉了！我已经受不了了。亮光照进我的灵魂里，噪音把我的大脑敲成粉末。格拉迪斯，让我进去睡一会儿吧！”

他正打算拿她的寿衣遮住眼睛，她却往后退缩，尖叫起来：

“你亵渎神灵，你是教士啊！”

他继续游荡，来到海边。炽烈的光亮照在光秃秃的岩石上，海水不安地低声呻吟，发出永恒的哀嚎。

“啊！”他说，“大海肯定会更加仁慈，它也整夜不眠，疲倦得快要窒息。”

突然亚瑟从海底跳出来，大声喊道：

“大海是我的！”

“主教大人！主教大人！”

蒙太尼里猛地一惊，醒过来。他的仆人正在敲门。他僵硬地站起来，打开门。仆人看到主教大人一脸惊恐的样子，急切地问：

“主教大人——您病了吗？”

他摸了摸他的前额。

“没有，我刚刚在睡觉，你把我惊醒了。”

“太对不起了，我以为我今早听到您屋里有动静，以为——”

“现在很晚了吗？”

“九点了。总督来访，说有要事要见您，知道主教大人一般都起来得很早——”

“他在楼下吗？我现在就下去。”

他换好衣服，赶紧下楼。

“此次贸然拜访主教大人，有不恭之处，还请见谅。”总督一见面便说。

“不会是发生什么大事了吧？”

“是的，李瓦雷兹险些逃走了。”

“哦，只要没有成功逃走，就没有什么。到底怎么了？”

“他在堡垒院子里被发现的，就躺在铁门旁边。巡逻的哨兵夜里三点检查到院子的时候，其中一个人被地上的东西绊了一脚。他们拿灯一照，发现是李瓦雷兹，他晕倒在路上，不省人事。他们立即发出警报，把我叫起来。随即我去检查他的牢房，发现所有的窗户栅栏都被锉断了，有一根用衣服做的绳子挂在一根栅栏上。他顺着绳子爬下去，沿着墙边爬走了。那个通往地下通道的铁门竟然是开着的。看样子，有的卫兵被他买通了。”

“但是，他怎么会躺在路上呢？是从壁垒上掉下来的？他摔伤了吗？”

“主教大人，我最开始也是这么猜的，但是监狱里的医生没发现任何摔倒的痕迹。昨天值班的士兵说，他去送晚饭的时候，李瓦雷兹看起来很憔悴，他什么都没吃。但是这简直是胡说八道，生病的人不可能锉断这么多栅栏，还爬过屋顶的。这不合理。”

“他自己有解释吗？”

“主教大人，他现在昏迷不醒。”

“现在还是？”

“他有时候会似醒非醒地呻吟一两声，然后又昏过去。”

“这太奇怪了，医生是怎么说的？”

“医生也不知道怎么回事，他身上没有任何生病的迹象，可能是就在快逃走的时候，突然发生的急性病。依我看，这是仁慈的上帝直接干预，给他的打击。”

蒙太尼里微微皱了皱眉头。

“你打算怎么处理他？”他问道。

“这个问题就是我这两天就要解决的。这几天，我也学到了一些东西，那就是拿掉镣铐会发生什么后果——这些都是主教大人您吩咐的。”

“我希望，”蒙太尼里打断道，“你至少不会在他病得不省人事的时候还给他重新戴上镣铐吧。一个人处在你所描述的那种境况下，是不可能再试图逃跑了。”

“我会看好他，不叫他逃跑的。”总督一边往外走，一边喃喃地说，“主教大人尽管去悲天悯人吧，不关我的事。反正现在李瓦雷兹已经被铐得结结实实的，不管生不生病，都得这么铐着。”

“怎么会发生这种事情呢？一切都准备好了，却在最后一刻，离铁门还差一步之遥的时候晕倒了！简直就是一个残忍的玩笑。”

“我觉得，”马蒂尼说道，“我能想到的唯一一个可能就是他又犯病了，他最后拼命挣扎着爬到院子的时候，精力已经消耗殆尽，所以昏了过去。”

马尔科内焦躁地抖了抖烟斗里的烟灰。

“哎，不管结局怎么样，也结束了。我们现在不能为他再做什么了，可怜的人啊。”

“可怜的人啊！”马蒂尼低声重复着。他也开始意识到，没有了牛虻，世界也变得空虚荒芜。

“她是怎么想的啊？”走私贩子看看坐在房间另一端的琼玛，问道。琼玛独自一人坐在那里，双手有气无力地搭在腿上，双眼茫然空洞地望着前方。

“我还没问她，跟她讲过这个消息之后，她就一直沉默。我们最好现在别打扰她。”

她好像一直没有意识到他们的存在。但是他俩说话的时候也都压低声音，仿佛他们面对的是一具死尸。一阵沉默之后，马尔科内把烟斗放在一边，站起身说道：

“我今晚再过来。”马蒂尼立马拦住他。

“先别走，我想跟你说个事。”他把声音压得更低，继续说道，“你觉得真的没有什么希望了吗？”

“我看不到什么希望了，我们没有机会再尝试了。就算他身体恢复过来，能做到他该做的，我们也没法做我们这边的准备工作了，卫兵都撤掉重新换了一批，蛐蛐儿肯定没有机会再进去了。”

“你觉得这样可行吗？”马蒂尼突然问道，“当他身体恢复之后，把卫兵引开，然后再去营救。”

“把卫兵引开？此话怎讲？”

“我刚刚突然想到，如果在基督圣体节那天，当游行队伍路过堡垒的时候，我跳出来挡住总督的路，然后朝他的脸开一枪，所有的士兵肯定都冲过来抓我，你们就趁这个混乱的场面把李瓦雷兹救出来。这还算不上一个计划，只是刚刚突然想到而已。”

“不知道能不能行得通，”马尔科内非常严肃地说，“当然了，如果要成功，肯定需要好好策划一番。不过——”他停下来看着马蒂尼，又继续说道，“如果可行的话——你愿意做吗？”

通常情况下，马蒂尼都是一个保守的人，但这次就不同了，他看着走私贩子的脸，坚定地说：

“我愿意吗？你看看她！”

没有进一步解释的必要了，这一句话就已经诠释了一切。马尔科内转过头，看看房间那头的她。

从他们开始谈话到现在，她一直都没有动弹。她的脸上没有疑惑，没有恐惧，甚至都没有悲伤。除了死亡的幻影，什么也没有。走私贩子看见她，不禁热泪盈眶。

“米歇尔，搞快点儿！”他突然打开阳台门，朝外说，“你们两个快一点儿！还有一大堆事情要做呢！”

吉诺跟着米歇尔从阳台走进来。

“我们都准备好了，”米歇尔说，“就差问一下波拉夫人——”

他说着便朝琼玛走去，马蒂尼连忙拉住他的胳膊。

“别打扰她，让她一个人静静。”

“由她去吧！”马尔科内说，“我们瞎掺和是没有用的。上帝知道，我们都很难过，但是她是最难过的，可怜的灵魂！”

第五章

整整一个星期，牛虻都处于很糟糕的状态，这次犯病疼得很厉害。总督因恐惧和担心变得更残忍，不仅把手脚都戴上镣铐，还坚持用皮带把他捆绑在草垫上。皮带捆的很紧，让他不得动弹，只要一动就会嵌进肉里。他一直倔强地忍着，直到第六天晚上，他实在受不了了，抛下自尊心的他乞求监狱里的医生给他一剂鸦片。医生倒是很愿意给他，但是总督一听到这个请求，立刻严厉地禁止"这种愚蠢的行为"。

"你怎么能确定他要鸦片做什么呢？"他说，"可能他一直在装病，想用鸦片麻醉那些卫兵，或者做其他坏事。李瓦雷兹非常狡猾，什么事都能想出来。"

医生听了这话，忍不住想笑，他说："我给他这一剂鸦片，根本就不可能帮他麻醉卫兵的。至于装病——这个不用担心，他也活不长了。"

"不管怎么说，就是不给。如果他想我们悉心对待他，他就应该好好表现。这些严厉的惩罚，是他罪有应得。正好给他一个教训，看他还敢不敢锉窗户栅栏了。"

"但是法律不允许动用酷刑啊，"医生斗胆说道，"这近乎酷刑了。"

"我想，法律也没说给犯人服用鸦片吧。"总督暴躁地说。

"当然了，上校，一切听您的吩咐。不过我还是希望把皮带去掉，没必要再给他破烂不堪的身体上施加痛苦了。现在不用担心他逃跑了，如果把皮带拿掉，他站都站不起来。"

“我的好好先生啊，医生跟其他人一样，也会犯错。我说要把他牢牢地绑着，就得绑着。”

“那至少把皮带松一松吧，绑这么紧，简直太野蛮了。”

“就那样绑着！你行行好，别跟我讲什么野蛮不野蛮的。我做事也是有我自己的理由的。”

第七个晚上就这样过去了，疼痛丝毫未减轻。一整夜，他都在痛苦呻吟着。牢房门外站岗的卫兵听了一夜这令人心碎的声音，直打哆嗦，一遍又一遍地划着十字。牛虻再也忍受不住了。

早上六点，卫兵换班之前，轻声打开牢门，走进去。他知道自己这样做是在严重地破坏纪律，但是在他走之前，实在忍不住想进去给点儿友好的安慰。

他发现牛虻一动不动地躺在那里，紧闭双眼，微张着嘴巴。他沉默地站一会儿，然后弯下腰，问道：

“先生，我能为你做些什么吗？我只有一分钟的时间。”

牛虻睁开眼，痛苦地说：“不要管我！不要管我——”

他几乎在卫兵走出去之前就睡着了。

十天后，总督再次拜访宫殿，恰好碰到主教去皮耶韦·达塔沃看望一个病人，到下午才能回来。当天晚上，总督刚坐下来吃晚饭，他的仆人就进来报告：

“主教大人想见您。”

总督匆匆照一眼镜子，确保制服整齐之后，便带着威严的神气走进会客室。只见蒙太尼里正坐在椅子上，一只手轻轻地敲着扶手，望向窗外，眉间蹙起一道焦虑的皱纹。

他打断总督嘘寒问暖的客套话，直接开门见山地说道：“听说你今天来找我了，大概你想谈的正好也是我想跟你谈的事。”他的语气中带有傲慢的态度，他从未用这种口吻跟乡民们说过话。

“是关于李瓦雷兹的事情，主教大人。”

“果真如此。过去几天，我一直在考虑这件事情，不过在我们探讨之前，我想先听听最近有没有什么新情况发生。”

总督尴尬地摸摸胡子。

“事实上，我去拜访主教大人，主要是想问您有什么吩咐的。如果您仍然反对我的提议，我会很乐意听听您的意见。因为，说实话，我已经不知道该怎么处理了。”

“又出现新的困难了吗？”

“有一个，下周四是六月三号——基督圣体节——不管怎么说，要在这之前把事情解决掉。”

“是的，下周四是基督圣体节，但是为什么非要在这个日期之前解决掉呢？”

“主教大人，如果我的想法有违背你之意，那我深感抱歉。如果在基督圣体节之前不把李瓦雷兹除掉，恐怕全城的治安都会受到威胁。您是知道的，那天所有凶残的山民都会聚集起来，他们极有可能会攻破堡垒，把他救走。当然，他们不会成功，我会加强防范的，即便是动用弹药扫射他们，我也在所不惜。但是，那天极有可能会发生这种事情，罗马尼亚的人生性恶毒，一旦他们拔出短刀——”

“我觉得，只要稍加小心，事情不会发展到拔出短刀的地步的。我一直觉得，如果合理地对待这个地区的人们，他们还是很好相处的。当然了，如果你一旦威胁、强迫他们，罗马尼亚人就会变得不可驾驭。不过，你猜测他们会进行新的营救，有什么证据吗？”

“昨天和今天早上，我的密探都跟我说，全城都谣言四起，有人图谋不轨。但是没办法调查处详情，如果知道详情，还可以做好防范工作。就我而言，发生那次越狱事件之后，我选择做到万无一失。有李瓦雷兹这样狡猾的狐狸在，再怎么小心都不过分。”

“我最后一次听到关于他的情况，是他病得没法动弹，话都说不出来，他现在恢复了吗？”

“主教大人，他现在看起来好多了。他那时候是病得很厉害——假如不是装病的话。”

“你觉得他是装病，有什么证据吗？”

“当然，医生好像很确定，他是真的生病了，但是是一种很神秘的病。不管怎么说，他现在好起来了，比以前更难看管了。”

“他现在又做了什么？”

“幸运的是，他现在做不了什么事情。”想到绑得紧紧的皮带，总督不禁笑了，他继续回答道，“但是他的行为异常古怪。他现在身体还没有完全恢复，不能开庭审问，于是昨天早上我去他的牢房去问他几个问题。并且我觉得在他恢复之前，最好不要让外人看到他，以免节外生枝。这种荒唐的谣言总是能立刻传得沸沸扬扬的。”

“所以你去牢房审问他了？”

“是的，主教大人。我本以为他这次该通情达理一些了。”

蒙太尼里上下仔细打量他一番，好像是在观察一个从未没见过的、桀骜不驯的动物一样。正好这时总督在摆弄他挂佩刀的皮带，没有看到蒙太尼里的表情。他继续平静地说道：

“我并没有对他施用什么酷刑，但是我不得不对他严加管束——毕竟这是一座军事监狱——我本以为稍微宽容一点儿也许会有好的效果。我便提出，如果他能表现地理智一些，我就放宽管束。主教大人，您猜他是怎么回答我的？他躺在那里看了我一会儿，就像一只关在笼子里的恶狼一样，然后非常和气地对我说：‘上校，我现在不能站起来掐死你，但是我的牙齿很厉害，你的喉咙最好离我远一点儿。’他就像一只野猫一样残酷野蛮。”

“听到这个，我一点儿也不吃惊，”蒙太尼里平静地说，“不过我想问你一个问题。你真的觉得李瓦雷兹关在监狱里会给这个区的治安带来严重的危害吗？”

“主教大人，我确信如此。”

“你认为，为了防止流血事件的发生，必须在基督圣体节之前把他除掉吗？”

“我只能说，如果周四他还在这儿，肯定会有战争在基督圣体节发生，并且是很严重的战争。”

“那你觉得，如果他不在这儿，就不会有这样的危险了吗？”

“如果他不在这儿，要么不会发生任何暴乱，要么最多是吵吵闹闹一下，或者砸砸石头。如果主教大人同意在周四前除掉他，我肯定能保证本区的治安，否则，肯定会发生严重的事故。我确信，现在已经有人在筹划新的营救方案了，他们肯定是在周四行动。如果周四早上他们突然发现他根本不在堡垒里，他们的计划就会自动取消，也不会发起战斗。但是如果我们要跟他们斗争，一旦他们在人群中拔出刀子，可能不到天黑，这个地方就化为灰烬了。”

“那你为什么不把他送到拉文纳？”

“主教大人，天晓得我巴不得这样做呢！但是我怎么阻止他们在押送的路上进行营救呢？我的兵力薄弱，无法抵抗武装攻击，这些山民都有短刀或者燧发枪之类的武器的。”

“那么，你还是坚持设立军事法庭，并且请求我的同意，是吗？”

“请原谅，主教大人。我只请求你一件事情——协助我防止暴乱和流血事件。我承认军事委员会，比如说弗雷迪上校的军事委员会，有时过于严酷，不仅起不到制服民众的效果，反而会激怒他们。但是我觉得在这个案子上，设立军事法庭是明智之举，并且从长远来看，也是仁慈之举。首先，这会阻止一场暴乱的发生，从而避免了一场严重的灾难。其次，这极有可能恢复教皇已经废除的军事委员会制度。”

总督庄严地讲完了自己的小演讲，期待主教的回答。这是个漫长的等待，最后主教终于开口了，竟是：

“费利亚上校，你相信上帝吗？”

“主教大人！”上校气喘吁吁地说，语气里充满了惊叹号。

“你相信上帝吗？”蒙太尼里重复道。此时，他已经站起身，用坚定询问的眼光看着他。上校也站起身。

“主教大人，我是一名基督教徒，上帝悦纳并赦免我。”

蒙太尼里举起胸前的十字架。

“那你在曾为你牺牲的救世主的十字架面前发誓，你跟我说的都是实话。”

上校一动不动地站着，茫然地望着十字架。他不知道是谁疯了，他自己还是主教大人。

“你刚刚请求得到我的允许，”蒙太尼里继续说道，“允许我同意一个人的死亡。如果你敢的话，就告诉我你觉得没有其他方式去阻止流血事件，并且亲吻这个十字架。你要记住，如果你告诉我的是谎言，那你在毒害自己的不朽的灵魂。”

沉默了一会儿之后，总督弯下腰，把十字架放到嘴边。

“我深信。”

蒙太尼里慢慢地转过身。

“我明天会给你一个确切的答复，但是首先我要见见李瓦雷兹，并单独跟他交谈。”

“主教大人——我建议您——别去，你会后悔的。其实，他昨天就委托一名士兵跟我说，请求见您。但是，我没有理睬他，因为——”

“没有理睬！”蒙太尼里重复道，“他都这般处境了，托人传话，你都不理睬？”

“如果主教大人感到不悦的话，我深感抱歉。我不想因为一个无礼的人而打扰您，我现在对李瓦雷兹相当了解，他肯定就是想羞辱您。如果您准许我这么说的话，单独接近他是非常不理智的。他真的很危险——因此，我觉得有必要使用某种温和的工具约束他——”

“你真的觉得，一个病入膏肓、手无寸铁还被什么温和的工具约束着的人很危险？”蒙太尼里话说得很轻，但是上校能感觉到他口气中隐藏的轻蔑，气得脸涨得通红，于是毫不客气地说：

“主教大人觉得怎么好，就怎么做吧，我不过是不想让您听到那个家伙放肆亵渎的言辞罢了。”

“对于一个基督教徒来说，你觉得哪个更悲哀不幸？听一句亵渎的话，还是对一个濒临绝境的人置之不理？”

总督站得笔直，板着一张木头一样毫无表情的脸。蒙太尼里这样对他，让他很生气，他打着官腔问道：

“主教大人想什么时候去看犯人？”

“现在就去。”

“悉听尊便，请您稍微等一下，我去派人给他准备准备。”

总督匆忙从座位上走下来，他不想让蒙太尼里看到那些皮带。

“谢谢，不用准备，我就想看看他现在是什么样子，我直接去堡垒。晚安，上校，明早给你确切回复。”

第六章

听到牢房门开了，牛虻不屑地转过头，他以为又是总督来审问他来了。几个士兵在上楼梯，由于楼梯太窄了，他们的卡宾枪总是撞到墙上，然后响起一个毕恭毕敬的声音：“主教大人，您当心，这儿挺陡的。”

他猛地一惊，又蜷缩一下身子，在皮带的紧紧束缚下艰难地呼吸。

蒙太尼里和四个卫兵走进来。

“请主教大人稍等片刻，”领队的卫兵紧张地说，“我已经命令手下的人去搬椅子了——如果我们知道您要来访，我们肯定会做好准备的。”

“没有必要做准备，请你们退下吧，我想跟他单独聊聊。你们可以在楼梯口等候。”

“遵命，主教大人。椅子搬来了，需要我为您放在他旁边吗？”

牛虻躺在草垫上，闭着眼睛，但是他能感到蒙太尼里在看他。

“主教大人，他好像睡着了。”领队的卫兵话音刚落，牛虻就睁开眼睛。

“没睡着。”他说。

卫兵们正要离开，蒙太尼里突然惊叫一声，他们赶紧停了下来，回头看到蒙太尼里正在弯腰看皮带。

“这是谁干的？”他问道。

领队的卫兵不知所措地摸摸帽子。

“主教大人，这是总督特意吩咐的。”

“我没想到会有这个，李瓦雷兹先生。”蒙太尼里对他说，声音里充满了沮丧。

“我之前跟你说过的，主教大人，”牛虻冷笑道，“从、从不指望政府会关切地拍拍我的头。”

“领队的，你们绑他多长时间了？”

“主教大人，自从他上次试图逃跑未遂之后，就一直绑着了。”

“就是说，绑两个星期了？拿一把刀过来，立即割断。”

“悉听尊便，监狱里的医生请求拿掉，但是费利亚上校不批准。”

“立即把刀拿过来。”蒙太尼里并没有提高嗓门，但是卫兵们看到他苍白的脸色，能感觉到他极度愤怒。领队的卫兵从口袋里拿出一把折叠刀，弯下腰，去割绑在胳膊那里的皮带。他手脚不麻利，笨拙的动作让皮带反而勒得更紧。尽管牛虻努力忍住疼痛，还是忍不住畏缩着咬住嘴唇。蒙太尼里立刻上前，一把将刀夺过去。

“你不会弄，把刀给我。”

“啊——啊——”皮带隔断后，牛虻伸开胳膊，长长地舒了一口气。接着，蒙太尼里又割断绑着脚踝的皮带。

“领队的，把镣铐也拿掉。过来，我问你几个问题。”

他站在窗边，看着领队的卫兵把一堆镣铐都扔到地上，然后走向他。

“现在，”蒙太尼里说，“告诉我都发生了什么。”

那个卫兵很乐意地向蒙太尼里讲述了牛虻的病情、总督的惩罚措施，还有医生向总督提出的没有被采取的建议。

“但是，主教大人，我觉得，”他继续说道，“上校给他绑上皮带是想逼他口供。”

“口供？”

“是的，主教大人，前天我听到他对牛虻说，”他看了一眼牛虻，继续说道，“如果他能回答他一个问题，他就把皮带拿掉。”

蒙太尼里放在窗台上的手，紧紧攥着。卫兵们面面相觑，在他们心中主教大人都是温文尔雅的，从未像今天这样生气。牛虻呢，他早已忘了其他人的存在，忘记了一切，专心享受此刻的身体自由和舒适。他的四肢已经被绑两个星期了，现在终于能伸展自如、随意转动了，多么轻松惬意啊！

“你们可以走了，”蒙太尼里说，“你不必担心自己违犯了纪律，回答我的问题是你的义务。务必确保没有人打扰我和他谈话，我谈好了就出去。”

卫兵们离开关上门之后，蒙太尼里靠着窗台，望着西沉的落日，他想给牛虻多一点儿喘息的时间。过了一段时间，他离开窗台，在草垫旁坐下来，说道：“我听说，你想与我单独谈谈。如果现在你的身体状况允许，请你告诉我你想说的话，我洗耳恭听。”

他这番话说得非常冷漠、生硬又傲慢，这对他来说是很少见的。在皮带取掉之前，他一直把牛虻当作一个受到严酷虐待和折磨的人。但是现在他又回忆起他们上次见面的情景，以及结束的时候自己受到的致命侮辱。牛虻慵懒地把头枕在一只胳膊上，然后抬起双眼。他有一种天赋，能随时装出一副悠然自得的样子，但是当他的脸庞变得阴郁的时候，没有人能猜出来他经历过什么样的磨难。他现在抬起头，明净的月光照在脸上，过去几日的折磨仿佛打上了烙印，多么憔悴，多么苍白！蒙太尼里的怒火逐渐平息下来。

“你病得很厉害吧，”他说，“非常抱歉，我对此一无所知，要不然肯定会阻止他的。”

牛虻耸耸肩，冷漠地说：“在战争中，这样是合理的。主教大人是从基督教徒的立场出发，反对捆绑皮带，但是让上校意识到这一点，就太难了。毫无疑问，他自己肯定不想尝尝是什么滋味——我、我也是这样。这只是个、个人喜好的问题。现在我是被踩在脚下的人，理所当然承受这些——能、能怎么办呢？不过，主教大人能来这里看我，我不胜感激。但是您有可能也是出于基、基督教徒的立场，探望犯人——啊，是的！我差点儿忘了，‘对他们中的一个卑微小人行下功德[①]’——并不是什么赞美的话，但是‘卑微小人’也很感激。”

“李瓦雷兹先生，”主教大人打断他，“我是为你而来——并非为我。如果你不是你所谓的‘被踩在脚下的人’，那么基于你最近对我说的那些话，我是永远也不会和你说话的。但是你现在既是犯人又是病人，就有双重特权，所以我必须要来探望你。既然我在这儿了，你有什么话要对我说的吗？或者，你把我叫过来，只是想羞辱我一番，图个乐子呢？”

牛虻没有回答，转过头，一只手遮住眼睛。

“我——很抱歉打扰你，”他最后用沙哑的嗓子说，“我可以喝点儿水吗？”

窗边有一只水壶，蒙太尼里起身把它取过来。当他伸出胳膊去扶牛虻时，他突然感到牛虻潮湿而又冰冷的手指，就像老虎钳一样抓住他的手腕。

“把手给我——快——就一小会儿，”牛虻小声地说，“哦，对你有什么关系呢？就一分钟。”

他倒到蒙太尼里怀里，把脸埋在他的臂弯，从头到脚都在颤抖。

过了一会儿，蒙太尼里说：“喝点儿水吧。”牛虻照着做了，一言不发，然后闭上眼躺在草垫上。当蒙太尼里的手触碰到自己脸庞的时候，他也无法解释，自己究竟怎么了。他只知道，他一生中，没有什么比那一刻更可怕了。

蒙太尼里把椅子往草垫边一拉，坐了下来。牛虻像一具尸体一样，一动不动地躺在上面。他睁开双眼，用鬼魅般的凝视盯着主教。

“谢谢你，”他说，“很——抱歉，你刚刚——问我什么来着？”

“你现在不适合讲话。如果你有话想对我说，我明天再来看你。”

“请不要走，主教大人——我肯定没什么事。我——最近有点儿情绪低落，有一半是在装病——上校肯定这么跟你说过。”

---

① 引自《福音书》。

“我会自己下结论。”蒙太尼里平静地说。

“上校也、也会自己下结论，而且有些时候，他的结论挺机智的。单看他那个样子，可、可能看不出来，但是有时候，他会冒出一个新新、奇的想法。就拿星期五的事情来说吧——应该是星期五吧，现在死到临头，日期也记、记不清了——事情我倒是记得很清楚，我请求要一、一剂鸦片，他走进来说，如果我告诉他，是谁在我逃跑那天打、打开铁门的，他就、就给我。他还说：‘如果是真的疼得难受，你肯定会告诉我的；如果你不告诉我，就说明你是装疼。’这逻辑多可笑啊！简直是我见过最可笑的——”

他突然爆发出一阵刺耳的狂笑，然后转头对着沉默的蒙太尼里，继续说：“你不、不觉得好、好笑？你当、当然不会觉得，你们这些基、基督教徒向、向来没有幽、幽默感。那晚在教、教堂的时候，你看起来多庄严啊！顺便说一下——我演、演得不错吧，那个朝圣者看起来多、多凄、凄惨呀！今晚你过、过来看我，估、估计你也不、不觉得这件事有什么好、好笑的吧。”他的语速越来越快，结巴得都很难听清楚了。

蒙太尼里站起身说：

“我是来听你倾诉的，但是我觉得你今晚太过兴奋，不适合诉说。最好叫医生给你开点儿镇静剂，你今晚好好睡一觉，我还是明天再来看你吧。”

“睡、睡一觉？主教大人，等你同、同意上校的计划，我就能睡、睡得很好了——一盎司的铅就、就是绝、绝妙的镇静剂。”

“我不明白你的意思。”蒙太尼里惊奇地望着他说。

牛虻又迸发出一阵狂笑。

“主教大人啊，主教大人，真、真理是你们基督教的主、主要美德。你觉、觉、觉得我不、不、不知道总督一直在说、说服你同意军事法庭的方案吗？你最、最好快点儿同、同意了，主教大人。要是其、其他人在你这个职位上，肯、肯定早就同意了——人人都会这么做。那样的话，你做的事情就是益、益处多多，伤害很、很少！说真的，你这样举棋不定，为这件小事伤神失眠，真的不、不值得。”

“请不要笑了，”蒙太尼里打断他，“告诉我，这些话你是从哪儿听到的，是谁告诉你的？”

“上校不、不是一、一直告诉你，我是魔、魔、魔鬼——不是人吗？没有？那他可是跟我说、说过很多次哦！是的，我就是魔鬼，所以知、知道一点儿别、别人的心思。主教大人肯定觉得，我是一个莫、莫名其妙的讨厌鬼，想把我丢给其、其他人，任他处置，这样就不会打扰到你敏、敏感的良知。猜得对吧？”

“你听我说，”主教又在他身旁坐下来，严肃地说，“不管你是怎么知道的，你猜的都是对的。费利亚上校担心你的朋友在策划新的营救方案，所以想先发制人——就像你刚刚说的那样。你看，我对你够坦诚吧。”

“主教大人向来以诚实著、著称天下。”牛虻挖苦地说。

“当然，你也是知道的，”蒙太尼里继续说，“从法律角度来说，我无权干涉世俗事务。我是一名主教，不是教皇的特使。但是我在这个区很有威望，所以我觉得上校如果没有得到我的默许的话，是不敢贸然采取极端手段的。至今，我都无条件反对这个方案，他也一直坚持不懈地说服我。刚刚他跟我说，如果周四你还关在堡垒的话，那么那天民众游行的时候，很有可能会发生武装暴乱，极有可能导致流血事件。你在听我讲话吗？”

牛虻茫然地望着窗外，他回过头，疲惫地回答道：

“在。”

“或许你还没有康复，承受不了今晚的谈话。要不我明早再来吧，这是一件很严肃的事情，我希望你认真思考。”

“就现在谈清楚吧。”

“如果到时候真的因为你发生暴乱和流血事件，我会因反对上校的方案而承担很大的责任。我觉得，他说的话不是完全没有道理的。但是另一方面，我觉得因为他对你一直抱有偏见，所以从某种角度来说，他的判断是不精准的，他极有可能夸大危险。当我进来后看到这些可耻的残酷行为后，就更加确信了。”他说着便皱着眉头看看地上的一堆皮带和镣铐，接着继续说道：

“如果我同意了，那就是杀了你；如果不同意，那些无辜的民众就有可能被杀害。我真的在认真考虑这件事情，想在这两个可怕的选择中找一条出路。现在我终于做好决定了。”

“当然是杀了我，救、救那些无辜的民众了——这是基督教徒唯一可能做的决定。‘若是右手叫你跌倒，就切下来丢掉。’[①] 我没、没有那么荣幸能当主教大人的右手，并且我冒犯过你，这个决定太明显了。你就不能直截了当地告诉我吗？”

牛虻好像已经厌烦了这个话题，有气无力地回答着，语气中充满了不屑与轻蔑。过了一会儿，他又问道：

“主教大人，我说对了吗？”

“没有。”

牛虻换了个姿势，把双手枕在头下，眯着眼睛望着蒙太尼里。主教好像在沉思一样，把头埋得很低，一只手轻拍椅子的扶手——啊，多么熟悉的姿势啊！

他最终抬起头，说：“我决定去做一件我觉得史无前例的事情。当我听说你想请求见我的时候，我就已经下定决心过来，像刚刚那样，告诉你一切事情，然后把这件事情交到你自己手中。”

“我——手中？”

“李瓦雷兹先生，我不是以红衣主教，或者主教、法官的身份来看你的，我现在就是一个人而已。我不会问你，你是否知道你的同党有没有策划上校所预测的那种营救计划，因为我知道，就算你知道，你也不会告诉我，毕竟这是你们的秘密。但是我请求你站在我的立场考虑一下，我现已年迈，余下的日子也不多了，我不想带着沾满鲜血的双手走进坟墓。”

“主教大人，难道你的手上现在没有鲜血吗？”

蒙太尼里脸色更加苍白，但是他继续冷静地说：

---

① 引自《圣经·新约全书·马太福音》。

“我穷尽一生致力于反对高压手段和残暴行为，不管何时何地，我都不赞同任何形式的死刑。在上届教皇在位期间，我就已经强烈并且不止一次地反对设立军事委员会，也正是因为这个原因，我遭到排挤。直到现在，我一直把我所拥有的影响力和权威都用于仁慈的事业。我请你一定要相信我，我说的都是实话。现在，我处在进退两难的境地。如果我拒绝上校的建议，我就是把整个城区都置于暴乱的风险之中。但是这样做能拯救一个人的性命，尽管这个人亵渎我的信仰，诽谤我、冤枉我、侮辱我——不过这些都是微不足道的，并且出狱之后，还极有可能继续为非作歹。但是——这是一个人的生命啊！”

他停顿了一会儿，继续说道：

“李瓦雷兹先生，我所知道的你所从事的事业都是残忍邪恶的，并且我一直觉得你是一个桀骜不驯、暴力野蛮的人。从某种程度来说，我现在依然持此看法。但是在过去的两周，我发现你是一个勇敢的人，并且对朋友忠贞不渝。你还让这些卫兵爱戴你、崇敬你，并不是所有人都能做到这一点。我觉得可能是我看错你了，其实你的内心很美好，并不像你故意表现出来的那样。我真诚地恳求你心中美好的一面，请你摸着你的良心如实告诉我——如果你处在我的位置，你会怎么做？”

沉默良久，牛虻抬起头，说：“至少，我的事我会自己做决定，承担一切可能的后果。我不会像一个懦弱的基督徒那样，偷偷地跑到别人那里，请别人解决自己的问题！”

这个反击来得太突然了，前一秒钟他还是一副懒洋洋的样子，现在却变得异常激烈与愤怒，好像是突然扔掉一张面具一样。

他继续暴躁地说：“在我们无神论者看来，如果一个人要担负一件事情，他就要尽最大的努力去承担。如果他承担不起了——哼，那就认命！但是基督教徒就会哭哭啼啼地跑去找上帝，或者去找一些圣人，如果他们不帮忙的话，就去找敌人——他们总能找到一个人把包袱丢给他。难道你不能在《圣经》、弥撒书还有那些虚伪的神学书里面找到答案吗，非要跑过来问我该怎么办？天哪，你这个人啊！难道你还觉得我肩上的负担不够重吗，还把自己的责任推给我？回去找你的耶稣去吧，他要求你为他奉献一切，你最好照办。不管怎么说，你也只是杀死一个无神论者——一个在敌人营垒里不敢读‘shibboleth’的人[①]，这肯定算不上什么罪过！”

他停下来，觉得有些喘不过气，然后又突然说道：

“你还跟我谈残忍！我跟你说，就算那、那头没脑子的蠢驴审问我一年，也不会像你那样伤害到我，他最多就是把皮带再勒紧一些，等到勒得不能再紧了，他也黔驴技穷了。每一个蠢货都会那样做！而你就不一样了——‘请在自己的死刑判决书上签字吧，我太善良了，下不了手啊。’哦！我看只有基督教徒——一个温文尔雅、充满怜悯之心的基督教徒，一个看到别人被皮带勒得很紧都会脸色苍白的基督徒——才做得出来这种事吧！当你像慈善的天使一样走进来的时候——对上校的‘残忍’大吃一惊的时候——我就知道好戏真正开始了！你为什么那样看着我？快点儿同意了，然后回家吃晚饭去吧，我这破事不值得劳驾您。跟那个上校说，他一枪毙了我也行，绞死我也行，随他——如果他觉得好玩儿，活烤了都行——快点儿把这事结了！”

牛虻简直像换了个人一样，他喘着粗气，浑身发抖，双眼闪烁着绿光，像一只愤怒、绝望的野猫。

蒙太尼里站起身，沉默地看着他。他不明白这一阵发狂的责备是怎么回事，但是他能感到牛虻此刻极端绝望的心境，于是原谅了过去所有对他的侮辱。他说：“嘘！我不想伤害你，我也不想把我的负担丢给你，你已经担负很多了。我从未有意对任何一个人做过那种事情——”

“你说谎！那次你升任主教的时候呢？”牛虻大声喊道，愤怒地瞪着双眼。

“升任主教？”

“啊！你已经忘了吗？真是贵人多忘事啊！‘亚瑟，如果你想让我留

---

① 据《圣经·旧约·士师记》里记载，基列人（Gilead）镇守约旦河口防止法莲人（Ephraimites）逃跑，就用一个单词“shibboleth”试探过河的人，因为法莲人和基列人在这个单词上发音有区别。

下来，我立刻写信说我不能去了。’你让我来决定你的人生——我？一个十九岁的男孩儿？如果说这都不算丑恶，那就太可笑了。”

“住口！”蒙太尼里双手抱头，绝望地喊出来。过了一会儿，他把手放下来，慢慢地走到窗边，他坐在窗台上，一只手扶着窗户栅栏，额头垂在胳膊上。牛虻躺在那里，看他浑身发抖。

蒙太尼里站起身，走到草垫边，嘴唇像灰烬一样苍白。

“很抱歉，”他可怜地努力装出平时那副镇定的样子，说，“但是我必须得回家了，我——感觉不太舒服。”

他一直在瑟瑟发抖。牛虻所有的愤怒突然瓦解。

“神父，你看不出来——”

蒙太尼里往后一缩，呆呆地立在那里。

“不要是那样的！”他最后小声地说，“上帝啊，怎样都可以，千万不要是那样！我快要疯了——”

牛虻伸出一只胳膊，握住他颤抖的双手。

“神父！你难道还没明白，我没有被淹死吗？”

那双手突然变得冰冷僵硬。突然，身边的一切死一般沉寂。然后，蒙太尼里跪下来，把脸埋在牛虻怀中。

当他抬起头的时候，太阳已经下山了，夕阳的余晖在西方慢慢褪色。他们已经忘了时间、地点，忘了生，也忘了死。他们甚至都忘了，他们是敌人。

“亚瑟，”蒙太尼里小声地说，“真的是你吗？你是从死亡那里回到我的身边的吗？”

“从死亡那里——”牛虻颤抖着重复他的话。他现在就像一个生病的小孩儿躺在母亲的怀抱那样，躺在蒙太尼里的臂弯中。

“你回来了——你终于回来了！”

牛虻重重地叹了一口气，说道：“是的，而你现在需要杀了我，否则就要同我斗争。”

“哦，嘘，亲爱的！现在那些能算什么呢？我们就像黑暗中走失的孩子，错把对方当作鬼魂。现在我们找到对方了，也从黑暗中走出来了。我可怜的孩子，你的变化多大啊——你的变化多大啊！你现在这副样子，看起来好像是淹没在世界的痛苦海洋之中了——你曾经过着多么幸福的生活啊！亚瑟，真的是你吗？我经常梦到你又回到我身边，然后又惊醒，看到空空的房间里只有无边的黑暗。我怎么能知道，这次会不会又醒来，发现一切只是一场梦？让我确信一点儿吧——告诉我都发生了什么？”

“很简单，我藏在一艘货船上，偷渡去了南非。”

“在那里？”

“在那里——生活，如果你觉得那叫生活的话。哦，你以前在神学院教过我哲学，到了那儿之后，我还看到了许多别的东西！你说你梦到过我——是的，我也梦到过你——”

他停下来，浑身发抖。不一会儿，又突然说道：

“有一次，我在厄瓜多尔的一个矿厂上干活儿——”

“不是当矿工吧？”

“不是的，给矿工当下手——跟苦力一起干杂活儿。我们睡在矿井口旁边的一个工棚里。有一天晚上——我生病了，就是最近犯的这种病，白天还得在炎炎烈日下搬石头——我肯定是头昏眼花，出现幻觉了，我看到你从门口走进来。你当时手里拿着一个十字架，就跟墙上挂着的那个一样。你正在祈祷，从我身边走过去，却没有回头。我哭着喊你，向你求助——求你给我一把毒刀——好在我发疯之前，把这一切都结束掉。但是你——啊——”

他一只手捂住眼睛，蒙太尼里紧紧抓住另一只手。

“我看到你脸上的表情，你明明听到了，却没有回头，一边做祷告，一边往前走。当你做完祷告，亲了下十字架，你回过头告诉我：‘亚瑟，很抱歉，但是我不敢帮你，上帝会生气的。’我看了看上帝，那个木制的形象正在大笑。然后，当我恢复理智之后，我看到工棚还有那些患有麻风病的苦力，我终于明白了，你希望在你那可恶的上帝面前得宠，肯定不会管身处地狱之中的我，更不会去救我。我一直记在心里。刚刚你抚摸我的时候，我又忘记了。我——又病了，我曾经爱过你。但是现在我们之间什么也没有了，只有战争——战争——战争——你还握着我的手干什么呢？你还不明白吗，只要你还信仰你的耶稣，我们就只能是敌人？”

蒙太尼里低下头，亲吻那只受伤的手。

“亚瑟，我怎么能不相信耶稣呢？是上帝支撑着我度过这么多可怕的年头，现在他又把你带回我的身边，我怎么可能怀疑他呢？你要知道，我一直以为是我杀害了你。”

“你现在还有机会杀我。”

“亚瑟！”他惊恐地喊道。但是牛虻没有理会他，继续说道：

“不管我们做什么，我们都诚实一点儿，不要不确定或者犹豫不决的。你和我站在鸿沟的两边，我们不可能手牵手往前走。如果你做好决定，你不能或者不愿放弃那个东西——”他又抬头看看墙上的十字架——“那你就同意上校——”

“同意？我的上帝啊——同意——亚瑟，但是我爱你啊！”

牛虻的脸抽搐得很厉害。

“你最爱哪个，我，还是那个东西？”

蒙太尼里缓慢地站起来，他的灵魂吓得不断枯萎，他的身体好像也开始枯萎，变得虚弱、凋零、憔悴，像一片被霜打过的树叶。他从梦中惊醒，黑暗笼罩着整个房间。

“亚瑟，可怜可怜我吧——”

“当你的谎言把我赶到甘蔗种植园上当奴隶的时候，你可怜过我吗？你发抖了——啊，你们这些好心肠的圣人啊！这就是最称上帝心意的人——忏悔了自己的罪恶之后，继续生活。除了他的儿子，没有人死。你说你爱我——你的爱让我付出太多代价！你觉得你说几句柔软的话，我就可以一笔勾销，然后做回原来的亚瑟了吗？我曾经在肮脏的妓院里洗过盘子，曾经当过比畜生还残忍的农场主的马夫，曾经在马戏团里戴着尖帽、挂着铃铛扮小丑，曾经在斗牛场上给斗牛士干过苦力杂活儿，曾经给每一个把脚踏在我脖子上的畜生当过奴隶，曾经饥肠辘辘，曾经被人吐过吐沫，被人践踏过，曾经乞讨发霉的剩饭，却被拒绝，只因狗比我更有优先权！哦，跟你说这些有什么用？我怎么能告诉你，你都给我带来了什么呢？现在你又说——你爱我！你爱我有多深？深到足以让你为了我放弃你的上帝吗？哦，他为你做了什么？这个永恒的耶稣，他为你受了多少罪，让你这么爱他，比爱我还爱他？是因为钉在十字架上被刺穿的双手，你才这般爱他吗？看我的手！看这里，这里，还有这里——”

他撕开衬衫，把可怕的伤疤露出了。

“神父，你的上帝是个骗子。他的伤是假的，他的痛苦也是装出来的。只有我才有权利得到你的心！神父，如果你知道过去十几年我都过着什么样的生活，你就会明白你给了我世间所有的苦难。然而，我不愿意去死！我全都忍过来了，不忘初心，因为我要回来，跟你的上帝一决高低。这个目标成为保护我心灵的盾牌，防止我变成疯子，从死亡中把我拯救出来。但是，当我回来之后，我发现他还占据着我在你心中的位置——那个在十字架上钉了六个小时的假惺惺的殉难者，真的，六个小时，然后死而复生了！神父，我已经被钉了五年了，我现在也死而复生了。你打算怎么对我呢？打算怎么对我呢？”

他崩溃得说不出话来了。蒙太尼里一直坐在那里，像一尊石像，或者一个被扶正的死人。最开始，牛虻的绝望奔腾而泻的时候，他还会微微地颤抖，就像被鞭子抽打一样，肌肉条件反射似的抽搐。但是现在他相当平静。沉默了很久之后，他抬起头，死气沉沉地说：

“亚瑟，你能解释得清楚一些吗？你让我感到困惑，感到害怕，我不明白你的意思。你究竟想让我做什么？”

牛虻转过头望向他，脸如幽灵般怨恨。

“什么都不做。谁能强迫爱呢？你最爱哪一个，你自己有选择的自由。如果你最爱他，就选择他。”

“我不明白，”蒙太尼里疲倦地重复道，“我有什么可选的？过去发生的一切已经无法挽回了。”

“你必须在我们之间选一个。如果你爱我，就把脖子上挂的十字架丢掉，跟我一起走。我的朋友在策划新的营救方案，如果你也肯帮助，我很容易就逃脱了。然后，等我们安全越过边界之后，你公开地承认我。如果你对我的爱不足以让你这么做——如果对你来说，这个木头玩意儿比我还重要——那你就告诉上校，你同意他的方案。如果你要去的话，就快点儿去，不要让我再多看你一秒，免得我伤心。我本来就已经够伤心的了。”

蒙太尼里抬眼看了看，虚弱地打战。他开始明白些什么了。

“当然，我会跟你的朋友沟通。但是——让我跟你走——这是不可能的——我是一名教士啊。”

“那我不接受教士的任何帮助。神父，我不再妥协了，我已经受够妥协了，也尝够了妥协的后果。你要么放弃教士的职位，要么放弃我。”

“让我如何放弃你？亚瑟，让我如何放弃你？”

“那就放弃他。你必须在我俩之间做选择。你打算把自己的爱分两半吗——一半给我，一半给那个恶魔般的上帝？我不会要他剩下的爱的。如果你是他的，你就不是我的。”

“你想让我的心撕成两半吗？亚瑟！亚瑟！你想把我逼疯吗？”

牛虻一巴掌拍在墙上。

“你必须在我俩之间做选择。”他又重复一遍。

蒙太尼里从怀里掏出一个小匣子，里面有一张又脏又皱的纸条。

“看！”

“我相信你正如我相信上帝，上帝是泥土做出来的，我一锤就能把它砸碎。而你却用谎言欺骗了我。”

牛虻看完后，笑了笑，又递回去。“十九岁的少年是多么天真啊！拿出锤子，砸碎东西看起来很简单。现在也是这样——只不过被砸碎的是我罢了。对你来说，你还可以出去用谎言欺骗很多人——并且他们也不会发现自己被骗。”

“随你怎么说，”蒙太尼里说，“或许如果现在我在你的位置，也会和你一样无情吧——只有上帝知道。亚瑟，你要求的事情，我办不到。但是我会尽我所能去帮助你，我可以安排你的越狱。等你安全之后，我会在山中死于非命，或者误服安眠药自杀——随你怎么选择都行。这样你满意了吧？我只能这样了。这样罪过已经很大了，但是我觉得上帝会原谅我。他比你更仁慈——”

牛虻突然伸出双手，厉声哭喊起来。

“哦，太过分了！太过分了！我究竟做了什么，让你把我想成那样。你有什么权力——好像是我在报复你似的！你难道还不明白吗？我只是想拯救你。你难道不明白我有多爱你吗？”

他热泪盈眶，抓住蒙太尼里的双手，开始炽热地亲吻它。

“神父，跟我走吧！这个世界充满了教士和神像，有什么值得留恋的呢？他们都沾满了陈年灰尘，都腐烂了，他们是邪恶可怕的！从这个瘟疫肆虐的教堂中走出来吧——跟我走吧，我们到阳光下去！神父，只有我们才是生命和青春，只有我们才是永恒的春光，只有我们才是未来！神父，黎明就在眼前——你难道想错过日出吗？醒过来吧，让我们忘掉可怕的梦魇——醒过来吧，让我们一切从头开始！神父，我一直爱你——甚至连你杀我的时候我也爱你——你会再次把我杀了吗？”

蒙太尼里把手挣脱掉，哭喊道：“哦，上帝啊，怜悯怜悯我吧！你和你母亲的眼睛一样！”

突然一阵长时间的沉默，诡异而又深沉。在昏暗的暮色中，他们四目相视，心脏恐惧得停止跳动。

“你还有什么要说的吗？能——给我一点点希望吗？”蒙太尼里打破沉默。

“没有了。除了跟教士斗争，我的生命对我毫无用处。我不是一个人，而是一把刀。如果你让我活下来，就等于你默许了短刀。”

蒙太尼里转头向十字架祷告：“上帝啊！你听听——”

他的声音在空荡荡的沉寂中渐渐熄灭，没有回音。而牛虻心中嘲讽的魔鬼又被激醒了。

“大声地叫、叫你的主吧，他可能睡、睡着了——”

蒙太尼里像是被电击似的猛地一惊。有那么一会儿，他站在那里，直直地盯着牛虻看。然后，他在草垫边坐下来，双手掩面，泣不成声。牛虻不停地颤抖，身上直冒冷汗。他知道此时的眼泪意味着什么。

他把毯子扯过来，蒙住头，免得听到这声音。知道自己要死了，这已经够受的了——他曾活得多么潇洒，多么壮丽！但是他依然能听到这声音，在耳朵里响起，在心里盘旋，甚至伴随着每一个脉搏的跳动。蒙太尼里不停地在一旁哭泣，泪水从指间滑落。

最后，他终于停止哭泣，像一个刚哭完的小孩儿一样，用手帕擦干眼睛。他站起来的时候，手帕从膝间滑落，掉到地上。

"我们再谈下去也是无济于事了，"他说，"你明白吗？"

"我明白，"牛虻顺从而又呆滞地说，"不是你的错，你的上帝饿了，你得回去喂他了。"

蒙太尼里转向他，此刻的寂静比坟墓里的气氛还可怕。他们像一对即将分开的情人一样，隔着不可逾越的鸿沟默默地注视对方。

然后牛虻垂下眼睛，他蜷缩着身子，双手掩面。蒙太尼里知道，他的动作像是在说："你走吧！"于是他便转身，走出牢房。

片刻之后，牛虻才惊醒过来。

"哦，我受不了了！神父，你快回来！你快回来！"

门已紧锁，他缓慢地环顾四周，目光呆滞，他突然意识到一切都结束了。那个加利利人①赢了。

整整一夜，下面院子里的荒草一直微微摇摆——这些草即将枯萎，被除草人用铲子连根拔起。整整一夜，牛虻都躺在黑暗中，独自哭泣。

---

① 耶稣就是加利利人（Galilean），这里是对耶稣的蔑称。

第七章

军事法庭在星期二上午开庭，只是走个过场，二十分钟就草草结束了。不过也没有什么事是值得花时间的，不准被告人辩护，证人只有那个受伤的密探和指挥官，还有几个士兵。判决书事先早就写好了，蒙太尼里也送过来一份非正式的允许书，那些法官（费利亚上校、当地的龙骑兵少校和两名瑞士警卫团军官）也无事可做。他们大声宣读了起诉书，证人提供了证词，在判决书上签字后，再向被告庄严地宣读判决书。他沉默地听着，最后按照惯例，法官问他还有没有什么要申诉的，他只是不耐烦地摆摆手。他的胸前藏着蒙太尼里落下的手帕，他整晚都在哭泣，并亲吻着这块手帕，好像这块手帕是有生命的似的。他现在看起来憔悴万分，无精打采，眼睑上还挂着泪痕。当读到"判处枪决"的时候，他似乎并没有什么太大的反应，只是瞳孔略微放大一些，仅此而已。

当所有的形式都走完之后，总督命令道："把他押回牢房。"领队的卫兵快要哭出来了，听到命令后，看到一旁的牛虻还是一动不动的，就碰一下他的肩膀。牛虻猛地一惊，回头看着他，说：

"哦，对了，我忘了。"

总督的脸上仿佛流露出怜悯的神情，他天性并非残忍之徒，他甚至隐隐地对自己过去一个月里所做的事情感到羞耻。现在既然他的主要目的已经得逞，他也愿意做出小小的让步。于是，他看着牛虻红肿瘀青的手腕对卫兵说：

“不用再戴镣铐了，还押回原来的牢房吧，死囚牢房太阴森可怕了，”他扭头看看他的侄子，继续说道，“这也就是个形式罢了。”

他咳嗽两声，又不安尴尬地换个姿势。领队的卫兵押着犯人正要离开房间时，他又把他叫回来。

“等一下，领队的，我有句话想跟他说。”

牛虻没有动，总督像是在对空气说话一般，说道：

“如果你还有什么话想对你的朋友或者亲人说的话——我想你应该有亲人吧？”

他没有回答。

“好吧，你想一想，然后告诉我，或者告诉牧师，我一定确保他们把信送到。你也可以跟牧师说，他马上就到了，他会今晚一直陪着你。如果你还有其他愿望——”

牛虻抬起头，说：

“告诉牧师，我宁愿一个人待着。我没有朋友，也没有什么话要转达的。”

“但是你要忏悔啊。”

“我是无神论者，我什么都不需要，只想一个人静静。”

他无精打采地说着，语气中没有挑衅也没有愤怒。然后他慢慢地转头继续往前走，走到门口的时候，他又停下来。

“上校，有一件事我忘了说了，我想请求一件事情，明天请不要绑着我或者蒙住我的眼睛，我会站着不动的。”

星期三早上日出的时候，他们把牛虻押到院子里。他的腿变得比平时更瘸了，他靠在领队的卫兵的胳膊上，艰难痛苦地一步步挪动着。但是他脸上疲惫和驯服的表情完全消失了。黑色的夜晚给了他魔鬼般的恐惧、梦魇和虚幻的阴影，在死寂中，他被压倒。然而现在太阳出来了，一切都随黑夜离他而去，他也不再感到害怕，面前的敌人又让他重新变得斗志昂扬。

六个奉命行刑的卡宾枪手在爬满常春藤的墙边一字排开，这坍圮的老墙正是那晚他试图越狱却没有成功而爬过的那堵墙。他们站在一起，每个人手中拿着一把卡宾枪，痛心地忍不住哭泣。派他们出来枪毙牛虻，简直是无法想象的恐惧。他和他犀利的话语、恒久不变的笑声、极具渲染力的勇气，犹如一丝和煦的阳光，点亮他们枯燥麻木的生命。而如今，他们要亲手杀了他，对他们来说，简直是天堂里明亮星辰的陨落。

院子里无花果树下，有一座他的坟墓，是一些不情愿的士兵挥着泪水连夜挖的。他路过坟墓的时候，微笑着往下看一眼黑黑的墓穴和一旁的杂草，然后他深吸一口气，嗅一嗅新翻起来的泥土的芬芳。

领队的卫兵走到树旁的时候停下来，牛虻用最灿烂的笑容环顾四周，说道：

“领队的，是站在这儿吗？”

卫兵沉默地点点头，他感到喉咙一阵哽咽，恨自己不能求情救他一命。这时，总督、他的侄子、骑兵中尉、医生和一名牧师已经都来到院子里，严肃地朝无花果树走去，他们看到牛虻挑衅嘲讽的眼神，不禁有些惴惴不安。

“早上好啊，先生们！啊，尊敬的牧师大人，也起来这么早啊！你好吗，上尉？这次见面比上次愉快多了，不是吗？我看你的胳膊还绑着绷带呢，哎，都怪我失手了。这些人应该不会失手吧——对吗，伙计们？”

他回过头看看满脸阴郁的卡宾枪手们。

“不过，这次就不需要绷带了。好了，好了，你们不要阴沉着脸呀！脚跟并拢，拿出你们的看家本领。再过不了多久，你们就知道了，这比想象的要艰难许多，并且还不能事先彩排。”

牧师走上前，其他人都往后退一步，好让他们单独谈话，他打断道：“我的孩子，再过几分钟，你就要站在你的造物主面前了，难道最后留给你忏悔的这几分钟，你除了说这种话，就不说点儿别的吗？我请求你想一想，没有忏悔，没有得到赦免，带着所有的罪过死去是一件多么恐怖的事啊！等你站到审判官面前再忏悔，就为时已晚了。你难道要带着这些俏皮戏言走进上帝尊严的圣坛吗？”

“俏皮戏言？牧师大人，我看只有你们这些人才需要这种破烂训诫吧。要是轮到我们了，我们都是用战炮，才不用你们那些卡宾枪之类的破烂玩意儿，那时候你们就知道什么叫作俏皮戏言了。”

“你们用战炮！哦，可怜的人啊！你还没有意识到你站在多么可怕的深渊边缘吗？”

牛虻回头看看那个敞着口的坟墓。

“尊、尊敬的牧师大人难道觉得只要把我埋进去，就完事了？你不用在土上压一块石头，防、防止我‘三天后复、复活’[①]吗？牧师大人，不用担心！我是不会侵犯你们这种廉价的表演权的，我会像一只老、老鼠一样，一动不动地躺在里面。然而，我们还是会用战炮。”

牧师喊道：“哦，仁慈的上帝啊！宽恕这个可怜的人吧！”

“阿门！”骑兵中尉压低了声音，喃喃地说。一旁的上校和他的侄子也都虔诚地划着十字。

牧师觉得再这样讲下去，很明显不会有什么希望了，于是放弃了徒劳的尝试，站到一边，摇着头，喃喃地做祷告。他们很快做好简短的准备工作，牛虻站在指定位置，转过头看了一会儿日出，此时，旭日东升，云蒸霞蔚。他再次要求不要蒙住他的眼睛，上校看到他挑衅的神情，只好无可奈何地答应了。他们都忘记了，这样做会给奉命行刑的卡宾枪手带来多大的压力。

他站在那里，笑着面对他们，枪手们个个双手发抖。

“我准备好了。”他说。

中尉向前一步，紧张地有些颤抖，这是他第一次说执行死刑的口令。

“预备——瞄准——开枪！”

牛虻略微晃动一下，又站稳了。一颗子弹打偏了，擦破了他的脸颊，鲜血滴到领巾上。另外一枪打中了膝盖上面。当烟雾四下散去之后，士兵们看到他仍在笑，然后用受伤的手擦掉脸上的血。

---

① 引自《圣经》里的故事，耶稣死后三天复活。

“伙计们，什么破枪法！再来一次！”他的声音响亮而又清晰，吓得那些可怜的士兵们目瞪口呆、恍惚呆滞。

那排卡宾枪手都瑟瑟发抖，说不出话来。每个人都没有对准，私底下都巴望着那致命的一发不是自己射击的，而是旁边的人。而此刻，牛虻还站在那里，对着他们笑，他们把执行死刑变成了屠杀，这件可怕的事情又要重新来过。他们突然惊恐万分，个个放下手中的卡宾枪，听着军官激烈的咒骂与责备，惊恐茫然地看着面前那个他们开了枪却没有死的人。

总督愤怒地在他们面前晃着拳头，野蛮地叫喊着，让他们站好，瞄准，赶紧把这件事解决了。他现在和卡宾枪手们一样士气低落，不敢看那个可怕的人影——那个一直站着、站着却没有倒下的人影。

“上校，你今天怎么找了枪法这么差劲的行刑队啊！”总督听到这嘲讽的声音，不禁打一个冷战。牛虻继续说道：“让我来试试，看能不能把他们调教好。你们都听好了！把枪举高一点儿，你，往左边一点儿。认真一点儿！你手里拿的不是平底锅，而是卡宾枪！都站好了吗？好！预备——瞄准——”

“开枪！”上校赶紧往前一步，抢过话头。让这个人自己说枪毙自己的口令，这简直是太荒唐了。

接着响起一阵混乱无序的齐射声，原本一字队列现在乱成一团，他们都吓得目瞪口呆。甚至有一个士兵根本没有开枪，他把枪扔到一边，蹲下来，压低嗓子呻吟着说：“我做不到——我做不到！”

烟雾慢慢散去，飘进晨曦中。牛虻倒下了，却没有死去。最开始，士兵们和军官们都像石头一样站着，看着这个恐怖的身影在地面上蠕动挣扎。然后，他突然挣扎着跪起来，面向士兵们。医生和上校赶紧惊叫着跑过去。

他大笑着说道：“又失手了！再——来一次，伙计们——看——这一次能不能——”

他突然摇晃一下，歪倒在草地上。

“他死了吗？”上校低声问道。

医生跪下来，把手放到血迹斑斑的衬衫上，轻声地说："我看是死了——感谢上帝！"

"感谢上帝！"上校重复道，"终于！"

他的侄子突然抓着他的胳膊，说：

"叔叔！主教大人来了！他就在门口，想要进来。"

"什么？他不能进来——不让他进来！卫兵在干什么？主教大人——"

门打开又关上了，蒙太尼里站在院子里，目光呆滞，充满恐惧。

"主教大人！我求求你了——这个场面不适合你！刚刚行刑完毕，尸体还没有处理——"

"我来看看他，"蒙太尼里说。即便在这一刻，蒙太尼里说话、走路还像梦游的人一样，这让总督大吃一惊。

"哦，天啊！"突然，一个士兵大喊道。总督赶紧回头看——

草地上那一堆鲜血淋漓的东西又开始挣扎、呻吟了。医生蹲下去，把他的头放到自己膝盖上。

"快点儿！"他绝望地喊道，"你们这些残忍的人，快点儿！看在上帝的分上，快把这一切结束了！简直无法忍受！"

大量的鲜血涌到他的手上，牛虻在他怀中不断抽搐，他也忍不住随着浑身颤抖。他发疯似的四下张望求助，这时牧师弯下腰，把一个十字架放在他的嘴唇上。

"以圣父和圣子的名义——"

牛虻靠在医生的膝盖上，挺起身来，他睁大眼睛瞪着这个十字架。

周围像冻结了一般死寂，他突然举起手上的右手，把十字架推开。十字架沾上了鲜血。

"神父——这下——你的上帝——满意了吧？"

他的头又垂下去，落在医生的胳膊上。

"主教大人！"

主教大人晕倒了。费利亚上校又大声地叫了一遍：

“主教大人！”

蒙太尼里抬起头，说：

“他死了。”

“确定已死，主教大人。请你先回去吧，这种场景太可怕了。”

“他死了，”蒙太尼里重复道，他低头看看那张脸，说，“我刚刚摸过他了，他死了。”

中尉轻蔑地低声说道：“一个人中了六弹，他还能指望他活着吗？”

医生小声回答他：“我想大概是他看到这么多血，受到惊吓了吧。”

总督紧紧地抓住蒙太尼里的胳膊。

“主教大人——你最好不要再看他了。让牧师护送你回去吧，可以吗？”

“好——我回去。”

他慢慢转过身，离开那血迹斑斑的草地，牧师和领队的卫兵跟在后面。走到大门口的时候，他又幽灵般地回头看了一眼，说：

“他死了。”

几个小时后，马尔科内去山坡上的一个小农舍找马蒂尼，他想告诉他明天不用送死了。

所有的第二次营救的准备工作都已就绪，这一次比上次简单得多。他们计划在次日早上，当迎圣体的游行列队走到堡垒所在的小山时，马蒂尼会从人群中冲出去，从衣服中掏出手枪，朝总督的脸上开枪。然后肯定会一片混乱，二十个武装的走私贩子趁混乱之中冲向堡垒大门，逼门卫交出钥匙，然后冲进塔楼，找到牛虻的牢房，把牛虻背走。如果有人挡路或者干涉，就杀死或者制服。等出了大门，第一队人马就把牛虻交给第二队走私贩子，由第一队成员抵挡局面，掩护第二队成员撤离，把牛虻送到山里安全的藏匿之地。他们当中唯一不知道这个计划的就是琼玛，马蒂尼特意要求其他人不要告诉她，他说：“她听了这个会心碎的。”

马尔科内刚走到花园大门，马蒂尼就打开玻璃门，走上露台迎接他。

“有新消息吗，马尔科内？啊！”

那个走私贩子把宽边草帽往后一推。

他们在露台上坐下来，两人一语不发。马蒂尼看到帽檐下马尔科内脸上的表情的时候，就明白了一切。

沉默很久之后，他问道：“什么时候的事？”他听到他自己的声音，和周围的一切一样无聊枯燥。

“今天早上日出的时候。领队的卫兵告诉我的，他当时在场。”

马蒂尼低下头，轻轻弹掉袖子上的线头。

“一切都是徒劳[①]”，都是徒劳的。本来明天是他要去死的，而现在他心向往之的地方消失了，犹如仙境里如梦如幻的金色晚霞在黑暗来临之时褪去一样。他又回到了这个日夜交错的世界——一个有格拉西尼和加利的世界，充满编写密码和引发小册子的世界，一个到处都有党内纠纷和奥地利间谍阴谋的世界——所有的这些枯燥的一成不变的革命工作让他觉得疲惫。在他内心的最深处，有一片广阔的空地，现在牛虻死了，这片空地将会一直空下去，任何人任何事都不会把它填满。

他听到有人问他问题，他抬起头，觉得心空荡荡的，什么也没有。既然如此，还有什么好交谈的呢。

“你刚刚说什么？”

“我刚刚说，你肯定要把这个消息告诉她。”

马蒂尼的脸上恢复了生命，连同生命所带来的恐惧。他喊道：

“我怎么跟她说？你还不如叫我过去捅她一刀！哦，叫我怎么跟她说——怎么跟她说？”

他双手捂着眼睛。虽然看不到，但是他感到身边的马尔科内惊了一下，抬起头。琼玛正站在门口。

“你听说了吗，塞萨雷？一切都结束了，他们把他枪毙了。”

---

① 原文“Vanity of vanities”是引自《圣经》里的一句话。

第八章

“让我进入上帝的神庙——”蒙太尼里站在高大的祭坛前，大声地朗诵赞美诗，语调平稳，下面都是他手下的教士和侍僧。整个大教堂装饰得金碧辉煌，从前来参加集会的人们所穿的节日盛装，到悬挂着火红帐幔和花圈的柱子，没有一处不是光鲜灿烂的。敞开的门口挂着鲜红的门帘，六月的骄阳透过门帘照进来，犹如阳光透过麦田里的红色罂粟花瓣撒下来一般。各修道会的会友手持蜡烛和火炬，各教区的教友举着十字架和旗帜，照亮了两侧昏暗的小祭坛。两旁的过道里，垂着丝绸面料的游行旗帜，镀金的旗杆和流苏在拱门之下闪闪发光。在彩色玻璃窗户的映衬下，唱诗班教士的白色法衣呈现出缤纷的色彩。阳光照到高坛的地板上，形成橘红色、紫色和绿色的方形光斑。祭坛后面挂着一张闪闪发光的银色织锦，织锦前站着身着曳地白色长袍的红衣主教，他在这些装饰和光亮的映衬下显得格外突出，犹如一尊生命复苏的大理石雕像。

按照游行节日的惯例，他只主持弥撒，不参加庆典。所以，赎罪祷告结束后，他便转身离开高坛，缓慢地走向主教宝座。所经之处，两旁的教士和侍僧都向他鞠躬。

“主教大人看起来好像生病了，”一名教士小声地对旁边的人说，“他看起来和平常不一样。”

蒙太尼里低下头接受嵌有宝石的主教法冠，担任助祭的教士给他戴上，看了他一眼，然后弯下腰轻声地问道：

“主教大人，您生病了吗？”

蒙太尼里微微转向他，眼神中没有任何反应。

“请您原谅，主教大人！”教士一边行屈膝礼，一边小声地说。然后他回到自己原来的位置，责备自己打扰了主教大人的祈祷。

熟悉的庆典仪式继续进行。蒙太尼里笔挺地坐在那里，一动不动。他闪亮的主教法冠和金丝锦缎法衣反射着绚丽的阳光，白色的节日曳地长袍拖在红色的地毯上。百十支蜡烛的光亮照在他胸前的蓝宝石上，照进他深邃而又平静的眼睛里，可是他的眼里却没有反射出一丝光芒。当他听到别人说“主教大人，请赐福吧”的时候，他才有点儿反应，弯下腰向大家祝福。阳光在宝石上嬉戏玩耍，他也许会想起山中瑰丽而又可怕的冰雪精灵，头戴彩虹之冠，身披飞雪之裳，伸出双手，散播祝福或者诅咒。

奉献圣饼的典礼开始了，他走下宝座，跪在了高坛前。他的一举一动都很奇怪，异常呆板。随后他起身，回到他的宝座上。身穿节日制服的龙骑兵少校坐在总督的后面，他低声对负伤的上尉说道：“老红衣主教肯定是心力交瘁，他就像机器一样在工作。”

“这样太好了！”上尉小声回复他，“自从大赦令之后，他对我们完全没有什么帮助，就像挂在我们脖子上的磨石一样。”

“不过上次军事法庭的事，他确实让步了。”

“是的，最后终于让步了，不过也是磨了很长时间才做的决定。天啊，怎么这么热啊！等下游行的时候非中暑不可。可惜我们不是主教，一路上都有人撑着华盖——嘘——嘘——嘘！我叔叔在看着我们呢！”

费利亚上校回过头，狠狠地瞪这两个年轻军官一眼。自从昨天早上那件庄严事件之后，他一直处于一种虔诚、严肃的状态，想要因他们缺乏对“痛苦却必要的状态”的正确认识而责备他们。

司仪开始召集将要参加游行的人们，并指挥他们排好队列。费利亚上校起身离开了自己的座位，然后走到祭坛栏杆的旁边，并且命令其他军官跟随在他身后。弥撒结束后，圣饼被安放在游行时用的水晶盖子里面。主持仪式的那位教士和其他教士都走进法衣室里更衣，这时教堂里响起一阵窃窃私语声。蒙太尼里还坐在宝座上，一动不动地望着前方。人世间喧嚣的海洋仿佛在他的身旁涌起，又在他的脚下渐渐平息下来。

教士们从法衣室里回来，站在高坛里等他下来。但是他仍旧一动也不动。助祭的教士上前弯腰为他取下主教法冠，犹豫地低声对他说道：

“主教大人！”

主教回过神来，环顾四周，问道：

“你说什么？”

“你要去参加游行吗，你确定身体受得住吗？今天天气很热。”

“天气热又能怎样？”

蒙太尼里声音很冷漠，那个教士又一次以为自己做错事了。

“请原谅，主教大人，我以为你身体不舒服。”

蒙太尼里站起来，没有回答。他在宝座的最高台阶上停下来，曳地长袍拖下台阶，铺在高坛的地板上。他指着白色锦缎上一个火红的亮斑，用同样冷漠的声音问道：

“那是什么？”

“就是透过彩色玻璃窗户照进来的阳光而已，主教大人。”

“阳光？有这么红吗？”

他走下台阶，跪在祭坛前，多变的阳光洒落到他那光秃秃的头顶和仰起的睁大的眼睛。手下的教士们正围在他的周围整理他的法衣，白色的法衣在阳光的照耀下闪烁着鲜红的光芒。

他从助祭的手中接过镀金的圣体龛子，然后站起来，这时唱诗班和风琴突然齐声响起激昂的旋律。

赞美那光荣的圣体，
赞美那供饮的鲜血，
仁慈之杯献出的果实，
殷殷淌出的鲜血。

仪仗人员缓步向前，为他撑起丝绸华盖。助祭服侍在他的左右，为他整理曳地长袍。然后侍僧弯下腰从高坛的地板上托起他的法衣，随后站在游行队伍前面的世俗会友庄严地排成两排，举起点亮的蜡烛，从中殿左右两边缓缓前进。

他站在他们上方的高坛上，在白色的华盖下一动不动。他稳稳地高举着圣体龛子，望着他们缓慢挪动。他们成双成对，有的举着蜡烛、旗帜和火炬，有的举着十字架和圣像。他们走下内殿的台阶，穿过宽阔的中殿往外走，中殿两旁是挂满花圈的廊柱。此时他们已经掀起大红门帘，走进炎炎烈日之下，走到街道上。他们的歌声融进街道上嗡嗡的嘈杂声里，随着一望无际的人流滚滚向前。这一批走完之后，中殿又响起新的脚步声。

紧跟着是各个教区的教友们，他们身着长袍，头罩面纱。紧跟其后的是悲信会的教士们，他们从头到脚一袭黑衣，他们的眼睛透过面罩的眼孔闪着微弱的光芒。随后是庄严肃穆的修道士方阵，他们有的是身披深色长袍、赤着褐色脚板的托钵修道士，有的是身披白色长袍、神情庄严的多明我会修道士。然后是该区的世俗官员、龙骑兵队伍、卡宾枪队伍和当地的警官，接着是身穿节日制服的总督和他的同僚。一位助祭跟在其后，他举着一个巨大的十字架，左右两边是两名侍僧，他们手捧闪闪发光的蜡烛。掀开门帘，他们走出门口。这时蒙太尼里站在华盖下面，看到明晃晃的太阳照到铺着地毯的街道和悬挂旗帜的墙壁上，身穿白袍的孩子们撒着玫瑰花。啊，玫瑰花。多么红艳的玫瑰花啊！

游行的队伍依次前进，一个方阵接着一个方阵，一种颜色接着一种颜色。一会儿是宽大的白色法衣，庄重而又得体；一会儿是华丽的盛装和绣花的祭服。忽而经过一根高大细长的镀金十字架，举在点燃的蜡烛之上；忽而走过表情庄重的教堂神父，全都穿着白色的长袍。一位牧师擎着天主教十字杖踱下高坛，主教十字杖两边是两把火炬。仪仗人员把华盖举高，数着节拍往前走："一、二；一、二！"蒙太尼里开始踏上受难者之路。

他走下高坛台阶，经过中殿，穿过管风琴表演的走廊，经过那掀起的红色门帘——红得吓人的门帘，然后走到了明亮的街道上。路上撒着的红玫瑰——红得像血一样的红玫瑰——已经枯萎，又被众人踩进红色的地毯里。他在门口停留了片刻，几位世俗官员走过来接过仪仗人员手中的华盖。然后，游行队伍继续前进，唱诗的声音在他周围时起时伏，他捧着圣体龛子，合着前进的节拍，跟随大部队前进。

主使基督的肉体变成面包，
主使基督的鲜血变成美酒——

又是鲜血，又是鲜血！

铺展在他面前的红地毯就像一条红色的血河，玫瑰就像溅在石头上的鲜血——哦，上帝！你所有的土地都变成红色了吗？你所有的天堂也都变成红色了吗？啊，万能的上帝，这究竟是怎么回事——你，你的嘴唇也涂上鲜血！

让我们衷心致谢，
让我们膜拜这伟大的圣餐。

他望着水晶罩子里的圣饼。那是什么？那从圣饼里渗出来——并从镀金的圣体龛子四角滴下——滴到他的白色法衣上的东西是什么？到底是什么东西在往下滴——从一只举起的手中往下滴？

院子的荒草被人践踏，变成红色——一地的红色——好多的鲜血。鲜血从面颊上流下来，从打穿的右手上流下来，从受伤的肋部涌出来。甚至连额前的一束头发也沾上了鲜血——湿漉漉的头发贴在额头——啊，这是死亡的汗水，它来自可怕的痛苦。

唱诗班的歌声变得更慷慨更激昂：

赞美圣父和圣子，

赞美主拯救世界，
赞美主的光荣和权威，
赞美主的恩惠。

哦，再有耐心的人也忍受不了！上帝坐在天堂里的黄铜宝座上，俯身看着痛苦和死亡，他沾满血的嘴唇露出微笑，这还不够吗？还非要加上这嘲讽般的赞美和祝福吗？基督的圣体啊，你为了拯救人类粉身碎骨；基督的鲜血啊，你为了替人类赎罪而流淌，难道这还不够吗？

“啊，再唱大声一点儿吧，也许上帝睡着了！”

难道你真的睡着了吗，我最亲爱的？难道你再也不会醒过来吗？我最亲爱的人啊，那座坟墓真的那么妒忌它的胜利，那棵树下的黑坑连一会儿也不肯放过你吗？

鲜血一直在往下滴，水晶罩子下面的那个东西做了回答，它说道：

“你不是已经做了选择，难道你现在后悔了吗？难道你的愿望还没有得到满足吗？看看这些身着华丽衣裳，走在阳光下的人啊，不正是因为他们，我才会被抛进那个黑色的土坑里吗？看看这些丢撒玫瑰的孩子啊，听听他们的歌声是否甜美，不正是因为他们，我的嘴巴里才塞满黄土吗？他们手中的玫瑰是从我心中流淌出来的鲜血染红的。你看啊，人们都跪下来，饮着从你衣角滴下的鲜血，不正是因为他们，我才流血，以便满足他们贪得无厌的饥渴。因为《圣经》有言：‘倘使有人为朋友而献身，这种爱是至高无上的。’”

“哦，亚瑟，亚瑟。还有比这更伟大的爱！倘若一个人牺牲了他一生的挚爱，不是更伟大吗？”

它又答道：

“谁是你一生的挚爱？其实，不是我。”

当他正准备说话的时候，唱诗班的歌声掠过他，那些话冻结在他的舌尖，就像北风掠过结冰的水池，让它缄默不语。他们唱道：

献出那纤弱的身体，
献出那光荣的鲜血，
为了芸芸众生的饥渴，
任鲜血从血管里流尽。

喝吧，基督徒们；喝吧，你们所有人！这不是你们的吗？不正是因为你们，鲜血才染红了草地；不正是因为你们，鲜活的肉体才被撕碎。吃吧，食肉的野人；吃吧，你们所有人！这是你们的盛宴，这是你们的狂欢，这是你们欢乐的节日！快来参加庆典呀，加入游行的队伍，和我们一起前进吧！男女老少都快来——过来分享这肉体吧！趁这鲜血还鲜红，快过来饮一杯吧；趁这肉体还——

啊，上帝！那个堡垒！破碎的城垛，昏暗的塔楼，那个沉闷的褐色堡垒，它站在贫瘠的山坡上，正怒视着这个在布满灰尘的街道上游行的队伍。

如利齿般的吊闸被拉下来，门被关上了。堡垒像一只野兽一样，蹲伏在山坡上，保卫自己的猎物。然而，不管利齿咬得有多紧，它们也会被撕裂、被敲碎。院子里的坟墓也会交出它的死者。因为，你看啊，那些基督教徒一直在前进，前进，他们浩浩荡荡的队伍正向着血之圣宴前进，就像一队饥鼠大军一样前进。他们还喊着口号：“快给我！快给我！”他们贪得无厌，从来不会觉得满足。

“你们还不满足吗？因为你们这些人，我牺牲了。你摧毁了我，好让他们活下来。看啊！每一个人都在前进，没有一个人打乱队形。”

“这是基督徒大军，是你的上帝的随从。他们人多势众，他们前面是吞噬的火焰，后面是燃烧的烈火。这地本如一片伊甸之园，可是他们经过之后，便成为荒芜之地。是的，他们是什么都不会放过的。”

“哦，回来吧，回到我身边吧，我最心爱的人啊！我已经后悔了我的决定！回来吧，我们一起悄悄离开这里，去一个黑暗寂静的坟墓，去这些食人大军找不到的地方。我们可以躺在里面，手挽手，一起睡去，睡去，睡去。这群饥饿的基督教徒会在无情的白天从我们头顶走过。当他们哭喊着要喝点儿鲜血、吃点儿人肉的时候，他们的喊声会在我们耳边消失。他们会继续赶路，我们便可以继续休息。”

水晶罩子下面的那个东西又回答道：

“我应该把自己藏在什么地方？《圣经》上不是这么写的吗？‘他们将会在这座城里来回跑，他们会撞到墙上，他们会爬到房顶，他们会像小偷一样从窗户进去。’如果我在山顶为自己修一个坟墓，他们不会把它打开吗？如果我在河床挖一个坟墓，他们不会摧毁吗？说真的，他们就像警犬一样擅长追寻他们的猎物。正是因为他们，我的伤口才会血流不止，以便他们饮用。你难道听不到他们在唱些什么吗？”

游行已经结束，玫瑰花也已经散尽。他们一边掀起红色的门帘走进教堂，一边唱：

欢呼呀！
来自圣母玛利亚之身，
真正的圣体，
超度，牺牲，
为了人类，甘赴十字苦刑，
处处流血，浑身穿钉。
经历死的考验，
成为神圣之躯。

唱完后，他从门口走进去，经过成排的修道士和教士。他们跪在各自的位置上，一声不响地举着点燃的蜡烛。他看见他们饥饿的眼睛一直盯着自己手中的圣体，他知道他们为什么在他经过时低下脑袋。因为暗黑的血流正顺着他的白袍流下来，他每走一步，教堂的石板上都会留下一块深红的血迹。

他经过中殿走到高坛栏杆边。仪仗人员在那里停下脚步，他从华盖下走出来，登上高坛的台阶。左右两边穿着白袍的侍僧和教士都跪下来。在炫目的亮光下，他们都望着圣体，眼神里充满了贪婪和欲望。

现在，他站在高坛前，用沾满鲜血的双手高举那受伤残缺的身体——那正是他一生挚爱的身体啊！这时预备分享圣体的人们又开始唱起来：

来吧，可敬的敌手与我战斗，
任你的怒意冲破苍穹，
带着你的力量与帮凶，
带着你的深仇大恨！

啊，现在他们要过来领取圣体了——去吧，我的挚爱，走向痛苦的末日，打开天堂的大门，放进那些无法赶走的饿狼。为我敞开的门只有最底层的地狱了。

助祭把盛有圣体的器皿放在高坛上，蒙太尼里伏身跪在祭坛的台阶上。鲜血从上方的白色高坛上流下来，滴在他的头上。唱诗班的歌声又响起来，回荡在拱形屋顶的教堂里：

三位一体的主宰，
愿你永恒的光荣，
无尽无涯地存在，
直到为祖国而献身。

“无穷无尽——无穷无尽！”哦，幸福的耶稣，他可以在主的十字架下倒去！哦，幸福的耶稣，他可以说：“一切都结束了！”末日审判永远没有结束，它就像运行于宇宙中的星星一样永恒。它是不会死去的虫子，它是永不熄灭的火焰。“无穷无尽，无穷无尽！”

尽管已经疲惫不堪，但在仪式的剩余部分里，他还是耐心地履行他的职责。这些仪式对他来说已经没有什么意义了，他也只是惯性地、机械地重复以前的动作。随后，在赐福仪式结束之后，他再次在高坛前跪下来，双手掩面。旁边的教士正在宣读赎罪券清单，蒙太尼里听到他的声音最开始抑扬顿挫，最后越来越小，像是喃喃地低语，蒙太尼里仿佛觉得自己正在离开这个世界。

那个声音停止了，他站起来，伸出手示意大家安静。有些人正向门口走去，见此情况赶紧转身回来。这时教堂里响起了一片窃窃私语声："主教大人有话要讲。"

手下的教士颇觉意外，不知道发生了什么，他们凑到他身前，其中一个人急忙小声问道："主教大人，您现在想跟大家讲话吗？"

蒙太尼里没有作声，只是挥手示意他们退下。教士按吩咐退下，交头接耳地议论起来。这事有些奇怪，甚至不合常理。但是如果红衣主教想这样，是有权利这么做的。毫无疑问，他肯定是有重大声明要去发表，可能是宣布罗马颁发的新改革法令，或者是宣读圣父的特别圣谕。

蒙太尼里从高坛的台阶上俯视抬头仰望的众人。他们焦急地望着他，心中充满了期望。蒙太尼里站在他们的上方，面色苍白，死气沉沉的，如幽灵一般。

"嘘——嘘！肃静！"游行队伍的领队轻声喊道。众人的窃窃低语声平息下来，就像一阵狂风消失在沙沙作响的树梢里。所有人屏住呼吸，抬头朝高坛台阶望去。那个穿白衣法衣的人影缓慢镇定地说：

"《约翰福音》中有这样一段话：'神爱世人，甚至将他的独生子赐给他们，叫一切信他的，不致灭亡，反得永生。'

"今天是圣体和圣血的节日，受难者为了拯救你们而被杀戮。今天这个节日是为了纪念涤除世间的罪孽的上帝的羔羊，是纪念为你们的罪孽而死的圣子。今天大家聚集在这里，穿着庄严的盛装来参加这个节日，享用每人分得的供奉，并感激这样伟大的恩惠。我知道今天早上，大家来享用这次盛宴，准备吃下圣体时，内心是充满喜悦的，因为大家想起了圣子受难，圣子为了拯救我们而死。

“但是告诉我，你们当中有谁想过其他人的受难——圣父的受难？他献出了自己的儿子，让他钉死在十字架上。你们当中有谁想过圣父坐在天堂里的宝座上，俯身看骷髅地[①]的时候，有多么痛苦呢？

“孩子们，今天当你们排着庄严的队伍游行时，我观察了你们。我看到你们内心充满喜悦，因为你们的罪孽已经得到赦免，你们庆贺自己得到拯救。但是我希望你们思考一下，获得拯救的代价是什么。代价当然很昂贵，比红宝石还要昂贵，因为这是血的代价。”

人群中引发了一阵轻微持久的震撼，内殿里的教士弯着腰交头接耳，但是红衣主教继续往下说，于是他们又安静下来。

“因此，今天是我正在和你们讲话——是我正在蒙受圣父那样的苦难。因为我怜悯你们的懦弱和忧愁，怜悯你们膝下的孩子。知道他们即将死去，我不禁萌生恻隐之心。然后我凝视着我那亲爱的儿子的眼睛，我知道赎罪之血就在那里。于是我拂袖而去，让他承受凄惨的命运。

“这就是赎罪，他为你们而死。黑暗已把他吞噬。他死了，没有死而复生；他死了，我没有儿子了。哦，我的孩子，我的孩子！”

红衣主教开始痛哭流涕，众人惊愕的声音像回声一样传开。所有的教士都从座位上站起来，助祭上前把双手放到红衣主教的肩上。但是他猛地甩开，突然像一头野兽一样怒视他们。

“干什么？流的血还不够吗？不能等一下吗，你们这些豺狼，还没轮到我呢，你们都会被喂饱的！”

他们退了下去，颤抖着缩成一团。他们大声地喘着粗气，脸色就像粉笔一样惨白。蒙太尼里又转身看着众人，他们在他的面前摇晃颤抖，就像遭到飓风袭击的麦田一样。

“你们已经把他杀死了！已经把他杀死了！但是我却因为不愿让你们死去，而饱受煎熬。现在，当你们带着虚假的赞美和肮脏的祈祷来到我面前，我后悔了——我后悔不该做那个决定！应该是你们在罪恶中腐烂，在

---

① 骷髅地：是耶稣被钉在十字架的地方。

无底的污秽地狱中腐烂，活下来的应该是他。你们丑陋的灵魂有什么价值，让我付出这么大的代价？但是一切都已经晚了——已经晚了！就算我大声哭喊，他也听不到我的声音；就算我敲打棺材，他也不会醒来。我独自站在空旷的沙漠里，环视四周。从那片埋葬了我儿子的血迹斑斑的土地，看到一片空虚的可怕天空。我放弃了他，哦，你们这些毒蛇的子孙，我为了你们放弃了他！

“拿走圣体吧，这是你们的！我像扔一根骨头一样把它扔给你们，扔给你们这帮狂吠的恶狗！这次宴会的代价已经付给了你们，那么就来吧，开怀大吃吧，你们这群食人的野人和吸血鬼——专吃尸体的野兽！看这从高坛上流下来的血，是从我亲爱的孩子心里流出来的——是为你们而流的血！喝下去吧，把你们的嘴都染红吧！你们快争抢着吃他的肉体吧——不要再打扰我了！这是给你们的遗体——看呀，它已被撕碎，鲜血淋漓，被苦难折磨得还在抽搐，被死亡的痛苦折磨得还在颤抖。拿走吧，基督徒们，吃吧！”

他抓起装有圣体的龛子，举过头顶，然后把它摔到地上。听到金属撞击石头的响声，十名教士冲上前，抓住这个疯子。

就在这个时候，原本沉默的人群发出疯狂的歇斯底里的喊叫。他们打翻椅子和长凳，冲向门口，相互践踏，慌乱中撕下门帘和花圈，这群骚动啜泣的人流涌向街道。

尾声

“琼玛，楼下有个人想见你。”马蒂尼低沉地说，这十天来，他们都无意识地用这种语气讲话。他们的言谈举止都变得有些平缓，这大概是他们表达悲伤的唯一方式吧。

琼玛正带着围裙，卷起袖管站在桌前包装用于派送的小包弹药。她从早上就开始做这件工作了，现在已经是阳光正烈的午后，她的脸因疲惫而显得有些憔悴。

“一个男人？他有什么事啊？”

“我不知道，亲爱的。他不告诉我，他说他必须要单独见你。”

“好吧，”她解掉围裙，放下裙子的袖管，说，“那我就见见他，但是极有可能是个密探。”

“不管发生什么，我都在隔壁房间，你一叫我，我就过去。你把他打发走了，最好休息一会儿，你今天站了好长时间了。”

“哦，不用！我想继续工作。”

她慢慢地走下楼，马蒂尼一言不发地跟在后面。这几天，她仿佛一下子老了十岁，前额的那截白发现在变得更宽。她现在经常低垂着眼睛，但是偶尔她抬起眼睛的时候，他看到她眼里可怕的阴影，不禁不寒而栗。

在小小的会客厅，她看到一个相貌粗糙的人脚跟并拢着站在中间。她走进来，发现他有点儿怯生生的，整个人给她一种瑞士卫兵的感觉。他穿着乡下人常穿的那种衬衫，一看就知道不是他自己的。他一直环顾四周，好像害怕被人发现似的。

“你会说德语吗？”他用苏黎世方言问道。

“会一点儿，你想见我是吧？”

“你是波拉夫人吧？我给你带来一封信。”

“一封——信？”她开始有点儿发抖，用一只手撑着桌子，试图站稳。

“我是那边的一个卫兵，”他指着窗外山上的堡垒，继续说，“这是——上周那个被枪毙的人给你的，他是在死刑前一天晚上写的。我答应他会亲自给你送过来。”

她低下头。看来，他终究还是写信了。

那个卫兵继续说道：“他说我不能转交给任何人，必须亲自给你，但是前几天我脱不开身——他们盯我盯得很紧，所以这么长时间才送过来。这些衣服还是我找人借的呢。”

他从衬衫里掏出一封信，由于天气炎热，折起来的纸不仅皱巴巴的很脏，还很潮湿。他站在那里，双脚焦虑地晃动着，然后他伸出一只手，挠了挠后脑勺。

“你不要告诉别人，”他略微不信任地看了她一眼，害怕地说，“我是冒着生命危险来这里的。”

“我当然不会说出去。等下，先别走——”

他正要转身离开的时候，她拦住了他，赶紧去找钱包。但是他却生气地往后一退，粗暴地说：

“我不需要你给我钱，我是为了他做这件事的——因为他请求我做的。我愿意为他做更多事情，他待我很好——上帝救救我吧！”

他的声音有些哽咽，她不禁抬头看看他，他正在用脏兮兮的衣袖擦着眼睛。他继续小声地说：

“我和我的同伴没有办法，必须得执行命令，朝他开枪。最开始，我们都不瞄准，又不得不重新再次开枪——他还嘲笑我们——他笑我们枪法很烂——他待我很好——”

之后，房间里一片寂静。随后，他挺直腰板，行了个笨拙的军礼，便离开了。

她手里拿着信，站了一会儿，之后走到窗边，坐下来读。信是铅笔写的，字迹密密麻麻的，有的地方都认不出来。但是第一行用英语写的称呼十分醒目：

亲爱的琼：

字迹突然变得模糊不清。她又一次失去了他——又一次失去了他！一看到那熟悉的昵称，丧失亲人的绝望便涌上心头。她无助地伸出双手，好像此刻压在他身上的黄土都压上她的心头。

过了一会儿，她又拿出信，继续读：

明天我就要赴刑场了，我答应过你，要告诉你所有的事情，所以如果我遵守诺言的话，就必须要趁这最后一个晚上给你写信了。不过，我们之间并不需要太多解释。甚至在我们小的时候，我们就已经是心照不宣的朋友，彼此的交流不需要太多的语言。

所以，我亲爱的，你不用再为那一记耳光而内疚难过了。在当时，那确实是不小的打击，但是后来我遇到过更多的打击，也学会了克服这些打击——甚至有时候还会还击。你还记得我们小时候一起读过的那本书吗？书名我忘了，但是我清晰地记得上面的一副插画——一条青花鱼，“甩着尾巴，活蹦乱跳的”！现在我就像这条鱼一样，只不过现在是我的最后一跳了。等明天早上，就是“Finita la Commedia”！[①]我们可以翻译成，“马戏团表演结束了”！我们还要感谢那些神灵，至少他们对我们仁慈过。虽然没有特别仁慈，但也算是恩惠。所以，我们要感恩这一切！

---

① 意思是：滑稽剧收场了。

关于明天早上的事，我希望你和马蒂尼都能知道，我非常开心满足，感激命运对我的安排。替我把这句话转达给马蒂尼，他是一个好兄弟、好同志，他会明白的。你瞧，亲爱的，其实那些陷入泥潭的家伙又重新动用军事法庭和死刑，是为我们做了一件好事，为他们自己做了一件坏事。我坚信，如果你们这些活着的人团结起来，给他们猛烈的反击，你们将会实现宏伟的目标。至于我，我会像一个放假回家的学生一样，带着轻松的心情，走进院子。我已经完成了我的工作，死刑就是我成功完成这份工作的证明。他们杀我，是因为他们害怕我，都达到这样的目的了，还有什么乞求呢？

不过，我还想乞求最后一件事。一个快要死亡的人是有权利这样做的，我乞求你要明白，为什么一直以来我都像一头发怒的野兽那样对你，为什么我一直耿耿于怀，不能让往事一笔勾销。你当然知道其中的原因，我现在告诉你，只是想再写一遍。我爱你，琼玛！当你还是一个穿棉布裙子、围一块皱巴巴的领布、后面拖一条辫子的难看小姑娘的时候，我就已经爱上你了。我现在依然爱着你。你还记得那天，我亲吻你的手，你求我‘以后不要那样做了’！我承认那种做法很无赖，但是你一定要原谅我。现在我又开始在这封信上亲吻你的名字了。就是说，我没有经过你的同意，亲吻过你两次。

就写到这儿吧。再见了，我亲爱的琼玛！

牛虻没有署名，在信后面写上一首他们儿时一起学过的诗歌：

活着，
抑或死去，
我都是一只牛虻，
快乐地飞来飞去。

半个小时后，马蒂尼走进房间，愣了半天，赶紧扔掉手中的公告，冲上前一把搂住她。

“琼玛！天啊，你怎么了？不要哭——你从来都不哭的！琼玛！琼玛！我亲爱的！”

“没什么，塞萨雷。我等下再告诉你——我……现在不想讲话。”

她匆忙把那封沾满泪水的信塞进口袋，然后站起来，把脸伸到窗外。马蒂尼在一旁陪着，默不作声。这么多年过去了，他才像一个学生一样表白——而她，竟然一无所知！

“大教堂的钟响了，”过了一会儿，她逐渐镇定过来，转过身说，“肯定是有人去世了。”

马蒂尼用平常的声音答道：“我就是过来给你看这个的。”他从地上捡起公告，递给她。是一张加了黑色边框的讣告，上面用匆匆印好的大号字体写道：“我们最敬爱的红衣主教大人洛伦佐·蒙太尼里大人因心脏动脉瘤破裂于拉文纳长逝。”

她迅速瞥了一眼那张公告，抬起头看着马蒂尼。马蒂尼耸耸肩，回答了她没有提出的问题：

“还能指望怎么写呢，夫人？动脉瘤破裂——这样写再恰当不过了。”